Séduction italienne

*

Éternelle passion

CATHY WILLIAMS

Séduction italienne

Traduction française de
CHRISTINE MOTTI

AZUR

HARLEQUIN

Collection : Azur

Titre original :
THE HOUSEKEEPER'S INVITATION TO ITALY

HARPERCOLLINS FRANCE
83-85, boulevard Vincent-Auriol, 75646 PARIS CEDEX 13
Service Lectrices — Tél. : 01 45 82 47 47 - www.harlequin.fr
ISBN 978-2-2804-9355-0 — ISSN 0993-4448

Composé et édité par HarperCollins France.
Imprimé en septembre 2023 par CPI Black Print (Barcelone)
en utilisant 100% d'électricité renouvelable.
Dépôt légal : octobre 2023.

FSC www.fsc.org
MIXTE
Papier issu de sources responsables
FSC® C159065

Pour limiter l'empreinte environnementale de ses livres, HarperCollins France s'engage à n'utiliser que du papier fabriqué à partir de bois provenant de forêts gérées durablement et de manière responsable.

1

L'immeuble ne ressemblait pas tout à fait à ce qu'avait imaginé Sophie mais, face à cet impressionnant édifice de style georgien, elle se sentait minuscule.

Milliardaire arrogant allait donc de pair avec bureaux rutilants ! Le genre d'endroit qui annonçait sans équivoque que son occupant était un homme auquel mieux valait ne pas chercher d'ennuis, car il était plus grand, plus fort et plus riche qu'on l'était.

Malgré le vent violent qui soufflait autour d'elle, elle demeurait immobile devant le bâtiment. À tout juste 17 h 30, il faisait déjà nuit, mais elle ne parvenait pas à détacher le regard de cette maison de ville à quatre étages, parfaitement entretenue, avec des balustrades noires et un petit escalier, noir lui aussi. Une demeure identique à toutes celles de ce prestigieux quartier londonien situé au cœur de la ville. Des Bentley, des Tesla… tous les véhicules garés dans ces rues étaient haut de gamme.

Un silence profond régnait autour d'elle. Si profond qu'elle en venait à se demander si elle avait raison de rester là, à scruter la bâtisse. Quelqu'un ne finirait-il pas par apparaître pour la ramener sans tarder dans les quartiers animés situés non loin de là ? Et peut-être même, sans ménagement.

Cette pensée l'incita à se mouvoir. Sans plus hésiter, elle traversa la route déserte, puis gravit les marches. Au moment où elle allait saisir le heurtoir en laiton étincelant, elle s'aperçut qu'il s'agissait d'un élément de décoration, rien de plus. Il y avait en effet sur le côté un discret panneau de boutons, surmonté d'un haut-parleur. Elle le contempla pendant les secondes qui suivirent, se remémorant de façon précise l'endroit où elle se trouvait ainsi que le motif de son déplacement.

Elle avait fait un long et pénible voyage, quittant le Yorkshire, où l'hiver était particulièrement rude, pour venir à Londres. Un périple entrepris par le biais d'un subterfuge – ce qu'elle détestait –, dont le résultat n'avait rien de prévisible. Elle s'était déplacée pour transmettre en cachette un message. En cachette, car Léonard White lui avait interdit de contacter son fils. Quel genre d'accueil ce dernier allait-il lui réserver, alors qu'elle n'avait pas respecté les désirs de l'homme au service duquel elle travaillait, et avait suivi, mal à l'aise, le chemin que lui indiquait une petite voix intérieure ?

Elle n'en avait pas la moindre idée car, à en juger par le peu qu'elle savait d'Alessio Rossi-White, celui-ci n'obéissait qu'à ses propres règles – lesquelles paraissaient très strictes.

Sophie appuya sur la sonnette, et la nervosité qu'elle s'était jusque-là efforcée de tenir à distance l'envahit tout entière. Ce fut une voix féminine bien modulée qui retentit dans l'Interphone.

— Nous ne recevons personne sans rendez-vous préalable et, dans la mesure où M. Rossi-White n'est en ville que pour quelques jours, je crains que son agenda soit bien trop chargé pour accepter une visite non prévue, quel qu'en soit le motif, déclara la femme, sans la moindre trace de regret dans la voix. Mais bien sûr, si vous souhaitez prendre rendez-vous...

— Il m'a fallu des heures pour arriver jusqu'ici, objecta Sophie.

La voix, jusque-là dépourvue d'aménité, se fit alors glaciale.

— Vous auriez peut-être dû vous assurer auparavant de la disponibilité de M. Rossi-White. Et maintenant, si ça ne vous ennuie pas, je dois répondre à d'autres appels.

— Il se trouve que si, ça m'ennuie, rétorqua aussitôt Sophie, avant que ne résonne le déclic qui annoncerait la fin de ce bref échange.

Aussi désagréable que soit la réceptionniste, elle avait entrepris ce voyage dans un but bien précis et n'entendait pas y renoncer aussi facilement. Elle avait eu affaire dans sa vie à des situations bien plus compliquées que celle-ci et avait toujours su redresser les épaules pour les surmonter. Elle ne partirait donc pas sans avoir informé Alessio Rossi-White de l'état de santé de son père.

— Pardon ? lança la réceptionniste.

— C'est personnel, insista Sophie, résolue à ne surtout pas divulguer l'objet de sa visite. Si vous tenez vraiment à me refuser l'entrée, allez-y ! Mais je vous certifie que ça vous coûtera cher quand Alessio Rossi-White apprendra que j'ai été refoulée.

Ces mots provoquèrent chez son interlocutrice un moment d'hésitation, ce dont Sophie se réjouit. Certes, elle aurait dû prévenir Alessio Rossi-White de sa visite et prendre rendez-vous avec lui. Mais tout s'était passé si vite... Elle avait appris qu'il serait à Londres par son assistante qui, toutes les semaines, envoyait par courriel à son père un résumé de ses déplacements, au cas où celui-ci aurait besoin de le joindre. Sophie doutait que Léonard ait jamais utilisé ces informations pour entrer en contact avec son fils.

Informations dont elle s'était, elle, servie, pour savoir où trouver Alessio. Après maintes hésitations, elle avait fini par se décider à franchir le pas, tout en étant consciente de dépasser les limites confidentielles liées au poste qu'elle occupait. En arriver là ne lui avait pas été facile, mais avait-elle le choix ? Elle était très attachée à Léonard, et imaginer le stress lié au doute qu'il avait vécu pendant plusieurs mois – et vivait toujours – l'avait guidée jusque-là. Le salaire généreux qu'elle percevait méritait bien, entre autres, qu'elle prenne ce genre de risque.

— Je vais voir ce qui est possible... Puis-je avoir votre nom ?

— Sophie Court.

Saurait-il seulement de qui il s'agissait, lorsqu'il entendrait ce nom ?

Il fallut à Alessio quelques secondes pour reconnaître les nom et prénom prononcés par la réceptionniste, et il n'y parvint que quand celle-ci lui précisa que la nouvelle venue était celle qui occupait le poste d'infirmière auprès de son père.

Deux ans plus tôt, ce dernier avait été victime d'un accident vasculaire cérébral, qu'il avait lui-même qualifié non sans agacement de « crainte ridicule et non fondée pour sa santé ». Il avait ajouté qu'il était inutile qu'Alessio fasse le long chemin jusqu'au Yorkshire, précisant qu'il était peut-être vieux mais pas encore tout à fait décrépit.

Son père avait-il réellement besoin de quelqu'un qui veille sur lui jour et nuit ? La dernière fois qu'Alessio lui avait rendu visite, quelques mois auparavant, il l'avait trouvé égal à lui-même : renfrogné, impatient, et peu enclin à dire ou faire quoi que ce soit qui dépasse le minimum en termes de politesse. Il ne s'était livré à aucune confidence émouvante – non que cela lui soit jamais arrivé, d'ailleurs. Son père et lui étaient passés maîtres en l'art de communiquer de façon sèche et superficielle.

Alessio avait depuis bien longtemps renoncé à s'interroger sur la normalité de cette situation. À quoi bon ? Il en était ainsi, voilà tout. Si sa vie était exempte de regrets et de nostalgie, c'était dû à une expérience empreinte d'amertume qui l'avait façonné et l'avait doté d'une force intérieure faisant de lui le grand homme prospère et puissant qu'il était aujourd'hui.

Sophie Court... Il avait presque oublié l'existence de la jeune femme, dont la présence avait toujours été des plus discrètes lors des dernières visites faites à son père, dans sa propriété. Il n'en restait pas moins qu'elle était là, maintenant. Et elle n'aurait pas pu choisir pire moment pour se présenter, car des journées de soixante-douze heures suffiraient à peine pour régler toutes les affaires en cours. Il devait assister à plusieurs réunions, et participer dans moins d'une heure à une conférence téléphonique avec trois P-DG situés dans des pays – et fuseaux horaires – différents.

De ce fait, quel que soit le motif de son déplacement, il faudrait qu'elle le lui expose aussi brièvement que possible. Il n'avait pas de temps à perdre. Ne disait-on pas que le temps était de l'argent ?

À vrai dire, il n'avait pas la moindre idée de ce qui avait pu inciter la jeune femme à se présenter ce jour-là. Installé à son bureau, il appuya sur une sonnette pour annoncer qu'il était prêt à la recevoir. Et tout aussi prêt à la congédier sans tarder, si elle se perdait dans les détails.

L'attente ne fut pas longue, ce qui soulagea Sophie. Car elle préférait disposer du moins de temps possible pour réfléchir à cet entretien, cela lui éviterait de s'égarer.

Elle se savait capable de trouver une solution à tous les obstacles que la vie décidait de placer sur son chemin. Elle avait aujourd'hui vingt-neuf ans et, depuis l'âge de quinze ans – date à laquelle son père avait perdu la vie –, c'était elle qui s'était employée à recoller les morceaux causés par ce décès. Elle avait dû prendre en charge la maison, la famille, et renoncer à tous ses rêves de jeunesse, engloutis par une réalité aussi sombre qu'impitoyable.

Elle s'était retrouvée face à une sœur de cinq ans sa cadette qu'elle avait prise sous son aile protectrice. Il lui avait fallu aussi apporter tout son soutien à une mère qui avait sombré dans la dépression, et s'était donc avérée incapable de gérer le moindre problème d'ordre matériel. Le tout agrémenté de quelques membres de la famille qui avaient clamé leur désir d'apporter leur aide et s'étaient tous empressés de fermer leur porte quand elle y avait frappé.

À cette situation pour le moins difficile s'étaient greffés des problèmes financiers, et elle avait dû apprendre rapidement à s'occuper d'un foyer avec un minimum de ressources, accomplissant les démarches nécessaires pour bénéficier des aides auxquelles elles avaient droit.

Tout en se concentrant sur ses études, elle avait veillé à ce qu'Addy ne manque de rien, et elle s'était occupée de leur mère qui, au fil des ans, avait glissé dans une profonde détresse. Si Sophie avait retenu une leçon de cette période pour le moins difficile, c'était bien celle-ci : ne jamais dépendre d'une personne au point de voir sa vie s'effondrer lorsque celle-ci disparaît.

L'amour fou qu'avait porté sa mère à son père l'avait anéantie à la disparition de celui-ci. Sophie s'était donc juré de ne jamais laisser les sentiments avoir sur elle une telle emprise.

Consciente de l'importance de son investissement personnel, elle avait suivi ses études avec beaucoup de sérieux. Sa journée terminée, elle partait aussitôt travailler pour rapporter un peu d'argent à la maison. Il fallait rembourser un crédit immobilier, régler les factures, veiller à ce que tout fonctionne pour le mieux. En jouant tous ces rôles à la fois, elle avait grandi à la vitesse de la lumière et n'avait pas pu profiter de son adolescence.

En pareilles circonstances, elle avait dû aussi renoncer à embrasser la carrière de médecin. Celle d'infirmière, sur laquelle

elle s'était rabattue, n'avait cependant pas été un mauvais choix, loin de là. Surtout depuis qu'elle travaillait pour Léonard. Parce qu'elle était pour lui bien plus qu'une simple infirmière, et que de surcroît elle percevait un salaire plus que confortable. Pour la première fois de sa vie, elle réussissait à épargner un peu tout en continuant d'aider sa mère et sa sœur.

Le sort ne s'était certes pas toujours montré tendre envers elle, mais elle avait réussi à s'en sortir.

En ce qui concernait Alessio Rossi-White, en revanche, elle doutait d'atteindre facilement le but qu'elle s'était fixé. En partie parce qu'il lui en avait coûté de prendre cette décision, et aussi parce que la présence de cet homme provoquait toujours en elle une curieuse réaction. Elle ne l'avait rencontré que quelques fois depuis qu'elle avait commencé à travailler au service de son père, deux ans auparavant. Et elle n'avait pas tardé à comprendre qu'elle devait faire en sorte de l'éviter. Peu de temps après son embauche, elle s'était arrangée pour que ses jours de congé coïncident avec les visites du puissant homme d'affaires.

Il était froid, arrogant, méprisant. Il passait auprès de son père le moins de temps possible et donnait toujours l'impression d'avoir mieux à faire. À bien des égards, elle le considérait comme l'homme le plus désagréable qu'elle ait jamais rencontré. D'ailleurs, au cours de ces visites, aussi espacées que brèves, elle ne gardait pas le souvenir qu'il se soit un jour adressé directement à elle. Et envers son père, il se montrait toujours réservé, distant. Cette attitude formelle, voire protocolaire, la choquait. Assis face à face, de part et d'autre d'une table, ils échangeaient des informations avec un tel manque de chaleur humaine qu'elle en arrivait à comprendre que Léonard lui ait interdit d'informer Alessio de ses problèmes de santé.

Elle avait toutefois décidé de prendre les choses en main et d'accomplir ce qu'elle considérait comme être de son devoir. Mais à cet instant précis, elle n'était toujours pas certaine d'avoir fait le bon choix. Se tenir dans la rue, face à l'imposante maison georgienne, avait représenté pour elle une expérience très intimidante. Et désormais à l'intérieur, elle ne se sentait pas plus rassurée, loin de là. Ses yeux balayaient le marbre clair, le bois bruni, les plantes disséminées dans la pièce. Le bureau derrière lequel était assise la personne dont la mission avait consisté à se débarrasser d'elle était un véritable chef-d'œuvre fait de chrome mat et de bois lisse. Les tableaux suspendus aux murs étaient des œuvres abstraites dont le prix paraissait très élevé, à l'instar de tous les autres éléments de décoration. On n'entendait aucun bruit de pas ou de voix, aucune sonnerie de téléphone. Si un son avait pu être synonyme d'immense richesse, ce doux silence aurait été choisi sans conteste.

Soudain tentée d'opérer un demi-tour et de s'enfuir, Sophie sourit néanmoins à la blonde trentenaire parfaitement maquillée et coiffée, avant de s'asseoir près de la fenêtre. Voilà donc à quoi ressemblait la richesse ? pensa-t-elle. Si le domaine de Léonard était immense et imposant, il n'était nullement comparable à ce genre d'intérieur. La décoration n'ayant pas changé avec le temps, les meubles dataient et toute forme d'élégance s'était dissipée. Il s'agissait d'une grande maison qui donnait l'impression d'être laissée à l'abandon parce qu'on n'investissait pas assez d'argent pour l'entretenir.

Le lieu dans lequel elle se trouvait à présent, en revanche, respirait l'opulence. Et il ne s'agissait, elle le savait, que de l'un des bureaux d'Alessio. L'un des plus petits, même, utilisé par son équipe de gestionnaires de fonds spéculatifs extrêmement rentables. Les autres gigantesques bureaux qui lui appartenaient se trouvaient à Rome, Lisbonne et Zurich. C'était à partir de là que se dirigeaient les différentes branches de ses autres affaires.

Elle fut guidée vers un ascenseur de verre qui la conduisit trois étages plus haut, c'est-à-dire au sommet du bâtiment. Là, elle pénétra dans une zone occupée par des bureaux alignés côte à côte et séparés par des cloisons en verre et bois. À l'intérieur se tenaient des employés qui, les traits tendus, fixaient l'écran de leur ordinateur tout en pianotant sur le clavier. À en juger par l'expression de leur visage, ils étaient en train de jongler avec d'importantes sommes d'argent. Ils redressèrent d'ailleurs à peine la tête lorsqu'elle passa devant eux.

Tout au bout de cet espace de travail se trouvaient des bureaux individuels. Celui d'Alessio était situé au centre, juste en face d'elle. Au moment où elle tendait la main vers la poignée de la porte en bois poli, elle sentit les battements de son cœur s'accélérer. Et elle sut aussitôt que cela n'était en rien lié à l'entretien qui l'attendait. C'était plutôt la perspective de le voir qui avait provoqué cette réaction.

Leur dernière rencontre remontait à un certain temps. Sophie se remémora aussitôt tout ce qui lui déplaisait en cet homme, ce qui ne l'empêcha pas de retenir son souffle quand son assistante de direction, qui l'attendait, la fit entrer dans une pièce adjacente. Si le fait d'enlever son manteau, son bonnet et son écharpe lui donna l'impression d'être plus légère, elle ne parvint cependant pas à chasser la nervosité qui s'était emparée d'elle. Son cœur se mit à cogner contre sa poitrine tandis qu'elle gardait les yeux rivés sur le battant, toujours fermé.

L'élégante assistante de direction savait-elle qui elle était ? Elle lui avait en tout cas réservé un accueil poli, sinon chaleureux. Sophie supposait que, compte tenu du pouvoir dont jouissait Alessio, ses employés ne manqueraient pas de la respecter puisqu'il lui avait permis de pénétrer dans son royaume. Car de toute évidence, ceux-ci lui obéissaient au doigt et à l'œil. D'après ce qu'elle avait perçu du personnage lors de leurs brèves rencontres, c'était là sa façon de fonctionner.

Elle inspira profondément sans quitter du regard la porte majestueuse. Dans sa tête défilaient les images de celui qui ne tarderait pas à apparaître sur le seuil. Un homme grand, au teint mat, avec des cheveux noir corbeau et des yeux plus foncés encore. Il était l'incarnation de la perfection physique, aussi beau et froid que pouvait l'être une statue en marbre. Ses traits typés, tout comme sa prestance, reflétaient ses origines semi-italiennes.

Elle avait vu des photos d'Isabella Rossi, sa mère, décédée bien des années plus tôt, et avait été impressionnée par la beauté sensuelle de celle-ci. Beauté dont avait hérité Alessio, son fils unique.

L'environnement luxueux qu'elle regardait d'un œil vague s'effaça soudain lorsque l'assistante de direction ouvrit enfin la porte sur une pièce au fond de laquelle se tenait un homme assis derrière un grand bureau. Les bras croisés derrière la tête, il attendait, et son regard refléta un semblant de curiosité tandis qu'il observait Sophie qui avançait lentement dans la pièce. Elle s'immobilisa à quelques mètres de lui quand elle entendit le battant se refermer derrière elle.

Alessio observa la jeune personne qui se tenait en face de lui. C'était bel et bien celle qui avait coutume de se fondre dans le décor. Elle était vêtue ce jour-là d'un pantalon gris, d'un pull assorti ainsi que d'un long cardigan de couleur sombre, et portait en bandoulière un sac assez grand pour contenir une foule de dossiers. Elle avait des cheveux blonds coupés court, des yeux bruns et, contrairement à toutes les femmes qu'il avait rencontrées jusque-là, elle ne semblait pas très attirée par le maquillage. Pourtant, il y avait en elle quelque chose qui défiait l'image insignifiante qu'elle cherchait à donner d'elle.

Il continua de l'observer, s'interrogeant toujours sur ce « quelque chose » qui lui échappait, puis haussa les épaules et se redressa avant de l'inviter d'un geste de la main à s'asseoir en face de lui, dans l'un des grands fauteuils noirs.

— Inutile de rester là, près de la porte, comme si vous attendiez l'inspiration divine, mademoiselle Court. Asseyez-vous et exposez-moi le motif de votre visite. Est-ce que vous souhaitez un thé, un café ? Quelque chose de plus fort, peut-être ? Un double whisky ?

Après un bref regard à sa montre, il se leva, se dirigea vers la fenêtre et souleva le rideau, dévoilant ainsi une vue grise, morne et hivernale de Londres. Puis il fit volte-face et plongea les mains dans les poches de son pantalon, tandis que la jeune femme prenait place dans l'un des fauteuils.

— Non merci, lui répondit-elle, glissant derrière ses oreilles quelques mèches de cheveux.

— Bien. Je passerais volontiers un peu plus de temps à plaisanter, mais je crains que mon emploi du temps ne me le permette pas.

— Finalement… j'accepte volontiers une tasse de café. Le trajet jusqu'ici a été assez long.

Elle s'aperçut alors que ce ton badin lui avait fait du bien, car elle avait besoin d'un peu de légèreté avant de plonger dans des eaux profondes. Balayant la salle du regard, elle constata que, bien que de style georgien, le bâtiment avait été rénové selon des normes modernes tout en gardant le charme et l'élégance des siècles passés.

— Je ne m'attendais pas à vous voir travailler dans un endroit pareil, s'entendit-elle déclarer.

Sitôt ces mots prononcés, elle rougit, tandis qu'Alessio fronçait les sourcils et regagnait son bureau.

— C'est-à-dire ? insista-t-il tout en s'installant confortablement sur le siège en cuir.

— Eh bien, je... vous imaginais plutôt dans un décor de verre et d'acier.

Des matériaux durs et tranchants, identiques à l'homme auquel elle s'adressait à cet instant précis.

— Ce genre de cadre cosy convient très bien à la clientèle que j'ai à Londres, expliqua-t-il.

Puis il marqua une pause et, les bras sur les accoudoirs de son siège, il reprit :

— Pour quelle raison vous êtes-vous déplacée jusqu'ici, mademoiselle Court ? J'imagine que vous êtes venue pour me parler de mon père ?

Sans la quitter du regard, Alessio appuya sur un bouton et demanda à son assistante de leur apporter du café.

— Je me trompe ? insista-t-il, lorsque ce bref échange fut terminé.

— Non.

Pour quel autre motif serait-elle venue frapper à la porte de cet éminent homme d'affaires ?

— En effet, je suis ici pour vous donner des nouvelles de votre père. Des nouvelles que j'aurais préférées meilleures... mais il se trouve que Léonard a été victime d'un autre accident vasculaire cérébral il y a quelques semaines, finit-elle d'une traite.

Elle remarqua que ses traits se figeaient soudain. Les yeux plissés, il la fixa quelques instants en silence avant de s'exclamer :

— C'est impossible !

— Que voulez-vous dire par là ?

— Je l'aurais su.

Le café leur fut alors apporté, mais Sophie s'en aperçut à peine, fascinée comme elle l'était par ces prunelles de jais qui semblaient s'assombrir de seconde en seconde.

Elle en savait beaucoup au sujet de cet homme. Essentiellement par le biais des articles le concernant, que son père avait mis de côté au fil des ans, mais aussi à travers les mémoires que lui dictait Léonard tous les soirs, avant ou après le dîner. Que cela lui plaise ou pas, elle savait donc où il travaillait, connaissait son activité principale, et était aussi au courant de la fortune qu'il avait amassée grâce au tremplin de l'héritage que lui avait légué sa mère, bien des années auparavant.

De ce fait, elle n'ignorait pas qu'il était considéré comme une sorte de génie de la finance qui n'hésitait pas à prendre des risques. Tout comme elle n'ignorait pas qu'il menait aussi une vie mondaine. Elle l'avait en effet vu en photo, dans une certaine presse à scandale, tenant par le bras un chapelet de ravissantes blondes qui paraissaient toutes émerveillées par sa présence. Manifestement, celles-ci ne faisaient toutefois que traverser son existence.

Assise en face de lui, elle se demandait ce que pouvaient bien lui trouver toutes ces jeunes personnes. Il était certes très bel homme, et de surcroît fortuné, mais la froideur qui émanait de lui n'avait rien de bien attirant, loin de là. Incapable de détacher le regard de ce personnage altier, elle essaya de l'imaginer en train de rire, ou même de pleurer. De manifester une émotion de quelque nature qu'elle soit – ce qui ne s'était jamais produit, quand il rendait visite à son père.

Comme ses pensées se portaient sur Léonard et les articles sur son fils qu'il mettait de côté, avec une tendresse qu'il cherchait à dissimuler, elle serra les mâchoires. Pas une seule fois elle n'avait vu Alessio avoir pour son père un geste témoignant de l'affection. Jamais. En tout cas pas devant elle.

— Et comment auriez-vous pu le savoir, alors que vous ne le voyez quasiment jamais ? lança-t-elle alors d'un ton acerbe.

— Pardon ?

Exception faite des formules de politesse échangées devant Léonard, c'était la première fois qu'elle s'adressait réellement à Alessio Rossi-White. Lorsqu'il rendait visite à son père, elle se confinait dans son rôle de soignante et s'éloignait au plus vite afin de les laisser en tête à tête – quand elle ne s'arrangeait pas pour déserter les lieux. Or, à cet instant précis, elle avait l'impression qu'il y avait en elle un barrage prêt à être emporté par le flot de sentiments refoulés jusque-là.

Pendant des années elle avait dû se battre pour que des gens haut placés lui prêtent attention, ce qui ne s'était pas toujours avéré facile pour l'adolescente timide et maladroite qu'elle était. Sa sœur, elle, avait toujours été considérée comme « la petite », jolie et pétillante, avec ses cheveux blonds et ses beaux yeux bleus. Les circonstances avaient toutefois imposé à Sophie une personnalité qui avait fini par prendre racine en elle. Elle avait appris à se défendre, à faire entendre sa voix, comme elle venait tout juste de le prouver. Car, en dépit de sa richesse et de sa notoriété, Alessio n'était pas celui qui lui versait son salaire, donc elle considérait ne rien lui devoir.

Et d'ailleurs, vu la situation, jusqu'à quand le percevrait-elle, ce salaire ? Elle décida donc sur le champ de ne pas en rester là et de dire à cet individu aussi désagréable qu'arrogant tout ce qu'elle pensait – situation qui ne lui était certainement pas coutumière.

— La dernière visite que vous avez rendue à votre père remonte à plus de cinq mois.

— Il me semble déceler un accent critique dans votre voix, mademoiselle Court. Je me trompe ?

Ignorant la question, elle enchaîna :

— Comment pourriez-vous être au courant des problèmes auxquels il se trouve confronté, alors que vous ne vous manifestez presque jamais ?

— Je n'en crois pas mes oreilles !

— Pourtant je me borne à être sincère.

— Et quand vous ai-je demandé de l'être ? Si mes souvenirs sont bons, je ne vous ai jamais entendue prononcer plus de cinq mots d'affilée, et voilà que vous vous présentez à l'improviste pour m'asséner votre opinion !

Face à celui qui dardait sur elle un regard dénué de toute aménité, Sophie sentit soudain le rouge lui monter aux joues.

— Bien. Revenons au sujet principal de cette conversation,

poursuivit-il. Mon père aurait donc été victime d'un autre AVC ? Quand cela s'est-il produit ? Et pourquoi n'en ai-je pas été averti ?

Il continua de la fixer même quand la porte s'ouvrit sur son assistante venue lui rappeler qu'il était attendu à un rendez-vous une demi-heure plus tard. En quelques mots, il répondit à celle-ci qu'il ne souhaitait être dérangé sous aucun prétexte et qu'il la préviendrait quand il serait disponible. Une fois la jeune personne repartie, le silence s'installa dans la pièce. Silence qu'il rompit par un soupir impatient.

— Je vous rappelle que vous avez un devoir de diligence envers mon père, déclara-t-il alors, détachant chaque syllabe, comme s'il tenait à ce que son interlocutrice saisisse bien le sens de ses propos. En d'autres termes, il vous appartient de m'informer de toutes les questions liées à sa santé.

— Il m'a interdit de vous en parler.

Comme elle prononçait ces mots, elle eut l'impression que son visage s'enflammait. Il lui avait fallu affronter bon nombre de problèmes, ces dernières années, mais depuis quand avait-elle perdu toute forme d'empathie ? Alessio ne se montrait certes pas des plus aimables, soit. Il n'en restait pas moins que son emploi du temps chargé ne lui permettait peut-être pas de consacrer plus de temps à son père. De quel droit se permettait-elle de porter un jugement sur lui, et pire encore, de lui asséner ainsi ses prétendues vérités ? À quoi bon faire preuve d'une franchise aussi outrancière ? Elle avait de toute évidence touché un point sensible et regrettait à présent de ne pouvoir revenir sur ses propos.

Il lui avait fallu beaucoup de force pour aller de l'avant, malgré les obstacles que le destin avait placés sur son chemin. Elle avait alors eu besoin de faire preuve de patience, de compréhension et d'amour, ce dont elle n'avait jamais manqué. C'étaient aussi ces qualités qui l'avaient aidée à veiller sur sa sœur cadette, à la soutenir dans ses démarches pour devenir actrice – bien que cette voie ne lui paraisse certainement pas des plus raisonnables. Et elles l'avaient aussi guidée dans les moments très durs qu'elle avait dû affronter, quand leur mère avait sombré dans la dépression suite à la perte de l'être aimé.

La situation familiale s'était stabilisée, à présent… mais qu'était-il advenu de son aptitude à essayer de comprendre les difficultés que traversaient certaines personnes à certains moments de leur vie ?

— Je suis désolée, murmura-t-elle. Je n'aurais pas dû vous parler d'une façon aussi... rude.

— Vous ne pensez pas ce que vous avez dit ?

— J'ai manqué de tact en m'exprimant de cette manière, et je vois bien que je vous ai blessé.

Alessio s'était raidi en entendant ce mot.

Blessé ?

Rien ne pouvait le blesser. Blessé, il l'avait été autrefois. Par la perte de sa mère qu'il aimait tant. Par l'indifférence que lui avait témoignée son père suite à ce décès. Subir ces traumatismes l'avait endurci au point de le rendre en quelque sorte inaccessible. Ses lèvres se retroussèrent légèrement en un sourire narquois. Que s'imaginait donc la jeune femme assise en face de lui ? Que par de simples paroles elle était capable de l'atteindre ?

Il avait l'impression de découvrir Sophie Court. Elle qui jusque-là avait toujours donné d'elle l'image d'une soignante très discrète, effacée même, se montrait soudain sous un jour différent. C'était bien la première fois depuis longtemps qu'il se trouvait dans une situation aussi inattendue. Si sa tenue était celle d'une vieille fille, il n'en allait pas de même de son attitude.

Plissant de nouveau les yeux, il la regarda attentivement, ce qu'il n'avait somme toute jamais fait jusque-là. Grande et svelte, elle avait la peau aussi pâle que l'albâtre. Au fond de ses yeux bruns, il décela une certaine méfiance, qui évoquait une personnalité qui se contenait. Pour quelle raison se contiendrait-elle ? Et pourquoi une personne dans sa tranche d'âge occupait-elle ce poste à plein temps auprès d'un vieil homme acariâtre ?

Il s'empressa de refouler la curiosité qui montait en lui.

— Ne vous souciez pas de ce que je peux ressentir ou pas, mademoiselle Court, déclara-t-il avec une politesse exagérée. Je vous rassure : jusqu'ici, j'ai toujours été capable de bien gérer mes sentiments.

Il s'interrompit un instant, puis reprit :

— Ainsi donc, mon père aurait préféré que je ne sois pas au courant de son récent AVC ? Sa fierté l'incite sans doute à penser qu'il est infaillible. Malheureusement, ce n'est pas le cas. Qu'a dit son médecin ?

Il décida d'en rester là, préférant ne pas lui dire qu'elle aurait dû l'informer de l'état de santé de son père et que le médecin aurait dû de son côté s'assurer qu'il avait été averti.

— Alors ? insista-t-il, comme elle restait murée dans le silence.

Silence qui n'était pas sans l'inquiéter. L'eau avait coulé sous les ponts, bien des portes s'étaient fermées au fil du temps, et pourtant l'idée de perdre son père était des plus troublantes. Serait-ce parce qu'il y avait eu entre eux tant de problèmes ? Problèmes que ni l'un ni l'autre n'avait jamais été à même de régler.

Son cœur se mit à battre plus vite, et il se leva soudain pour se diriger d'un pas vif vers la fenêtre. Il posa les yeux sur la cour privée en forme de cercle. Du quatrième étage, il avait une jolie vue des haies et des arbres sous lesquels il apercevait les bancs où s'installaient parfois ses employés, quand ils avaient besoin de prendre l'air et de se détendre. Glissant les doigts dans son épaisse masse de cheveux bruns, il se tourna vers la jeune femme.

— Est-ce qu'il se trouve dans une situation critique ?

— Il a été hospitalisé pendant deux nuits. Il est revenu à la maison, maintenant.

Il poussa un soupir de soulagement.

— Dans ce cas, pourquoi autant de réserve, de pseudo-pudeur ? Sachez que, la dernière fois qu'il a été victime d'un AVC, il n'a pas souhaité que je lui rende visite à Glenn House. Il est toujours en forme quand il s'agit de préserver son orgueil !

Surprise par l'amertume qui perçait dans sa voix, Sophie fronça les sourcils. En était-il seulement conscient ?

— D'après le médecin, cet AVC serait dû au stress, précisa-t-elle.

— Et pour quelle raison serait-il stressé ? insista Alessio, perplexe.

— Il a des soucis d'ordre financier.

— Si c'était vrai, je le saurais. Nous n'échangeons pas beaucoup, mais lui et moi nous intéressons aux marchés financiers.

S'il avait rencontré des difficultés, il aurait abordé le sujet. Donc je pense que vous devez vous tromper.

Il regarda autour de lui et haussa les épaules en soupirant, avant d'ajouter :

— Ce n'est pas l'endroit rêvé pour avoir ce genre de conversation.

— Peu importe l'endroit. Je vais simplement vous dire ce que j'ai à vous dire, après quoi je partirai.

— Il est presque 18 h 30. Avez-vous pris le temps de manger, aujourd'hui ? À quelle heure avez-vous quitté Harrogate ?

Tout en parlant, il s'était dirigé vers un placard en bois poli. Les yeux arrondis, Sophie le regarda en sortir un manteau qu'il enfila aussitôt.

— Il y a un bar à vin pas très loin d'ici. Nous pourrions y aller ? Un verre de vin ne me ferait pas de mal…

— Mais… d'autres rendez-vous vous attendent, n'est-ce pas ?

Souhaitait-elle pour sa part que cet entretien se poursuive dans un bar à vin ? Cette perspective la mettait mal à l'aise, provoquait même en elle un petit mouvement de panique dont elle ignorait la cause.

Elle comprenait certes qu'il souhaite changer de lieu pour éviter d'être dérangé. Dans la plupart des bureaux, les employés avaient déjà quitté les lieux à cette heure tardive, mais cette norme ne s'appliquait apparemment pas au domaine de la finance.

Il vint se placer juste en face de Sophie qui fut plus impressionnée qu'elle ne l'aurait voulu par la superbe silhouette masculine d'un mètre quatre-vingt-dix.

— Je suis le chef, déclara-t-il d'un ton posé. Ce qui me confère le droit d'annuler réunions et rendez-vous quand bon me semble. Il faut bien que la position de magnat ait aussi quelques avantages, n'est-ce pas ? conclut-il avec un sourire railleur auquel elle ne s'attendait pas.

Elle ne s'attendait pas non plus à ce que la proximité d'Alessio Rossi-White ait sur elle un effet aussi troublant. Agrippant son sac, elle s'empressa de se lever à son tour. Elle qui avait préparé son discours, ses arguments, se trouvait dans une situation pour le moins inattendue et dérangeante.

Pas un seul instant elle n'aurait non plus imaginé monter dans une Bentley avec chauffeur pour se rendre dans un établissement moderne et luxueux en compagnie de cet homme. Alessio passa tout le trajet au téléphone, à donner des directives en différentes langues pour que son absence imprévue au bureau ne crée aucun problème. Et Sophie se réjouit qu'il soit occupé, car cela lui laissait le temps de se remémorer de façon précise le motif de sa visite. Le temps, aussi et surtout, de se ressaisir avant de reprendre cette conversation de nature *professionnelle*, rien de plus.

Tu en es capable et, avant même que tu t'en aperçoives, ce sera un autre jour.

Ces mots-là, que de fois elle se les était répétés tandis que son adolescence lui échappait, qu'elle se trouvait dans l'obligation d'atteindre à toute allure l'âge adulte !

Et elle se les répéta une fois encore en s'installant à une table dans le bar à vin.

— Je vous écoute, mademoiselle Court, fit Alessio en prenant place en face d'elle. Exposez-moi en détail la situation dans laquelle se trouve actuellement mon père.

2

Ils étaient à présent proches l'un de l'autre, et Alessio remarqua soudain que la jeune femme avait des yeux étonnants. Ses prunelles d'un brun noisette étaient bordées de longs cils noirs qui contrastaient avec la pâleur de sa peau. Il posa alors le regard sur ses cheveux, dont la coupe courte était simple, stricte, dénuée de toute trace de coquetterie.

Habitué comme il l'était à fréquenter des femmes qui mettaient en valeur leurs atouts, il cligna des paupières, quelque peu dérouté par celle-ci qui, au contraire, cherchait à dissimuler les siens sous des vêtements peu flatteurs. Que signifiait ce genre de comportement ? Mais cette question ne fit que lui traverser l'esprit, après quoi il concentra toute son attention sur l'objet de cette visite inattendue.

— Bien. Vous vous êtes déplacée pour m'exposer la situation de mon père. Son dernier AVC serait dû au stress, et vous avez enchaîné en m'annonçant qu'il avait aussi des problèmes d'ordre financier. Problèmes dont je n'ai pas eu connaissance, puisque je suis un fils qui se moque bien de son père. Vous accepterez peut-être de me fournir d'autres détails sur le sujet ?

Un serveur s'avança alors vers eux. Au lieu de prendre la carte qu'il leur tendait, Alessio commanda un assortiment de tapas, laissant au chef le soin de les choisir, ainsi qu'une bouteille de chablis. Tout en s'exprimant, il garda les yeux rivés sur le visage de la jeune femme et reprit la parole dès que l'homme se fut éloigné.

— Si vous avez d'autres critiques à mon égard, allez-y ! N'hésitez pas non plus à me fournir des preuves pour appuyer ce que vous avancez.

Surprise par la vivacité de ces propos, Sophie fut tentée de répondre qu'elle avait en effet d'autres critiques à formuler, mais elle préféra rester dans la modération.

— Le stress serait lié à des ennuis financiers, déclara-t-elle d'un ton calme. Léonard ne voulait pas que je vous en informe, mais j'ai compris qu'il le fallait quand le directeur de sa banque s'est présenté à la maison, pendant qu'il était hospitalisé. Il m'a confié que la plupart des comptes de l'entreprise étaient dans le rouge. Je ne connais pas les détails, mais apparemment le remboursement d'un crédit remontant à quelques années serait exigé. Ce qui semblerait difficile, puisque l'entreprise perd de l'argent depuis un certain temps. Je pense que M. Ellis n'aurait pas hésité à vous contacter s'il n'avait pas reçu des instructions strictes de votre père, insistant sur le caractère confidentiel des questions d'ordre financier. Léonard lui a sans doute dit que vous ne deviez en aucun cas intervenir. Je suis aussi convaincue qu'il ne m'a mise au courant de la situation que parce qu'il a senti qu'il n'avait pas le choix.

— *Parce qu'il a senti qu'il n'avait pas le choix* ? répéta Alessio en lâchant un rire sec. Qu'est-ce que ce vieux fou a encore tramé dans mon dos ?

La réaction de Sophie fut immédiate.

— Oh non, ne dites pas ça ! Léonard est fier, comme beaucoup de gens de son âge. Il vous admire beaucoup, et il ne veut pas que vous découvriez qu'il a commis des erreurs... qu'il s'est trompé en faisant confiance à des gens qui n'ont pas agi comme ils l'auraient dû.

Alessio salua de nouveau ces propos d'un rire, comme le précédent, dénué de gaieté.

— Évitez de vous éloigner du sujet principal, mademoiselle Court. Inutile d'ajouter des observations personnelles, éloignées de la réalité. Je trouve scandaleux qu'Ellis ne se soit pas adressé à moi en premier.

— Je suppose que les consignes destinées à préserver la confidentialité du client...

— Et pourtant vous êtes bien là, vous, alors que mon père vous a interdit d'entrer en contact avec moi ?

— Je suis très attachée à lui et je doute qu'il puisse survivre à l'effondrement de son entreprise.

— Il va me falloir le plus de détails possible sur cette sale affaire. Quant à Ellis, il peut commencer à consulter les offres d'emploi, parce que, quand j'en aurai fini avec lui, il saisira toute la portée de ses actes, ou plutôt de son inaction !

— Comment pouvez-vous être aussi désagréable ? lança alors Sophie, incapable de contrôler sa réaction face au comportement de l'homme assis en face d'elle.

— Vous me trouvez désagréable ? Eh bien, préparez-vous à pire si vous êtes dans les parages un jour où je perdrai vraiment patience ! Je me borne à faire preuve d'esprit pratique. Ellis est directeur de banque, et son rôle consiste donc à intervenir avant qu'il ne soit trop tard. Il n'aurait pas dû hésiter un seul instant à me joindre pour m'informer de la situation. Qui d'autre que moi est à même de régler des problèmes de cet ordre ? Des petites fées avec leurs baguettes magiques, peut-être ? Si j'en avais eu vent plus tôt, ils seraient désormais résolus !

Ils furent interrompus par l'arrivée des plats commandés, et Alessio attendit que tout soit posé sur la table avant de reprendre la parole. Sophie, quant à elle, y prêta à peine attention, subjuguée comme elle l'était par l'attitude et les propos de celui qu'elle était venue trouver. Il y avait en lui quelque chose de sidérant, et aussi d'effrayant.

— Je ne connais pas tous les tenants et aboutissants..., observa-t-elle, sans aller plus loin.

— Vous en savez bien assez. Et si vous avez jugé utile de cesser de vous cacher pour venir me trouver, il y a de fortes chances que la situation soit pire que vous l'avez imaginé.

— Je ne me cachais pas, protesta-t-elle.

— Je ne me rappelle même pas la dernière fois que je vous ai vue, quand je suis allé chez mon père.

— Disons que... je préfère vous laisser tous les deux en tête à tête.

— C'est bien dommage, car votre présence donnerait au contraire un peu d'originalité à nos échanges des plus classiques… et plus superficiels encore que je l'imaginais, puisqu'il me cachait ce que vous venez de me révéler. Mais bref, passons à autre chose. Avant tout, est-ce que vous avez besoin d'aide ?

— D'aide ?

— Oui, d'un point de vue pratique. D'une présence pour contribuer au rétablissement de mon père, maintenant que le voici de retour à la maison. Je sais bien que vous êtes infirmière diplômée, mais ça risque de ne pas être toujours facile de faire en sorte que mon père se déplace.

Sophie fut impressionnée par la vitesse à laquelle il avait analysé la situation. Il était manifestement doté d'un esprit pratique, ce qui lui apparaissait comme une sorte de bénédiction du ciel après les journées mouvementées et éprouvantes qu'elle venait de vivre. Le fait de ne se concentrer que sur l'aspect matériel des choses l'apaiserait, et elle se sentirait aussi rassérénée par la présence d'une autre personne prête à la seconder. À condition que cette autre personne ne soit pas Alessio Rossi-White.

— Non, répondit-elle. Mais je vous remercie pour cette proposition, et je suis sincère.

Elle accompagna ces mots d'un vague sourire, puis commença à picorer dans les plats de tapas, car elle se sentait soudain affamée.

— Pour exercer mon métier, il faut avoir pas mal de force, ajouta-t-elle après avoir dégusté quelques bouchées du délicieux assortiment. Nous devons aider les patients à se lever, à se déplacer, mais nous sommes formés pour que ces tâches s'exécutent aussi facilement que possible.

— Et que faites-vous d'autre ?

Sophie posa sur lui un regard surpris.

— C'est-à-dire ?

— Quel âge avez-vous ?

— Vingt-neuf ans, lui répondit-elle, un peu gênée par ces questions personnelles.

— Vingt-neuf ans et vous êtes apparemment satisfaite de travailler à plein temps pour mon père ? Durant ces dernières années, je suis sûr qu'il n'avait pas besoin que quelqu'un veille sur lui vingt-quatre heures sur vingt-quatre. Donc je répète ma question : que faites-vous, à part cela ? Vous êtes jeune, ne trouvez-vous pas que cet emploi n'est pas des plus stimulants ?

Sophie se raidit. La curiosité qui perçait dans sa voix n'était pas feinte, ce qui rendait ses questions d'autant plus embarrassantes. Elle avait vingt-neuf ans et désirait passer le plus clair de son temps avec un vieil homme. Un personnage très intéressant, certes, mais tout de même âgé.

En fait, Sophie considérait avoir assez de temps libre et voyait ses amies infirmières aussi souvent que possible, lorsque l'emploi du temps chargé de celles-ci le permettait. Elles passaient ensemble de bons moments à plaisanter, à rire, et Sophie avait pour habitude de détourner le regard quand elles lui racontaient qu'elles commençaient à s'impliquer dans une relation amoureuse.

Après avoir assisté aux dégâts que pouvait provoquer l'amour, elle n'avait aucune envie d'en faire l'expérience. Bien sûr elle n'était pas sa mère et espérait bien avoir en elle plus de force que celle-ci. Mais comment en être certaine ? S'attacher à quelqu'un au point de voir sa vie basculer dans le néant si ce quelqu'un disparaissait soudain lui était tout bonnement insupportable.

Était-ce là une preuve de prudence, de sagesse ? Ou avait-elle pris l'habitude de fuir, effrayée ? Comment le savoir ? Peut-être s'aventurerait-elle un jour sur ce terrain, mais ce serait avec un homme pour lequel elle aurait aussi de l'amitié, pas seulement un amour fou qui risquait de la détruire si tout ne se passait pas comme elle l'espérait.

Qui sait, elle se contentait peut-être de cet emploi auprès d'un homme âgé, parce que cela la maintenait à distance du monde réel et des rencontres imprévisibles ? Son dernier petit ami était un homme qui ne manquait pas de qualités. Il avait toutefois rompu avec elle, parce qu'elle n'était pas capable de s'investir davantage dans cette relation, de lui donner ce qu'il attendait d'elle. Était-ce là son destin ?

À vrai dire, cela ne lui faisait pas peur. Ne jamais trouver le véritable amour ne l'effrayait pas. Le trouver et le perdre, *si* !

Il n'en restait pas moins que ces yeux sombres qui reflétaient la curiosité avaient sur elle un effet des plus déstabilisants.

— Croyez-vous que ce soit vraiment plus stimulant de passer une grande partie de sa vie derrière un ordinateur ? asséna-t-elle alors d'un ton sec.

En décidant de venir trouver Alessio Rossi-White à Londres, elle n'avait pas envisagé de lui dire de façon aussi brutale tout ce qu'elle pensait de lui. C'était pourtant ce qui était en train de se produire, parce qu'elle était sur la défensive. Sans le savoir, il avait touché une corde sensible.

— Je ne suis pas emprisonnée dans la maison de votre père, reprit-elle, pressée de mettre fin au silence pesant qui s'était installé entre eux. Je vois beaucoup d'amies, qui sont elles aussi infirmières.

— Et ça ne vous manque pas de travailler dans le même environnement qu'elles ?

Sophie mâcha lentement la bouchée de jambon Serrano qu'elle venait de porter à sa bouche avant de répondre :

— Elles sont tout le temps pressées. Elles travaillent par roulement, ont un emploi du temps chargé et sont mal payées.

— À l'inverse de vous, qui êtes très bien rémunérée.

En entendant ces mots, Sophie se figea. Sans la quitter du regard, Alessio but une gorgée de vin et poursuivit :

— Est-ce que l'argent compte beaucoup pour vous ?

Il posa soudain son verre sur la table et se pencha en avant, la dévisageant froidement.

— L'attention que vous portez à mon père mise à part, est-ce que vous êtes venue me trouver parce que vous craignez de perdre votre poste s'il n'a plus assez d'argent pour vous payer ?

— Pas du tout ! s'exclama-t-elle, consciente que le rouge lui montait aux joues.

Force lui était pourtant d'admettre que l'argent revêtait pour elle une importance non négligeable. Comparé à celui de ses amies, son salaire représentait une petite fortune. Mais ces sommes partaient à vau-l'eau. Elle aidait sa sœur cadette, Addy, car les rôles d'actrice qu'on lui proposait étaient rares, et son emploi en intérim – qui lui permettait de se rendre disponible quand on la sollicitait pour un petit film – ne rapportait pas grand-chose. Et bien sûr, elle devait aussi assumer les frais liés à sa mère qui vivait à présent dans le Somerset, la maison familiale ayant été vendue. Il restait de plus un prêt immobilier à rembourser et il fallait bien que quelqu'un s'en charge. Heureusement, cette somme n'était plus très importante.

— Où allez-vous loger, ce soir ? demanda-t-il, changeant soudain de sujet.

Sophie cligna des paupières, et resta quelques instants murée dans le silence, avant de murmurer le nom d'une chaîne hôtelière bon marché, dont l'établissement se trouvait dans un quartier du sud-ouest de Londres qui n'était pas des mieux fréquentés.

Comme il haussait un sourcil, elle ajouta :

— C'est tout ce que je peux me permettre.

— Ah ? Ça m'étonnerait ! Comme je viens de vous le dire, je sais que vous percevez un salaire plus que correct et dont je connais le montant exact.

Comme elle posait sur lui un regard interrogateur, il précisa :

— Il se trouve que j'ai insisté pour m'occuper de cette affaire et aussi verser le salaire. Je voulais m'assurer que mon père ne déciderait pas, sur un coup de tête, de se débarrasser de vous.

— Je... n'étais pas au courant, articula-t-elle, étonnée.

— Pourquoi le seriez-vous ? Après son premier AVC, j'ai compris qu'il avait besoin d'aide. Quand je lui en ai parlé, il a insisté pour choisir lui-même le candidat qui l'assisterait. Et j'ai proposé un salaire substantiel afin que cette personne réfléchisse à deux fois avant de partir. Je suppose que mon père n'est pas toujours des plus faciles à gérer...

— Il est adorable, murmura-t-elle, concentrée sur ce qu'elle venait d'apprendre.

Ainsi donc, c'était Alessio Rossi-White qui lui versait ce considérable salaire ? Elle regrettait à présent de lui avoir parlé comme elle venait de le faire, sans détour.

— Pardon ? lança alors celui-ci, les yeux écarquillés. Vous pouvez répéter ce que vous venez de dire ? *Adorable* ? Nous parlons bien de la même personne ?

— Nous nous entendons à merveille, Léonard et moi. Ce qui explique que je n'aie pas la moindre envie de partir. Et puis je me sens utile, auprès de lui. Il a besoin d'aide... Je lui rappelle les médicaments à prendre, le régime alimentaire à suivre, je m'assure qu'il fait bien tous les jours les exercices recommandés. Et il n'y a pas que cela, il a aussi besoin de compagnie. Après ce premier AVC, il a dû abandonner en grande partie son activité professionnelle et déléguer quasiment toutes les tâches à ceux de ses employés qui occupaient les postes les plus élevés. Il s'est senti diminué, et le fait d'avoir quelqu'un à ses côtés le réconforte, le rassure. J'en suis presque certaine, mais bien sûr il ne le dira jamais.

Elle marqua une courte pause avant de reprendre la parole.

— Je l'aide aussi à rassembler des informations en vue d'écrire ses mémoires. Je me charge également de le conduire en voiture. Je l'emmène par exemple à son club de jeu d'échecs, le mercredi, ou bien de temps en temps chez des amis qu'il lui arrive de recevoir à son tour. En ce qui concerne les repas, il est très exigeant sur le menu du dîner.

Alessio l'écoutait attentivement et voyait ses traits s'adoucir tandis qu'elle décrivait un monde qui lui était, à lui, totalement inconnu. Depuis quand son père, autoritaire et irascible, pouvait-il être considéré comme un être « adorable » ? Et celui-ci n'avait-il pas jusqu'ici toujours méprisé les gens qui jouaient aux échecs, ou à n'importe quel autre jeu, d'ailleurs ?

Il se rappelait être descendu jusqu'au bureau de son père, un échiquier sous le bras, et avoir frappé à la porte derrière laquelle celui-ci s'était isolé depuis le décès de son épouse. Alessio avait dix ans alors et, sa mère ayant quitté ce monde depuis quelques semaines à peine, la solitude lui avait soudain paru insupportable.

Mais son père ne jouait pas à des jeux de société. Il n'avait pas non plus de temps à consacrer à un enfant dont le cœur avait été arraché et qui se sentait terriblement seul.

Le petit Alessio avait donc haussé les épaules et était reparti.

Refoulant ces souvenirs qui n'avaient aucune raison de l'assaillir maintenant, il reprit la parole.

— Bien. Je sais maintenant que mon argent est utilisé à bon escient. Ce qui me ramène à votre choix d'hébergement : vous ne pouvez pas rester dans un endroit pareil, voyons. D'autant plus qu'il vous suffit de mettre cette facture sur le compte de mon père. Mais… vous aviez peut-être peur qu'il s'interroge sur votre destination ? Qu'il vous soupçonne d'être venue me rendre visite ? À vrai dire, peu importe. En tout cas, n'ayez aucune crainte, votre contrat ne sera pas rompu pour autant.

Comme le serveur passait près de leur table, il leva la main pour lui demander l'addition.

— De toute façon, si je dois intervenir dans les affaires de mon père, il apprendra forcément que vous m'avez informé de la situation.

— Je sais bien, fit-elle avec un soupir à peine audible. Vous souhaitez peut-être que je garde mon poste auprès de lui, mais ça ne dépendra pas que de vous. S'il décide de ne plus m'accorder sa confiance…

— Supposons que cela se produise. Que feriez-vous ?

Sophie hésita, puis haussa les épaules.

— Ce que j'ai toujours fait jusqu'ici : je me débrouillerais !

— Ce que vous avez… *toujours* fait ? répéta-t-il, plissant les yeux.

— Comme tout le monde, ajouta-t-elle en hâte.

Le regard d'Alessio se fit plus aigu. En l'espace d'une heure à peine, sa vie venait de prendre un tout autre tournant. Lui qui jusqu'ici s'impliquait peu dans la vie de son père se trouvait soudain dans une situation bien différente. Il allait désormais devoir intervenir, découvrir ce qui s'était produit pour que les comptes du vieil homme soient dans le rouge. Et celui-ci n'apprécierait certainement pas que son fils se mêle de ses affaires. Il allait aussi devoir soutenir cette jeune femme qui avait l'air assez perturbée.

Elle avait besoin de cet argent. Pour quelle raison ? Et que signifiaient ses propos ? Qu'entendait-elle par : « Ce que j'ai toujours fait : je me débrouillerais » ? Il n'en avait pas la moindre idée et, au fond, peu lui importait. Mais comment était-ce possible qu'il existe sur terre quelqu'un capable de qualifier son père d'« adorable » ?

À ce stade de ses pensées, il sentit son cœur se serrer. Cette étrange douleur lui rappela celle qu'il avait tant de fois éprouvée dans son enfance quand, après le décès de sa mère, il essayait de se rapprocher de son père et que celui-ci le rejetait.

Et voilà qu'aujourd'hui il découvrait de nouveaux problèmes

de santé, auxquels s'ajoutaient des ennuis financiers. Pourquoi le vieil homme avait-il refusé de l'en informer ? Décidément, leur relation n'avait fait que se dégrader au fil du temps.

Mais l'heure n'était certainement pas aux lamentations, songea-t-il en redressant les épaules.

— Je veillerai à être aussi discret que possible, quand je lui poserai les questions concernant l'origine de ses soucis financiers. Je suis convaincu qu'ils sont liés à des problèmes de gestion. Le peu que j'ai vu des avoirs de mon père, il y a une dizaine d'années, laissait deviner des règles assez souples, qui peut-être fonctionnaient à l'époque mais ne sont plus du tout d'actualité.

— Est-ce que je peux vous demander quelque chose ?

— Est-ce que ça vous dissuaderait de le faire, si je répondais par la négative ? répliqua-t-il avec un petit sourire narquois.

Ignorant cette réplique, elle enchaîna :

— Comment se fait-il que vous n'ayez jamais porté d'intérêt aux affaires de votre père ?

Ces mots furent suivis d'un long silence, pendant lequel ils se dévisagèrent. La tête légèrement inclinée de côté, Sophie gardait ses yeux bruns rivés sur lui. Alessio fut alors convaincu de se trouver en présence d'une femme résolue à franchir toutes les frontières. Elle venait de lui poser une question des plus personnelles, sans aucune arrière-pensée apparente. Elle n'essayait pas de se rapprocher de lui, ne cherchait pas à tisser entre eux un lien intime en l'incitant à lui faire des confidences. Elle se laissait tout simplement guider par la curiosité, le désir de savoir, de comprendre.

Et ce fut peut-être pour cette raison que, se surprenant lui-même, il lui répondit :

— Nous avons eu, mon père et moi... une relation difficile. J'étais très jeune quand ma mère est décédée. J'avais dix ans à peine. Ça n'a pas été évident... À l'âge de vingt et un ans, je terminais mes études à Oxford et je savais que j'allais tracer mon propre chemin dans la vie, sans son aide. Par chance, ma mère possédait une fortune personnelle quand elle s'est mariée, et il en restait la majeure partie après sa mort. Cet argent m'a alors été transmis, ce qui m'a permis de me lancer sans peine dans le domaine que j'avais choisi, et de commencer à y faire carrière. En toute liberté, sans demander quoi que ce soit à mon père.

Sophie, qui l'avait écouté attentivement, hocha la tête.

— C'est bien d'être indépendant, murmura-t-elle. De ne devoir compter sur personne, pour quoi que ce soit.

Appréciant la brièveté de cette réponse, qui était en outre dénuée de toute forme de jugement, Alessio formula l'idée qui venait de lui traverser l'esprit.

— Écoutez, je suggère que vous annuliez votre réservation dans cet hôtel et que vous logiez chez moi. J'ai bien assez de place pour vous héberger !

— Non, je vous remercie, mais ça ira. Que va-t-il se passer, maintenant, par rapport à Léonard ?

— J'appellerai Ellis demain à la première heure. Et ne vous inquiétez pas, je ferai en sorte de limiter les dégâts que pourrait entraîner ma démarche. Je vais m'arranger pour que le prêt soit remboursé dans les plus brefs délais et je demanderai à certains de mes experts d'examiner les comptes de l'entreprise. Les mauvais éléments seront poussés vers la sortie et remplacés par des personnes compétentes. Des gens qui auront affaire à moi pour toutes sortes de décisions et qui ne tarderont pas à redresser la situation.

— Tout cela, sans que votre père se doute de quoi que ce soit ?

— Ça devrait être jouable, dit-il en hochant la tête.

— Et comment vous y prendrez-vous, alors que vous avez peu de rapports avec votre père... monsieur Rossi-White ?

— Compte tenu des circonstances, il me semble que nous pouvons nous passer des formules de politesse. Qu'en pensez-vous, *Sophie* ? Appelez-moi donc Alessio.

La voyant hésiter avant d'acquiescer, il esquissa un sourire. Cette jeune personne travaillait depuis un certain temps pour son père, et pourtant il ne savait pas grand-chose d'elle. Il trouvait par ailleurs assez amusant - façon de parler - de constater qu'elle avait eu le cran, dès leurs premiers échanges, de lui laisser entendre qu'elle ne le portait pas spécialement dans son cœur.

— En ce qui concerne mon père, poursuivit-il, il va bien falloir que nous ayons une conversation ensemble. Et le plus tôt sera le mieux.

— Espérons que le choc ne provoquera pas chez lui de nouveaux problèmes de santé...

En entendant ces mots, Alessio lâcha un petit rire qui ne dura pas plus de quelques secondes. Après quoi ils se dévisagèrent de nouveau en silence.

— Est-ce pour cette raison que vous ne m'appréciez pas, Sophie ? Parce que d'après vous je suis responsable de la relation distante qui existe entre mon père et moi, et donc aussi de ses ennuis de santé ?

Dès cet instant, l'atmosphère sembla se modifier autour d'eux. Le long regard qu'ils échangèrent se fit plus profond, plus intense. Consciente de ce changement pourtant à peine perceptible, Sophie perçut aussi le danger qu'il comportait. La noyade était toujours liée à une perte de contrôle, et elle connaissait assez le sujet pour savoir qu'elle devait à tout prix éviter d'en arriver là. La confusion et la panique l'avaient quelquefois menée dans des directions qu'elle n'avait pas été à même de maîtriser.

Elle avait craint pour son propre avenir et celui de sa sœur, quand elle nageait dans les eaux turbulentes des services sociaux, des médecins et directeurs d'école, suite au décès de son père. Sa mère, elle, s'était repliée sur elle-même et ne manifestait plus le moindre intérêt pour ce qui l'entourait. Pendant des semaines, des mois, Sophie avait lutté pour garder la tête hors de l'eau. Tout faire pour ne pas sombrer était devenu en quelque sorte son mantra.

Quand sa mère était enfin sortie de cette torpeur où l'avait plongée la perte de l'être cher, déprimée comme elle l'était encore, elle n'avait pas eu la force de prendre les petites décisions quotidiennes. C'était donc Sophie qui avait dû continuer à endosser le rôle de chef de famille tandis que, peu à peu, sa mère reprenait ses esprits et revenait à la réalité. À partir de ce moment-là, celle-ci n'avait cessé de s'excuser auprès de sa fille pour l'avoir laissée assumer de telles responsabilités alors qu'elle n'était encore qu'une enfant.

En grandissant, Sophie avait donc eu tout le loisir de constater les effets négatifs de la perte de contrôle qui pouvait conduire une personne à sa propre chute. Et elle était constamment restée sur ses gardes, depuis. Or, à cet instant précis, ce qu'elle ressentait... Non, elle n'avait rien à craindre, ce n'était qu'une simple réaction face à un beau spécimen masculin. Rien qui puisse avoir un impact sur sa vie. Elle avait la tête sur les épaules, soit, mais cela ne l'empêchait pas d'être sensible à un certain charme masculin. Et malgré ses défauts, Alessio Rossi-White n'en manquait pas, de charme !

— Je ne garde pas le souvenir d'avoir cherché à vous laisser entendre que je ne vous appréciais pas, déclara-t-elle d'un ton posé, ayant recouvré ce calme et cette retenue qui lui étaient si chers. Ni l'inverse, d'ailleurs. J'avoue ne pas m'être trop penchée sur le sujet...

Alessio haussa un sourcil.

— Vraiment ? Il m'est pourtant arrivé, quand je rendais visite à mon père, de penser que vous vous arrangiez pour m'éviter.

Les lèvres pincées, Sophie ne réagit pas. Il finit par hausser les épaules et se laissa aller contre le dossier du fauteuil. Comme le serveur avançait dans leur direction, Alessio s'adressa de nouveau à la jeune femme.

— Vous vouliez peut-être un dessert ? Un café ? Un digestif ?

— Non, je vous remercie.

Après avoir réglé l'addition, il attendit que le serveur s'éloigne pour reprendre la parole.

— Jusqu'ici vous avez réussi à jouer à cache-cache à chacune de mes visites... mais les choses vont peut-être devoir changer.

— C'est-à-dire ?

— Une fois que j'aurai commencé à mener mon enquête pour découvrir les failles qui sont à l'origine des ennuis financiers auxquels est confronté mon père, il va falloir que je sois sur place pour m'assurer que mes consignes sont bien suivies. Je ne vois pas d'autre solution possible, dans la mesure où son siège social se trouve à Harrogate.

— Mais... pourquoi ?

— Comme je vous l'ai expliqué, il est impératif de mettre de l'ordre dans ses affaires et je ne pourrai pas tout déléguer. Du moins, pas au début. D'autant que…

Il hésita, fronça le nez, et poursuivit :

— … qu'il risque d'apprécier modérément mon ingérence ! Nous ne nous sommes pas vus très souvent ces dernières années, et il est bien possible qu'il se plaigne de ma présence chez lui, surtout compte tenu de son état. Mais il n'en reste pas moins que, diminué ou pas, il est la chair de ma chair, le sang de mon sang ! finit-il d'une traite. Et cette fois je ne lui permettrai pas de me tenir à l'écart pour préserver son orgueil.

Il esquissa une grimace.

— Vous devriez peut-être l'avertir de mon arrivée. En effet, autant éviter le moindre risque de provoquer un nouvel AVC.

— D'accord, je vais le faire.

— Expliquez-lui que je vous ai appelée parce que j'ai eu vent de ses problèmes par des connaissances. Le monde des affaires étant somme toute petit et bon nombre de gens sachant qu'il est mon père, le bruit n'a pas tardé à arriver jusqu'à moi. Et il ne m'en a pas fallu davantage pour partir au plus vite en direction de Harrogate ! N'hésitez pas à lui préciser aussi que je vous ai harcelée pour que vous me disiez toute la vérité concernant son état de santé. Il vous croira sans problème, aucun doute là-dessus.

— Pourquoi ? Parce qu'il vous considère… comme une brute ? insista Sophie.

— Je ne vous ai pas caché que nous avons eu des différends au fil des ans. Il peut être têtu comme une mule, et parfois le seul moyen d'avoir gain de cause consiste à se montrer plus têtu que lui.

Il leva les yeux au ciel en soupirant, puis enchaîna :

— Il se prend pour un dur à cuire, mais il n'a encore rien vu ! Je dois finir de régler quelques affaires ici et dès demain matin je demanderai à des gens de mon équipe de regarder de près ses comptes. J'arriverai samedi, ce qui vous laisse deux jours pour essayer de préparer le terrain. Si ça vous paraît très complexe, n'hésitez pas à m'appeler, vous avez mon numéro de téléphone. Je trouverai bien un moyen pour vous alléger la tâche. Parce que vous risquez de vous apercevoir bientôt que mon « adorable » père peut très facilement se transformer en bête féroce, s'il s'aperçoit que vous avez enfreint ses ordres.

Elle haussa les épaules.

— Annoncer à Léonard que je vous ai informé de ses problèmes de santé ne sera sans doute pas des plus agréables, mais ne vous inquiétez pas, je devrais réussir à me tirer d'affaire.

Jusqu'ici la vie ne lui avait pas réservé que des moments « agréables », loin de là, et elle avait continué d'aller de l'avant.

— Comme je l'ai toujours fait, ajouta-t-elle à voix basse.

Elle cligna des paupières et sourit, cherchant ainsi à atténuer la portée de ses mots. Ses propres réactions la surprenaient, car elle n'avait pas pour habitude d'évoquer son passé, bien au contraire.

— Tout se passera bien, reprit-elle. Au fond il sera content de vous voir, j'en suis certaine.

Fixant toujours la jeune femme, Alessio se garda de tout commentaire. Il doutait que son père se réjouisse de le voir arriver, prêt à s'installer chez lui pour plus d'une nuit et donc à bousculer ses habitudes.

Il songea de nouveau aux propos de la jeune femme. Pour quelle raison avait-elle dû « se débrouiller » dans la vie, comme elle l'avait dit une première fois et venait de nouveau de le laisser entendre ? Chaque fois qu'elle avait prononcé ces mots, ses traits s'étaient tendus, son regard s'était voilé. Faisait-elle allusion à des situations vécues dans un cadre professionnel ? Le métier d'infirmière n'était sûrement pas de tout repos, il en était convaincu. Pourtant, il avait eu l'impression qu'elle évoquait quelque chose de plus personnel.

À ce stade de ses pensées, il s'éclaircit la voix. Que diable lui arrivait-il ? Il n'était pas du genre à se perdre dans les méandres psychologiques d'autrui. À quoi bon ? Mais la jeune femme assise en face de lui éveillait sa curiosité. Sous une apparence calme, il devinait un caractère passionné, ce qui ne manquait pas de l'intriguer. Il était habitué à côtoyer des femmes qui ne lui cachaient rien, qui mettaient tout en œuvre pour provoquer son intérêt et engager une relation. Des spécialistes en l'art de la séduction, à l'inverse de Mlle Court.

Dans la mesure où elle s'était efforcée jusque-là de rester dans l'arrière-plan du décor, il n'avait jamais prêté la moindre attention à la perfection de son teint pâle, ni à l'éclat de ses grands yeux buns.

— Quoi qu'il en soit, insista-t-il, plus bas, vous savez où me trouver. Je vous ai donné il y a longtemps mon numéro de téléphone personnel, au cas où une urgence surgirait. N'hésitez pas à l'utiliser.

Après quoi il régla l'addition puis se leva. Comme Sophie se levait à son tour, il ne put s'empêcher de l'envelopper d'un regard. Elle avait une silhouette élancée que ses vêtements quelconques ne mettaient pas du tout en valeur. Malgré ses chaussures plates, à usage professionnel, elle ne mesurait que quelques centimètres de moins que lui. Voilà qui le changeait, lui qui était habitué à sortir avec des femmes petites et voluptueuses.

Mais il ne sortait pas avec Sophie Court, se rappela-t-il aussitôt.

— Comment allez-vous regagner votre motel ?

— Ce n'est pas un motel, mais un hôtel, rectifia Sophie tandis qu'on leur apportait leurs manteaux. Les motels sont... des établissements réservés aux films d'horreur !

Cette phrase lui était soudain venue à l'esprit pour effacer les propos tenus un peu plus tôt, selon lesquels elle n'avait pas les moyens de s'offrir mieux. Elle ne tenait pas à ce qu'Alessio Rossi-White sache quoi que ce soit de sa vie privée, et moins encore de sa situation financière.

Elle vit ses lèvres se retrousser en un sourire.

— Ah, vous ne manquez pas d'humour ! Tant mieux, j'aime bien ça. C'est un aspect de vous que vous gardez secret... N'hésitez surtout pas à vous en servir quand je suis dans les parages.

Elle sentit cette fois encore le rouge lui monter aux joues et s'empressa de détourner le regard. Il fallait impérativement qu'elle se contrôle en présence de cet homme et s'en tienne à un comportement professionnel. Elle cherchait encore une réponse appropriée quand il reprit la parole, d'un ton sérieux cette fois.

— Je resterai sans doute une semaine à Harrogate, en fonction de l'évolution des choses. Pendant cette période, il faudra que vous ignoriez vos problèmes avec moi.

— Je n'ai aucun problème avec vous, rétorqua-t-elle sur-le-champ.

Il haussa une épaule.

— Quoi qu'il en soit, ça n'a pas grande importance, Sophie. L'essentiel est de résoudre les ennuis que rencontre en ce moment mon père, tant d'un point de vue santé que financier. Quand tout ceci sera réglé, la vie reprendra son cours normal et vous pourrez...

Il marqua une pause, puis esquissa un sourire avant d'ajouter d'un ton narquois :

— ... continuer à vous cacher chaque fois que je viendrai ! En attendant, pour le bien-être de mon cher père, nous prétendrons vous et moi nous entendre à merveille. D'accord ?

Sophie hésita une seconde avant de hocher la tête. Alessio allait donc partager son quotidien pendant une semaine. Une semaine entière. Mais il serait occupé à gérer les affaires de son père et elle vaquerait elle-même à ses habituelles occupations, donc ils ne feraient que se croiser pendant les jours à venir.

Elle se savait capable de jouer le jeu pour le bien de Léonard.

— D'accord, répondit-elle donc.

3

— Vous êtes en retard.

Ce n'était pas ainsi que Sophie avait prévu d'accueillir Alessio. Elle avait envisagé une formule bien plus nuancée et courtoise. *Vous arrivez un peu plus tard que prévu, et votre père est donc allé se coucher. Il se fatigue vite, ces derniers temps.*

Malheureusement, l'heure et demie passée à l'attendre avait mis ses nerfs à rude épreuve. Au moment où le bruit de la sonnette avait résonné, elle était agacée et tendue. Tendue, à vrai dire elle l'était depuis son retour de Londres. Car rien ne l'avait préparée à ce tête-à-tête avec Alessio, puisque jusque-là ils n'avaient fait que se croiser lors de ses visites éclair à Harrogate. Visites durant lesquelles elle tentait de le fuir, plus perturbée qu'elle ne l'aurait voulu par cette présence masculine débordante d'énergie, cette impatience à peine déguisée et ce regard critique. Lorsqu'il apparaissait, elle se contentait de marmonner quelques formules de politesse, puis se fondait dans le décor – comme il le lui avait d'ailleurs fait remarquer lors de leur dernière rencontre. Elle en était même arrivée à poser un jour de congé quand elle apprenait qu'il devait venir.

Et puis les circonstances l'avaient incitée à aller le trouver à Londres et cela n'avait fait que renforcer son ressenti : il avait sur elle un effet des plus déstabilisants. Elle qui se considérait d'une nature plutôt calme et réservée s'était laissé séduire par la profondeur de ce regard sombre, par les tonalités de cette voix, qui pouvait être stricte, voire sévère, et soudain refléter une légèreté déconcertante. Il ne lui avait pas fallu bien longtemps pour constater qu'elle n'était pas du tout insensible au charme de cet homme.

La vie lui avait pourtant enseigné que le bon sens devait l'emporter sur certaines émotions, et cette leçon était restée ancrée en elle, faisait même partie de son ADN. Raison pour laquelle la réaction provoquée par le fils de Léonard l'avait, dès le début, tout autant déroutée qu'alarmée, même si elle s'était bien gardée de le montrer. Raison pour laquelle, pendant plus de deux ans, elle avait rusé afin de l'éviter le plus possible.

Pendant tout ce temps, elle s'était arrangée pour n'avoir avec lui que de très rares échanges, tous de nature professionnelle. Elle ne pouvait en aucun cas s'égarer sur un autre chemin, et n'en avait d'ailleurs ni le temps ni l'envie. Jusque-là, s'en tenir à cette ligne de conduite ne lui avait posé aucun problème. Son adolescence s'était déroulée sous le signe du devoir, de l'obligation. Quand ses amies se laissaient emporter par le vent de folie propre à leur âge, elle continuait pour sa part à veiller sur sa mère et sa sœur. Cela ne l'avait d'ailleurs jamais vraiment dérangée. Et il lui arrivait même d'éprouver un certain sentiment de satisfaction, quand les envolées de ses amies se terminaient par un atterrissage forcé, souvent assez brusque.

Habituée comme elle l'était à maîtriser la plupart des situations, elle ne pouvait donc que se méfier des réactions que provoquait en elle Alessio Rossi-White. Ce trouble et cette attirance ne faisaient nullement partie de son quotidien, ni même de son vécu. Et elle n'appréciait pas du tout ce qu'elle considérait comme un signe de faiblesse de sa part.

Elle appréciait moins encore ce long retard ! Les lèvres pincées, elle avait baissé pour la énième fois les yeux sur sa montre.

— Ce sale gosse pourrait avoir la décence de se présenter à l'heure, s'il prétend jouer les donneurs de leçons ! s'était écrié Léonard, furieux, en utilisant pour regagner sa chambre le monte-escalier installé deux ans auparavant.

— Il doit y avoir beaucoup de circulation, avait murmuré Sophie d'une voix qui se voulait apaisante.

— Elle a bon dos, la circulation !

Elle avait préféré en rester là pour éviter d'envenimer la

situation. Mieux valait ménager Léonard, faire en sorte qu'il ne s'emporte pas, ce qui ne s'avérait pas toujours facile depuis qu'elle lui avait appris qu'Alessio avait eu vent de ses problèmes, et allait se déplacer pour quelques jours afin de les résoudre. C'était déjà un miracle qu'il n'ait pas laissé exploser sa colère lorsqu'elle l'en avait informé.

Elle s'était efforcée de contourner le problème, comme quelqu'un qui cherche à éviter un champ de mines, et avait deviné que, quoi qu'il prétende, Léonard était somme toute soulagé que son fils prenne l'affaire en main.

Mais depuis qu'il s'était installé dans son lit, qu'il avait pris ses médicaments avec la tisane qu'elle lui avait apportée, Sophie avait eu tout le loisir de fulminer. Et maintenant, face à Alessio, elle voyait s'envoler tous les commentaires polis qu'elle avait préparés, emportés par la fureur qui avait eu le temps de s'installer en elle.

Dans l'obscurité de cette nuit d'hiver, malgré le vent glacial du Yorkshire qui ébouriffait ses cheveux noirs, Alessio Rossi-White était toujours aussi séduisant. Il portait une écharpe marron et un manteau en cachemire beige sous lequel elle apercevait un pull sombre et un jean.

— Il est à peine un peu plus de 21 h 30, rétorqua Alessio en passant à côté d'elle pour se débarrasser de ses affaires qu'il posa sur un portemanteau.

Après quoi il se tourna vers elle au moment où elle refermait la porte d'un geste sec.

— J'ignorais qu'un couvre-feu était déclaré ici dès le coucher du soleil ! ajouta-t-il, haussant un sourcil.

Sophie croisa les bras. Sa nervosité s'était encore accrue depuis l'arrivée d'Alessio, ce qui contribuait à augmenter sa mauvaise humeur. Elle s'en voulait aussi d'être toujours sensible au charme de cet homme, en dépit des circonstances.

— Votre père se couche tôt maintenant, déclara-t-elle d'un ton bourru.

— C'est-à-dire ?

— Il donne des signes de fatigue peu avant 20 heures.

— J'ai parlé à son médecin qui m'a informé de tous ses problèmes de santé.

Sur ces mots, il se dirigea vers la cuisine, et Sophie n'hésita pas un seul instant à lui emboîter le pas.

La demeure était immense. Ils passèrent devant plusieurs pièces, pour la plupart inutilisées et décorées dans un style autrefois élégant mais aujourd'hui désuet. La cuisine, qui était désormais le cœur de la maison – surtout depuis le dernier AVC de Léonard –, était quant à elle chaleureuse et accueillante. De confortables canapés avaient été installés au fond de cette grande pièce, près des portes-fenêtres qui s'ouvraient sur les vastes jardins situés à l'arrière. Jardins qui, pour l'heure, étaient plongés dans une profonde obscurité.

— Et vous aviez raison, enchaîna-t-il. Pour le moment, il faut éviter tout ce qui est susceptible de provoquer en lui du stress. À part ça, j'avais quelques affaires urgentes à traiter en fin d'après-midi, ce qui explique mon arrivée tardive.

Il la regarda et plongea la main dans la poche de son jean avant d'ajouter :

— Vous n'aviez pas besoin de m'attendre. J'ai les clés de la maison, même si je ne m'en sers presque jamais.

— Je... suis toujours debout à cette heure, monsieur... Alessio. Mais l'attente m'a paru longue parce que votre père était...

— Déçu que je n'arrive pas à l'heure prévue ? J'ai du mal à y croire !

Il balaya la pièce du regard.

— Bien. Je n'ai rien mangé depuis ce matin.

Plus lentement cette fois, il regarda autour de lui tout en marmonnant, narquois :

— Si vous restez à mes côtés pendant que je cherche de quoi me nourrir, je pense que nous allons beaucoup avancer, cette semaine !

Elle ne prit pas la peine de répondre. De toute évidence, il avait décidé qu'elle s'adapterait à ses projets, quels qu'ils soient. Elle attendit qu'il ouvre le réfrigérateur et se penche pour en examiner le contenu, avant de reprendre la parole.

— Vous cherchez quelque chose en particulier ? lui demanda-t-elle poliment.

Alessio se tourna un instant vers elle avant de poursuivre son inspection.

— En effet. Quelque chose que je pourrais coincer entre deux tranches de pain, par exemple.

Réprimant un mouvement d'impatience, Sophie se dirigea vers les placards et, d'un geste de la main, l'invita à s'asseoir.

— Je vais vous préparer vite fait un plat. Si vous étiez arrivé plus tôt, vous auriez pu dîner avec votre père.

— Où sont les restes ?

— Je les ai jetés à la poubelle, sur les instructions de Léonard.

Alessio éclata de rire.

— Ma foi, ça ne m'étonne pas ! Alors, racontez-moi quelle a été sa réaction quand vous lui avez dit que j'avais entendu parler des difficultés de son entreprise ? Est-ce que vous lui avez expliqué que je vous ai jointe pour obtenir davantage d'informations, au lieu d'entrer directement en contact avec lui ? Et est-ce que je dois interpréter le fait de jeter la nourriture à la poubelle comme l'expression de sa pensée ?

— Il était très contrarié, dit-elle en versant dans une poêle une sauce tomate faite maison à laquelle elle ajouta des légumes découpés en fines tranches.

Elle se savait plutôt bonne cuisinière, après avoir dû assumer bon nombre de tâches ménagères pendant des années. S'interrompant, elle se tourna lentement vers Alessio.

— Mais je pense qu'au fond, malgré ses commentaires pas toujours très tendres, il est soulagé que vous interveniez. Il porte seul ce fardeau sur ses épaules, ce qui n'est pas toujours facile, surtout avec ses ennuis de santé.

Alessio hocha la tête, puis fit pivoter vers Sophie la lourde chaise en bois sur laquelle il était assis, afin de lui faire face et de pouvoir aussi étendre ses longues jambes.

— Et mon père n'a jamais été connu pour ses facultés à porter très longtemps seul un fardeau ! railla-t-il, avec un sourire en coin.

— Que voulez-vous dire par là ?

Les yeux rivés sur la jeune femme, il resta muré dans le silence. *Léonard, porter seul un fardeau* ? Quelle plaisanterie ! Il inspira profondément, tandis qu'un épisode du passé rejaillissait soudain en lui. Ce moment où on lui avait annoncé que son père se remariait.

Trois mois après le décès de sa mère, il avait été envoyé dans un pensionnat. Il était depuis six mois dans cet établissement, quand le directeur l'avait convoqué dans son bureau pour lui annoncer qu'il bénéficiait de deux jours de congé afin d'assister au mariage de son père.

Alessio se rappelait comme si c'était hier le choc qu'il avait ressenti en entendant ces mots et la vague de haine qui l'avait aussitôt assailli. Cette mère qu'il avait tant aimée venait à peine d'être enterrée, et son père se remariait ! Il était alors en âge de se poser des questions, de tirer des conclusions – conclusions qu'il n'avait jusqu'ici jamais exprimées. Son père aurait-il eu depuis longtemps une liaison ? Sa mère avait trouvé la mort dans un accident de voiture. Que cherchait-elle à fuir ? Il avait toujours vu en eux un couple amoureux, heureux. Certes, son père était un être taciturne, alors que sa mère respirait une joie de vivre qui semblait illuminer une pièce dès qu'elle y entrait. Y aurait-il eu dans cette relation des fissures qu'il n'avait pas décelées ?

Son père avait changé après la mort de son épouse, soit. Il s'était replié sur lui-même. Mais la culpabilité serait-elle à l'origine d'une telle attitude ? Aurait-il été incapable de faire face à son propre fils, après avoir trompé sa femme ? Ces souvenirs empreints d'amertume étaient restés ancrés en lui, jamais il n'avait pu s'en défaire.

Son père n'avait pas porté le *fardeau* lié à la perte de sa merveilleuse épouse. À la vitesse de l'éclair, la vie avait repris le dessus.

Ce deuxième mariage, qui avait duré un an et demi, s'était terminé par un divorce long, difficile et, par-dessus le marché, coûteux. Alessio gardait le souvenir diffus d'une blonde qui aimait les bijoux et le luxe, et qui était repartie aussi vite qu'elle était arrivée. Un sujet de plus qu'ils se gardaient bien, l'un comme l'autre, d'aborder.

Les années s'étaient écoulées, et le silence s'était installé. Leurs échanges se limitaient au strict minimum.

— Rien, je ne veux rien dire du tout, lança-t-il, répondant enfin à la question que lui avait posée la jeune femme.

Puis il se leva et se rapprocha de la gazinière.

— Mmm… Je ne sais pas ce que vous préparez, mais ça sent bon.

Sophie se raidit. Il se tenait juste derrière elle, si près qu'elle sentait son souffle chaud sur sa nuque.

Elle lui avait posé une question simple, qu'il avait contournée tout naturellement. De toute évidence, cet homme-là avait un certain nombre de zones secrètes dans lesquelles il ne fallait pas s'aventurer. Que cachait-il donc ? Comme cette pensée lui venait à l'esprit, elle se rappela que cela ne la concernait pas.

— Si vous voulez bien vous asseoir…, fit-elle, pressée de le voir s'écarter d'elle. C'est presque prêt, je vais vous servir.

— Je ne suis pas mon père, Sophie.

Il s'était exprimé d'une voix douce qui la fit frissonner.

— Je suis donc tout à fait capable de prendre une assiette, des couverts et même de me préparer à manger.

D'un mouvement rapide, elle s'éloigna de lui pour se rapprocher du plan de travail.

— Mais… savez-vous cuisiner ? lui demanda-t-elle, plus sèchement qu'elle ne l'aurait voulu.

Comme leurs regards se croisaient, elle rougit tandis qu'Alessio, lui, éclatait de rire. Pendant les secondes qui suivirent, il garda ses yeux sombres rivés sur ses joues enflammées, puis reprit place à table et d'un geste du menton l'invita à s'asseoir en face de lui.

— Non, je ne sais pas, lui répondit-il en se servant le mélange de pâtes et de légumes qu'elle venait de poser devant lui. Pourquoi priver un bon cuisinier de la possibilité de gagner sa vie ?

— Vous ne cuisinez donc jamais pour vous ?

Elle venait de poser des verres et une carafe d'eau sur la table et, comme elle allait le servir, il tendit la main pour l'en empêcher.

— Est-ce qu'il y a du vin ?

— Bien sûr.

Elle prit une bouteille et remplit à moitié son verre. Une fois qu'elle eut pris place en face de lui, Alessio déclara :

— Je n'ai pas pour habitude de boire seul.

— Et je n'ai pas pour habitude, moi, de boire quand je suis en service.

— Mais vous n'êtes pas en service, maintenant.

Elle avait pourtant l'impression d'accomplir un devoir. Ou, en tout cas, de se livrer à une tâche qui mettait ses nerfs à rude épreuve. Mais il ne fallait surtout pas que le nouvel arrivé s'en aperçoive.

Avant toute chose, parce qu'elle était chargée de veiller sur son père. Et donc, quelles que soient les tensions qui pouvaient exister entre Alessio et elle, elle devait lui prouver qu'elle était quelqu'un de compétent, de professionnel, capable de les surmonter. Or quelle confiance pourrait-il lui accorder s'il la voyait s'énerver ou bien s'enfermer dans le silence ?

Elle se servit alors elle aussi un verre de vin, et en but une gorgée.

— J'en conclus que vous mangez toujours au restaurant ?

— Ça a l'air de vous choquer.

— Vous ne vous y ennuyez pas, à la longue ?

— J'ai aussi un cuisinier qui prépare mes repas quand je suis chez moi.

— Un véritable enfant gâté ! s'exclama-t-elle, incapable de se contenir.

En entendant ces mots, Alessio sourit.

— Décidément, plus je vous vois, plus vous me surprenez, Sophie.

Cette fois elle ne souffla mot et porta de nouveau le verre à ses lèvres tandis qu'Alessio plongeait sa fourchette dans le plat copieux qu'il s'était servi. Durant les minutes qui suivirent, il concentra toute son attention sur son assiette, jusqu'à ce qu'il l'ait terminée. Il la repoussa alors avec un soupir de satisfaction.

— C'était délicieux.

Puis il remplit de nouveau leurs verres, et Sophie fut bien forcée de constater que rien ne lui échappait. Pas un seul instant il ne perdait le contrôle de la situation. Il commençait une conversation quand bon lui semblait, contournait un sujet quand cela lui convenait, et ne manquait pas d'audace quand il décidait de s'immiscer dans les motivations des autres.

Elle avait vu tous les articles découpés et conservés par son père au fil des ans. Aujourd'hui encore, alors qu'il suffisait d'appuyer sur une touche d'ordinateur pour qu'un moteur de recherche réponde à votre demande, Léonard choisissait certaines rubriques et les imprimait sur papier afin de les garder. Ces articles ne tarissaient pas d'éloges sur celui qui occupait une place de choix dans l'univers de la finance. Les colonnes en question étaient constellées de photos le montrant en compagnie d'importants hommes d'affaires, ou bien de charmantes jeunes femmes.

Alessio Rossi-White était apparemment un homme qui travaillait beaucoup et qui aimait aussi s'amuser. Mais rien ne laissait deviner ce qui se cachait au plus profond de lui. Ses interviews restaient très impersonnelles.

Sophie cligna des paupières. À quoi bon se poser toutes ces questions ? Cela représentait une perte de temps et d'énergie. Elle était là pour effectuer certaines tâches, et lui aussi. Ignorant le compliment qu'il venait de lui faire, elle le dévisagea sans mot dire. Jusqu'à ce qu'elle voie ses lèvres se retrousser en un petit sourire. À croire qu'il lisait toutes les pensées qui lui traversaient l'esprit !

C'était vraiment déconcertant.

— Est-ce que vos experts ont pu consulter les livres de comptes de votre père ?

— Ils ont commencé, lui répondit Alessio. Sa situation financière a beaucoup souffert à la suite de son divorce, ce que vous savez, je suppose. Et depuis, ça ne s'est pas arrangé à cause d'une mauvaise gestion fondée sur des méthodes anciennes. Avez-vous rencontré les collègues de mon père ?

— Quelques-uns.

— Et qu'en avez-vous pensé ?

— Ils avaient l'air charmants, bien qu'un peu… démodés, je dirais.

— C'est tout à fait ça. Le charme à l'ancienne n'est pas négligeable, mais il n'a pas sa place dans le milieu de la finance.

— Léonard n'a plus vingt ans, déclara alors Sophie d'un ton abrupt, et il a des problèmes de santé.

— Pourquoi ne pas s'être adressé à moi quand il a remarqué certains dysfonctionnements dans son entreprise ?

— Il a pour vous une profonde admiration.

Alessio la fixa, les yeux écarquillés, avant d'éclater de rire.

— Vous devez me confondre avec quelqu'un d'autre, railla-t-il.

Mon père n'a jamais manifesté la moindre admiration à mon égard, pas plus de nature personnelle que professionnelle.

Après quoi il se leva, prit son assiette et ses couverts, et les mit dans l'évier. Sophie, qui l'observait, constata qu'il n'avait visiblement pas plus l'intention de les laver que de les ranger dans le lave-vaisselle. Mais bien sûr, quelqu'un qui avait un chef cuisinier à son service ignorait tout du fonctionnement de ce genre d'appareil.

La gouvernante ne venant plus depuis quelque temps, elle avait dû se charger des différentes tâches ménagères, ce qui ne la gênait pas outre mesure. En revanche, pourquoi devrait-elle faire pour Alessio Rossi-White ce qu'il était capable de faire lui-même ? Si elle n'était pas payée pour se charger du ménage et de la cuisine, elle accomplissait ces tâches sans sourciller, parce qu'elle avait pour Léonard beaucoup d'affection et savait que ses moyens actuels ne lui permettaient pas d'embaucher une autre personne. Alessio, lui, n'avait pas besoin de son aide.

Sans un mot, elle déposa le reste de la vaisselle sur le plan de travail et ouvrit le lave-vaisselle.

— Voilà, vous pouvez tout ranger dedans pendant que je remets la cuisine en ordre.

— *Ranger* ? répéta-t-il, interloqué.

— C'est assez facile. La plupart des gens n'ont pas besoin d'un diplôme d'ingénieur pour y arriver.

— Ah, voilà que je me fais gronder ! Ça ne vous plaît vraiment pas que je ne sache pas cuisiner, n'est-ce pas ?

La réponse de Sophie ne se fit pas attendre.

— Je ne suis pas du tout en train de vous gronder, et ça m'est bien égal que vous sachiez cuisiner ou pas. Ce n'est pas mon problème !

Pourquoi fallait-il que ce regard sombre ait sur elle un tel impact, qu'elle ait autant de mal à résister à son charme ?

— En êtes-vous bien sûre ? insista-t-il d'une voix caressante.

Résolue à tenir bon, elle redressa les épaules.

— Oui ! Je vous mets à contribution parce qu'il n'y a personne ici pour se charger des tâches ménagères et que j'apprécierais donc un peu d'aide.

Cette fois il fronça les sourcils.

— Qu'est-il arrivé à la gouvernante ?

— Vous ne l'avez sans doute pas remarqué, mais voilà huit mois qu'elle ne vient plus.

Tout en parlant, elle s'affairait dans la pièce.

— Ah ? En effet, je n'avais rien remarqué. Et c'est vous qui avez pris le relais ?

— Qui d'autre aurait pu le faire ?

— Ça ne s'est pas répercuté sur votre salaire, en tout cas. Je l'aurais su.

— Quelle importance ? répliqua-t-elle avec un soupir, se remémorant soudain son adolescence. Croyez-moi, je suis habituée à ce que vous appelez « prendre le relais »...

Comme Alessio se dirigeait vers le réfrigérateur et y prenait une bouteille d'eau minérale, Sophie comprit qu'il avait oublié le lave-vaisselle et entreprit de le remplir elle-même.

— Vous deviez m'expliquer comment vous alliez procéder pour que tout rentre dans l'ordre, n'est-ce pas ? Ce serait une bonne idée, pour que je puisse planifier mes journées.

— Rassurez-vous, rien ne changera pour vous. Exception faite, sans doute, de l'humeur de mon père au fur et à mesure que mon séjour se prolongera. Cela mis à part, vous continuerez à faire ce que vous faisiez jusqu'ici.

Après un bref regard autour de lui, il précisa :

— Et vous allez oublier les tâches ménagères qui n'étaient pas comprises dans votre contrat. Je vais sans tarder embaucher quelqu'un qui s'en chargera.

— Mais non, c'est inutile, vous n'avez pas à...

Il leva la main pour l'interrompre.

— Sachez que je ne fais jamais rien parce qu'*il le faut*, mais parce que je l'ai décidé. Donc le problème est réglé. Quant à moi, vous ne remarquerez pas ma présence.

Ce fut ce qui se produisit le lendemain, pendant dix heures exactement. Car Alessio, comme l'en avait avertie Léonard tandis qu'elle préparait le petit déjeuner, avait regagné ses bureaux, bien que ce soit dimanche.

— Sans doute pour avoir une longueur d'avance et poser quelques explosifs de-ci de-là, avait-il ricané, poursuivant le sujet qu'il avait entamé dès l'instant où elle était entrée ce matin-là dans sa chambre, où il l'attendait, déjà debout et habillé.

Léonard, qui approchait des quatre-vingts ans, avait toujours une belle crinière de cheveux gris et, bien que l'âge et la maladie aient considérablement ralenti son rythme, il se comportait toujours comme quelqu'un qui avait passé sa vie à donner des ordres.

— Pourquoi dites-vous cela ? lui demanda-t-elle.

— Voyons, Sophie, vous l'avez rencontré. Quand il a une idée en tête… Il ne lâchera pas prise avant d'avoir viré tous les responsables de ma boîte ! En ce moment, il doit être en train de passer les dossiers au peigne fin pour savoir qui a commis des erreurs ou pas.

Sophie avait pour habitude de ne surtout pas verser de l'huile sur le feu et elle était habituée au regard dépourvu d'aménité que posait le vieil homme sur « la jeunesse actuelle », ou encore sur « les prétendus progrès technologiques ». Elle le laissa donc tranquillement fulminer et délirer, jusqu'à ce qu'il recouvre son calme et qu'ils puissent ensuite avoir une conversation raisonnable sur son fils, ponctuée de quelques jurons.

Le dimanche était censé être un jour de détente. De repos, même, mais Sophie ne le prenait pas souvent, consciente que c'était pour Léonard un jour sans fin pendant lequel il n'avait rien à faire et se sentait très seul.

Bien qu'il fasse gris et froid ce dimanche-là, elle le conduisit jusqu'à son restaurant préféré. Ils y prirent un déjeuner léger, puis se promenèrent pour passer le temps – lui dans le fauteuil roulant qu'il détestait, même s'il ne l'utilisait que pour parcourir de longues distances.

— Votre fils a suggéré l'embauche d'une gouvernante, dit-elle tandis qu'ils regagnaient la maison, la pluie s'abattant avec force sur le pare-brise.

— Vous lui avez dit qu'Édith était partie ?

Sophie soupira et décocha un bref regard à Léonard, qui la fixait, le regard accusateur, fronçant ses sourcils broussailleux.

— Vous ne pensez pas qu'il l'aurait remarqué, vu que cette fois il séjournera plus longtemps que d'habitude chez vous ? À moins qu'il soit myope comme une taupe, il va bien voir que personne ne sert à table, ne débarrasse les couverts, ne s'occupe du ménage...

— Pfff...

— Vous êtes un vieux monsieur grincheux, Léonard White !

— Et vous, mademoiselle Court, vous mettriez à rude épreuve la patience d'un saint en racontant partout ces histoires !

Il lâcha de nouveau un grognement avant d'ajouter, à contrecœur :

— Mais je suppose que vous avez raison, il s'en serait aperçu tôt ou tard. Voilà une chose de plus à ajouter à ma liste !

— Quelle liste ?

Ils venaient de regagner la maison, et elle ralentit pour garer la voiture à sa place habituelle, dans la cour en forme de cercle. Comme il gardait le silence, elle se tourna vers lui et constata qu'il rougissait et serrait les lèvres. En guise de réponse, il eut enfin un geste évasif, puis posa la main sur la portière, prêt à descendre du véhicule. Sophie s'empressa de sortir pour ouvrir son parapluie, prendre Léonard par le bras et le guider vers l'allée. Après quelques pas chancelants, il se stabilisa et ce fut à ce moment-là qu'elle reprit la parole.

— Je vous ai posé une question, Léonard : *quelle liste* ?

Il s'arrêta un instant, puis soupira avant de poursuivre sa marche lente vers la maison.

— Oh... encore quelque chose que j'ai raté, marmonna-t-il tandis que Sophie ouvrait la porte et le débarrassait en hâte de ses vêtements mouillés.

Il avait suffi de quelques secondes pour que l'air froid du dehors s'engouffre dans la maison. Elle s'empressa donc de conduire le vieil homme jusqu'à la cuisine où régnait une agréable température. Comme il était plus tard qu'elle le pensait, elle leur prépara du thé avant de s'occuper de la collation qui faisait office de dîner léger à Léonard : des toasts avec des œufs brouillés.

Ensuite ils se retireraient dans le salon qui jouxtait sa chambre et Sophie passerait environ une heure à relire d'anciens documents qu'il avait classés et souhaitait à présent utiliser pour rédiger ses mémoires. Il s'agissait là d'un travail lié au souvenir plutôt que d'un véritable projet. D'ailleurs, au rythme auquel ils voyageaient dans le passé, il leur faudrait plus d'un siècle pour arriver à bon port.

Attachée comme elle l'était à Léonard, elle aurait voulu approfondir ce qu'il avait dit un peu plus tôt. Mais lorsqu'elle pensait à Alessio et à l'effet troublant qu'il avait sur elle, elle se demandait s'il était bien sage de laisser libre cours à sa curiosité. Désormais, l'équation était différente. Il n'y avait plus seulement Léonard et elle dans la grande maison, mais aussi le fils de ce dernier. Et la présence de ce troisième élément l'incitait à la prudence : mieux valait éviter de trop s'impliquer. Ce qui se passait entre le père et le fils ne la concernait pas.

Elle s'apprêtait à le quitter, peu après 20 heures, quand il prononça quelques mots qui retinrent toute son attention.

— Il ne m'a jamais pardonné.

— Alessio ?

Après un bref moment d'hésitation, elle se dirigea près de la fenêtre où Léonard finissait la tasse de chocolat chaud qu'elle lui avait apportée.

— Ce garçon me déteste.

— Ce n'est pas vrai !

— J'ai essayé. Je ne savais pas trop comment m'y prendre. Maintenant il est là et tout s'effondre autour de moi. Il doit se réjouir que le vieil idiot ne soit même plus capable de gérer sa propre entreprise ! Toute forme de luxe a disparu dans ma vie. Je n'ai même plus les moyens de payer une femme de ménage, et c'est lui qui va s'en charger...

Consternée par ce qu'elle venait d'entendre, Sophie répéta :

— Non, ce n'est pas vrai. Et n'oubliez pas ce qu'a dit votre médecin : vous devez éviter de stresser.

Il lâcha un petit rire dénué de gaieté et posa sa main sur celle de la jeune femme.

— Plus facile à dire qu'à faire, ma chère. Alessio s'est réveillé à l'aube, l'œil luisant, pressé de réduire en miettes ce qu'il reste de mes affaires.

— Il ne va pas réduire votre entreprise en miettes, pour reprendre votre expression, mais au contraire tout faire pour résoudre les problèmes actuels. Ce qui est plutôt une bonne chose, non, Léonard ? Si votre fils vous détestait, il n'aurait pas pris la peine de se déplacer pour vous venir en aide.

Comme elle parlait, elle s'aperçut non sans surprise qu'elle exprimait le fond de sa pensée.

— Alessio est peut-être dur, reprit-elle, mais c'est aussi un homme juste. Et quelles que soient ses décisions, il prendra celles qui sont indispensables tout en essayant d'affecter le moins possible les personnes directement concernées.

Léonard grommela quelques mots inintelligibles, mais les propos de Sophie lui avaient de toute évidence ouvert une porte et, quand elle le quitta un quart d'heure plus tard, il se bornait à se plaindre de petites choses banales, comme à son habitude.

Les petites phrases prononcées par Léonard n'avaient pas manqué d'éveiller l'attention de Sophie et, lorsqu'une heure et demie plus tard Alessio entra à grands pas dans la cuisine, où elle buvait une tasse de café, elle dut se forcer à paraître naturelle. Vêtu d'un jean et d'un pull chiné dans les tons beiges, il se frottait les mains pour se réchauffer.

— Quel temps affreux ! Vous serez ravie d'apprendre que vous n'avez pas à préparer mon repas, j'ai déjà mangé. Je vous aurais bien rapporté quelque chose, mais j'ai pensé que vous aviez déjà dîné.

Il passa à côté d'elle et l'enveloppa d'un regard qui accentua son trouble, avant d'enchaîner :

— Alors, racontez-moi votre journée.

Il allait et venait dans la cuisine, se préparant un café, et elle ne pouvait qu'admirer l'élégance toute naturelle avec laquelle il se déplaçait dans la pièce, semblant se l'approprier.

— Je ne savais pas que vous iriez au bureau aujourd'hui, dit-elle, se rappelant la tristesse qu'elle avait perçue en Léonard, plus tôt, quand il s'était confié à elle.

— Et je ne savais pas, moi, que je devais vous informer de mon emploi du temps à la minute près, répliqua-t-il sans se départir de son calme.

Sa tasse de café à la main, il vint s'asseoir en face de la jeune femme.

— Comme je vous l'ai dit, je suis ici pour accomplir un certain travail, et la méthode que je choisis ne vous concerne pas. Mais je me trompe peut-être ?

Résolue à ne rien laisser paraître de ce qu'elle ressentait à cet instant précis, face à cet homme aussi attirant qu'insupportable, elle haussa une épaule.

— Je pensais simplement que vous auriez souhaité passer un peu de temps avec votre père.

— Je crois en avoir passé suffisamment avant de quitter les lieux et je crois aussi ne pas me tromper en déclarant qu'il avait l'air plutôt soulagé de me voir partir, rétorqua-t-il d'un ton sec.

— Il craint que vous détruisiez son entreprise.

— Une peur justifiée. L'entreprise en question est un véritable bazar ! J'ai passé la journée à examiner des colonnes de chiffres dans des classeurs, eux-mêmes rangés dans des armoires métalliques, comme si le monde n'avait pas changé depuis des siècles. Au passage, j'ai découvert de très mauvais investissements, des demandes de prêts pas toujours justifiées, le tout dans une ignorance absolue des progrès technologiques. Donc désolé, mais quelques têtes vont tomber.

— Est-ce que... vous pourrez lui exposer la situation avec un peu plus de gentillesse ?

Alessio but une gorgée de café, puis la dévisagea, impassible.

— Nous parlons affaires, Sophie. Et certaines limites s'imposent, quand on veut jouer cartes sur table.

— Il est déjà tellement bouleversé..., murmura-t-elle après s'être mordillé les lèvres.

Les sourcils froncés, Alessio la dévisagea quelques instants en silence.

— Quand vous parlez de mon père, j'ai quelquefois l'impression que vous faites allusion à quelqu'un que je ne connais pas du tout.

— Léonard est plus tendre que vous l'imaginez.

— Ah ? Je serais curieux de connaître cet aspect de sa personnalité qu'il s'est bien gardé de révéler en ma présence, par le passé.

— Y tenez-vous réellement ?

Ce mélange d'indifférence froide et de moquerie qu'il affichait venait de provoquer la colère de Sophie. Comment était-ce possible qu'il parle ainsi de Léonard ? De toute évidence, il ne le connaissait absolument pas. Un gouffre semblait les séparer l'un de l'autre. Elle se rappela alors les articles sur son fils que conservait précieusement le vieil homme, ainsi que le désarroi qu'elle avait perçu dans sa voix, quand il lui avait dit craindre qu'Alessio le déteste.

Sophie avait passé de longues années à faire face à des situations très difficiles pour l'adolescente qu'elle était. Elle avait dû s'occuper d'une mère effondrée, totalement désorientée par la perte de son mari. D'une petite sœur qui avait un besoin impératif de soutien. En dépit de ces circonstances, pas une seule fois elle n'avait eu l'impression de manquer d'amour pour ces deux êtres. Le simple fait d'imaginer Léonard cherchant désespérément à susciter l'affection de son fils lui noua la gorge.

Alessio Rossi-White... un homme si beau. Et si distant aussi.

— Je me permets de vous rappeler que vous avez un seul père, déclara-t-elle d'une voix tendue.

— Et je me permets à mon tour de vous dire que vous dépassez les limites liées au poste que vous occupez, mademoiselle Court.

— Comme je crois vous l'avoir déjà expliqué, je tiens à éviter tout ce qui pourrait générer du stress chez votre père. Compte tenu de son état de santé, ça risquerait d'avoir des conséquences non négligeables.

— Dans ce cas, laissez-moi gérer les choses à ma façon !

— Vous êtes si... froid ! répliqua-t-elle, incapable de se contenir plus longtemps.

— Il me semble que vous me l'avez déjà dit. Vous devriez faire en sorte de ne pas prendre parti dans une bataille qui n'est pas la vôtre.

— Je cherche avant toute chose à préserver le bien-être et la quiétude de Léonard. Ce qui n'est pas facile, quand il pense que son fils le déteste.

4

Alessio s'immobilisa.

Avait-il bien entendu la dernière remarque de Sophie ? Pendant quelques secondes, il demeura figé.

— Je… je suis désolée, finit-elle par bredouiller comme le silence s'éternisait. Je n'aurais pas dû dire cela. Je… je ressentais une frustration terrible. Je suis désolée.

— J'apprécie les soins que vous apportez à mon père, dit Alessio en pesant chaque mot et en s'efforçant de garder le contrôle de ses émotions.

Mais il venait d'encaisser un coup auquel il ne s'attendait pas, le genre de coup que personne n'avait jamais osé lui asséner, et cette nouvelle donne le déstabilisait.

— Je l'aime beaucoup, dit Sophie avec force.

Leurs regards se soudèrent. Le feu qui brûlait dans les yeux de son interlocutrice l'étonnait, le stupéfiait même.

— Vraiment ?

Alessio n'arrivait pas à digérer ce que Sophie lui avait dit plus tôt. Son père pensait que son fils le haïssait ? Comment la situation pouvait-elle avoir dégénéré à ce point ?

Alessio avait connu une enfance heureuse pendant dix ans. Auprès d'un père distant, certes, mais couvé par une maman exubérante, toujours prompte à s'amuser. Il se rappelait la fois où, après avoir rempli un panier de victuailles, elle avait traîné Alessio jusqu'au bureau de son père et où elle avait convaincu ce dernier avec force arguments de les emmener à la plage. Léonard cédait toujours aux folies de sa femme. Une autre fois, Alessio avait ri de voir sa mère se lever de table en plein milieu d'un repas pour mettre de la musique et entraîner son père dans une danse endiablée. Après quoi, ils avaient ri et s'étaient embrassés.

Alessio avait adoré sa mère. Il avait aimé et admiré son père aussi. Comment les choses avaient-elles pu changer à ce point au fil des ans ?

Il le savait aujourd'hui. Le fossé qui le séparait de son géniteur, rempli de désaccords et de différends tenaces, s'était transformé en un gouffre infranchissable. Alessio, sans doute en raison de son jeune âge, n'avait pas compris les agissements de son père après le décès de son épouse. Il ne lui avait pas pardonné sa décision de se remarier si peu de temps après son veuvage. Une incompréhension mutuelle qui avait laissé place à une amertume des plus féroces.

Pour la première fois, Alessio remettait en question les choix qu'il avait opérés et la route qu'il avait décidé de suivre.

Passablement agité, il fronça les sourcils tout en fixant les traits expressifs de Sophie. Ses yeux brillaient de détermination, mais elle semblait regretter aussi de s'être laissée aller à autant de franchise. Les mèches désordonnées de sa courte chevelure blonde lui encadraient naturellement le visage, et ses lèvres étaient entrouvertes.

Comme son regard dérivait sur sa silhouette, il sentit poindre en lui ce qui ressemblait à une attirance contre laquelle il ne pouvait lutter. Il ne voyait plus en face de lui une simple soignante, mais une femme passionnée qu'il brûlait de voir nue.

C'est alors qu'une étrange pensée le traversa. Il ignorait tout de cette jeune personne. Plus dérangeant encore, il s'étonnait de s'interroger sur elle. Sa vie privée aurait dû le laisser complètement indifférent.

— Je trouve très rassurant que la personne en charge de mon père s'investisse autant dans son bien-être, finit-il par déclarer.

— Au point d'agir dans son dos ?

— Vous faites référence à votre voyage à Londres pour me mettre au courant de ses problèmes ?

— Exact. Je m'inquiète pour lui. Je suis peut-être allée trop loin...

— Que voulez-vous dire ?

— Je me suis substituée à lui pour vous dire certaines choses, répliqua Sophie en baissant les yeux.

Intrigué par la gêne qu'elle éprouvait, il pencha la tête de côté pour lui demander :

— Je vous intimide ?

— Pas du tout ! Comme je vous l'ai dit… j'ai outrepassé mes attributions… Certaines paroles sont sorties toutes seules. Vous ne m'intimidez pas… pas du tout.

— C'est hélas ce qui se produit souvent, sans que je sache pourquoi. Je suis pourtant une personne des plus tolérantes.

Devant l'air perplexe de Sophie, Alessio se détendit et sourit. Il devait admettre que la présence de cette jeune femme le ravissait. De même que ses manières franches.

— Bien, reprit-il. Comme je vous le disais, j'ai beaucoup de chance de traiter avec une personne aussi soucieuse du bien-être de mon père… mais n'avez-vous pas d'autres aspirations personnelles ? D'autres soucis à gérer ? C'est un sujet que nous avons très peu abordé. Personne dans votre entourage ne vous reproche le temps que vous consacrez à mon père ?

— Comment cela ?

— Vous comprenez très bien où je veux en venir, Sophie. Même si j'apprécie votre dévotion à l'égard de mon père, je ne voudrais pas que cela représente un trop grand sacrifice pour vous.

— Ce n'est pas le cas.

— Je ne sais rien de vous, à l'exception de vos qualifications professionnelles.

— C'est tout ce qui compte, non ?

Sophie s'interrogeait sur le tour personnel que prenait leur conversation. La curiosité que manifestait Alessio trouvait sans doute sa légitimité dans le fait qu'elle gérait le quotidien de son père et recevait pour cela un salaire des plus généreux. Un salaire dont elle avait appris qu'il lui était versé par Alessio, d'où les questions qu'il lui posait à cet instant précis.

— Quand mon père vous a recrutée, je me suis bien sûr assuré de vos compétences professionnelles, mais je lui ai laissé le soin de choisir la personne qui lui convenait le mieux.

— En quoi est-ce différent aujourd'hui ?

— Quand vous avez accepté cette mission, vous n'imaginiez pas à quel point elle serait difficile, n'est-ce pas ? Vous avez signé pour un emploi fastidieux, mais était-il prévu dans le contrat que vous soyez occupée à temps plein ?

— Non, mais la situation a changé…

— Au point de vous obliger à prendre en charge des tâches non prévues initialement, sans aucune compensation financière. Je suppose que vous ne vous y attendiez pas.

— Non, en effet…

— C'est pourquoi il est important que je vous dise ceci : si le travail supplémentaire qui vous est confié impacte de quelque manière que ce soit votre vie privée, je mettrai tout en œuvre pour vous dédommager.

Alessio avait parfaitement conscience de ce qu'il faisait : il cherchait à obtenir des informations personnelles par un biais détourné. Comme Sophie gardait le silence, il ajouta :

— Je veux m'assurer que votre emploi vous convient toujours. Je trouverais fâcheux que les tâches supplémentaires qui sont les vôtres aujourd'hui engendrent chez vous du ressentiment. Par exemple l'absence d'une gouvernante à demeure aurait dû être portée à mon attention il y a longtemps.

— Ce n'était pas envisageable…

— Je le comprends maintenant. Vous aviez reçu comme instruction de ne pas me mettre au courant.

Parce que mon père pense que je le déteste.

Alessio serra les dents et s'efforça de concentrer son attention sur la jeune femme assise en face de lui.

En vérité, chaque question posée avait sa raison d'être, même si l'intention qu'il poursuivait était d'en apprendre davantage sur cette jeune femme.

— Aucune tâche domestique n'aurait dû faire partie de votre

travail. Mais je comprends à quel point il est difficile de dissocier les choses quand on s'implique autant sur le plan personnel.

— Je les ai accomplies avec plaisir, sans aucun ressentiment. Dans le cas contraire, j'aurais dit quelque chose. Peut-être pas à vous, mais à votre père. Je ne suis pas du genre à accepter l'inacceptable en silence.

— Peut-être, mais cela me ramène à ma demande initiale. Je ne veux pas que votre travail nuise à votre vie sociale... ou intime.

Sans réaction de la part de Sophie, il demanda :

— Que pensent votre famille, vos amis... les plus proches de votre vie professionnelle ?

Sophie sentit le rouge lui monter aux joues. De quel droit Alessio s'immisçait-il dans son intimité ? Qu'elle ait un petit ami ou pas ne le regardait pas.

Mais peut-être pouvait-elle lui accorder le bénéfice du doute. Il craignait sans doute qu'elle se soit laissé dépasser par les événements.

Elle lui avait dit qu'elle n'aurait jamais accepté de travailler dans des conditions inacceptables. Mais elle devait admettre que celles-ci s'étaient détériorées au fil du temps, d'où l'inquiétude de celui qui était son employeur. Alessio voulait s'assurer de son désir de poursuivre sa mission. La dernière chose qu'il souhaitait était qu'elle baisse les bras et lui remette sa démission.

Malgré tous les efforts qu'elle déployait pour accorder une certaine légitimité aux questions posées par Alessio, elle ressentait une gêne effroyable à l'idée d'avouer son célibat.

Elle osa un regard vers lui et frissonna. L'homme assis en face d'elle l'impressionnait. Il était beau à couper le souffle. Au-delà de son physique exceptionnel, tout en lui l'attirait. L'intelligence, la finesse d'esprit qui perçait dans ses yeux noirs. Et une personnalité complexe qui l'intriguait et qu'elle brûlait de découvrir.

Alessio attendait une réponse, Sophie en était parfaitement consciente, alors elle se força à hausser les épaules d'un air désinvolte.

— Il n'y a personne dans ma vie en ce moment, dit-elle d'un ton léger, donc n'ayez aucune inquiétude. Je n'ai pas de dîner à préparer le soir pour qui que ce soit et aucune excuse à avancer pour justifier mon emploi du temps chargé.

— Voilà qui me rassure.

— Et vous ? osa Sophie.

— Pardon ?

— Oui, vous. Étant donné que vous séjournez ici pour régler les affaires de Léonard, est-ce que quelqu'un risque de vous reprocher votre absence ?

— Seriez-vous en train de me demander si j'ai une femme dans ma vie ?

Alessio pencha la tête de côté tout en ébauchant un sourire amusé, faisant regretter à Sophie la question plutôt intime qu'elle venait de lui poser.

— Les femmes peuvent se montrer exigeantes.

— C'est exact.

— Et avec les problèmes de santé de votre père...

— Vous voulez vous assurer que je suis pleinement concentré sur ma tâche et que je n'aurai pas à faire des allers et retours incessants entre Londres et Harrogate pour satisfaire aux exigences d'une femme ?

— Heu... personne ne vous demande de consacrer cent pour cent de votre temps ou de votre énergie à cette affaire...

— Je crains au contraire qu'il s'agisse d'un travail qui m'occupera à plein temps. Je pense rester ici plus longtemps qu'une semaine, contrairement à mes prévisions.

— Comment cela sera-t-il possible ? s'alarma-t-elle.

Depuis l'arrivée d'Alessio, la vie dans cette maison avait été chamboulée, et Sophie craignait de devoir subir la présence de cet homme indéfiniment. Son système nerveux n'y survivrait pas. Il exerçait sur elle un effet dérangeant.

Depuis toujours, elle voyait dans le sexe opposé un danger auquel elle ne voulait pas s'exposer. Elle avait décidé de consacrer toute son énergie à résoudre les soucis financiers de sa famille. Et depuis qu'elle travaillait pour Léonard, elle ne disposait d'aucun temps libre, ce qui lui convenait parfaitement.

Rien jusqu'ici ne l'avait préparée au tourbillon émotionnel qui couvait en elle depuis qu'Alessio avait surgi dans le paysage. Il émanait de lui une virilité qui la troublait et lui mettait les nerfs à fleur de peau.

— Même si, dans la plupart des cas, Internet permet de résoudre de nombreux problèmes à distance, celui qui nous occupe requiert une présence physique, avança Alessio en guise d'explication. Il faut interroger de nombreuses personnes, identifier les axes d'amélioration. Mais pour revenir à votre question initiale, personne ne m'attend à Londres, montre en main, pour me demander à quelle heure je compte rentrer.

— Vous pourriez demander... à votre compagne... de vous rejoindre ici, bredouilla Sophie.

— Même si j'avais fréquenté quelqu'un, je ne l'aurais pas envisagé une seconde.

— Pourquoi pas ? La maison est gigantesque. Vous auriez pu disposer de toute une aile privée.

Sophie ne parvenait pas à masquer sa curiosité. Elle avait vu tant de photos d'Alessio au bras de blondes sublimes qu'elle se demandait pourquoi aucune d'entre elles n'était parvenue à l'attirer dans ses filets. Son travail l'empêchait-il d'envisager une relation sérieuse ?

— Je ne partage mon espace avec personne, répliqua-t-il d'un ton sec.

— Ah... d'accord, bredouilla Sophie, gênée par cet accès de mauvaise humeur.

— Et vous ?

— Heu... pardon ?

Décontenancée, Sophie jetait des regards éperdus autour d'elle. Encore une question à laquelle elle ne s'attendait pas.

L'air un peu radouci, Alessio planta son regard dans le sien.

— Je suis sûr que mon père n'aurait vu aucune objection à ce que votre compagnon vive ici avec vous. Mais peut-être qu'aucun homme n'a fait partie de votre vie ces deux dernières années ?

Comme Sophie rougissait, il lui adressa un bref sourire.

— Avant que vous ne me reprochiez le caractère indiscret de cette question, je la retire. Mais comme nous allons devoir cohabiter, peut-être pourrions-nous nous entendre sur un mode de fonctionnement.

— Bonne idée, acquiesça-t-elle avec soulagement.

— Dites-moi comment vous occupez votre journée et à quelle heure mon père se retire dans ses quartiers. Plutôt de bonne heure, si j'ai bien compris ?

— Depuis quelque temps, oui.

— En raison de son état de santé, je présume ?

— En partie, oui. C'est dû aussi aux choses qu'il rumine en permanence. Cela peut être épuisant de ressasser les problèmes qui vous occupent. Cela peut même vous empêcher de dormir et vous rendre insomniaque.

— Est-ce un fait avéré ?

Comme Sophie l'interrogeait du regard, il ajouta :

— En avez-vous fait l'expérience ?

La gorge sèche, Sophie ne parvenait pas à échapper au regard insistant d'Alessio. Curieusement, l'envie de se confier la saisit. Comment était-ce possible ?

Était-ce parce qu'il s'agissait d'un étranger ? Parce qu'il était plus facile de partager des confidences avec une personne inconnue ?

Ou bien cela s'expliquait-il par le magnétisme que cet homme exerçait sur elle, la fascination qu'elle éprouvait pour lui ? En raison de ce trouble qui l'envahissait dès lors qu'elle se trouvait en sa présence ?

Comme elle demeurait silencieuse, il insista :

— Alors ?

— J'ai… Disons que j'ai eu mon lot de problèmes, admit-elle timidement. Mon père est mort quand j'étais jeune, et ma mère a sombré dans la dépression. J'ai une petite sœur… Adélaïde. Et pendant un moment – ou plus exactement pendant un bon bout de temps – j'ai dû m'occuper d'elles deux, parce que ma mère en était incapable. Il a fallu… que je gère beaucoup de choses. J'ai grandi à toute vitesse et connu de nombreuses angoisses, alors oui, je sais ce que signifie perdre le sommeil. Et une fois qu'il vous a déserté, il est très difficile de le retrouver.

Elle esquissa un sourire, mais Alessio ne le lui rendit pas. Ses yeux noirs exprimaient le plus grand sérieux.

— Vous avez accepté ce travail parce qu'il vous rémunérait bien, n'est-ce pas ?

— Qu'est-ce qui vous fait dire cela ?

— Un poste d'infirmière à l'hôpital requiert beaucoup d'heures de travail. Il s'y passe toutefois des tonnes de choses, et vous êtes entouré de nombreux professionnels. C'est très certainement plus stimulant que de passer son temps au chevet d'une personne âgée.

— J'aime m'occuper de votre père.

— Je n'en doute pas, mais j'imagine que la rémunération offerte pour ce travail a joué un rôle important dans votre décision. Vous avez traversé une enfance difficile. En plus de devoir tout gérer à la place de votre mère, vous avez probablement connu des difficultés financières qui par leur gravité vous ont tenue éveillée la nuit. Je me trompe ?

Sophie haussa les épaules, puis hocha la tête.

La distance qui les séparait semblait avoir rétréci. Alessio avait-il approché sa chaise de la sienne ? Ou était-ce elle qui avait amorcé ce mouvement ? Quoi qu'il en soit, leurs genoux se touchaient presque. Quand elle baissa les yeux, elle remarqua la tension qu'exerçaient les cuisses musclées d'Alessio sur le tissu de son jean. Gênée, elle détourna le regard. Jusque-là, rien ne venait jamais perturber le cours de son existence et il avait fallu l'intrusion de cet homme dans sa vie pour que sa tranquillité d'esprit vole en éclats.

Au bord des larmes, elle serra les lèvres. Elle qui ne pleurait jamais se sentait submergée par des émotions incontrôlables. Mue par une impulsion subite, elle quitta son siège pour aller laver sa tasse dans l'évier, ce qui lui permit d'échapper au regard insistant d'Alessio. Peine perdue, car soudain elle sentit des mains masculines se poser sur ses épaules. Doucement, il l'obligea à lui faire face.

— Je vous ai contrariée, dit-il d'un ton bourru.

— Non !

— Si j'avais su ce qui se passait ici, je me serais précipité au chevet de mon père, qu'il le veuille ou non, et vous n'êtes pas payée pour assumer les responsabilités de quelqu'un d'autre et pour subir tout ce stress. Même si vous avez déjà vécu ce genre de situation. Comment se porte votre mère aujourd'hui ? Votre sœur ? Y a-t-il quoi que ce soit que je puisse faire pour vous aider financièrement ?

La gentillesse de cette proposition l'émut profondément. Bouleversée de s'être laissée aller à des confidences auprès d'un étranger, Sophie ne put contenir ses larmes.

— Pleurez, cela vous fera du bien.

Elle lui adressa un sourire humide.

— Est-ce un ordre de la part de mon nouveau patron ?

— Je ne suis pas votre nouveau patron.

— Pourtant… vous avez dit…

— Vous demeurez au service de mon père et, soit dit en passant, je ne tiens pas à ce qu'il s'imagine que quoi que ce soit a changé.

Sophie hocha la tête et prit une profonde inspiration pour retrouver une certaine contenance.

— Pour en revenir à notre sujet, que pourrais-je faire pour aider votre mère et votre sœur ?

— Je vous remercie, mais tout est sous contrôle grâce au salaire que je perçois, répondit Sophie en toute honnêteté. Ma mère dispose d'un petit pied-à-terre sur la côte où elle mène une vie tranquille, entourée de quelques amis. Après avoir réglé tous les impayés, j'ai réussi à obtenir la levée d'hypothèque sur son logement. Quant à ma sœur, je l'aide aussi. Elle aspire à devenir actrice.

— Une actrice et une infirmière ? Deux univers très différents !

Sophie essuya les larmes sur ses joues et ébaucha un mince sourire tout en reculant d'un pas, obligeant Alessio à baisser les bras. Bien que soulagée de ne plus sentir ses mains sur ses épaules, une tension extrême l'habitait. L'air dans la pièce semblait s'être raréfié. Des ondes de chaleur la parcouraient tout entière, et son regard demeurait rivé à celui d'Alessio.

Alessio ne se rappelait pas la dernière fois où une femme avait exercé un tel effet sur lui. Curieusement, il avait poussé Sophie à se confier à lui, chose qu'il ne faisait jamais. Il n'était pas du genre protecteur, et les larmes l'exaspéraient. Non pas parce qu'il était insensible, mais parce qu'elles manquaient parfois de sincérité.

Pas celles de Sophie.

La vie qu'elle avait menée enfant et adolescente l'avait profondément marquée. Il le comprenait, car lui-même avait connu des circonstances similaires. Alessio évitait de penser au passé. Mais vivre à nouveau dans cette maison où il avait grandi lui rappelait des souvenirs qu'il aurait préféré garder enfouis dans sa mémoire : le décès de sa mère et le mur infranchissable qui s'était érigé entre son père et lui ; l'irruption d'une belle-mère vénale, une femme qui n'avait qu'un but, s'approprier la fortune de son mari. Une femme qu'Alessio avait détestée d'entrée de jeu. À juste raison puisqu'elle avait lutté bec et ongles pour obtenir un divorce des plus juteux. Il avait nécessité six années de procédures, et Alessio en était arrivé à la conclusion que mieux valait se méfier du sexe opposé. Ces six années avaient abouti aussi à une rupture entre son père et lui. Un gouffre d'incompréhension avait fini par les séparer.

Agacé par le tour que prenaient ses pensées, Alessio passa une main nerveuse dans ses cheveux et sursauta quand Sophie demanda :

— Pourquoi dites-vous que ma sœur et moi appartenons à deux univers très différents ?

— J'imagine qu'en qualité de sœur aînée vous avez renoncé à vos propres envies et êtes entrée très tôt dans la vie active pour offrir à votre petite sœur l'avenir dont elle rêvait. Cela n'a pas dû être facile.

— Je me suis débrouillée.

— Tout le monde peut *se débrouiller*, mais il ne faut pas se contenter de cela.

Incapable de résister à cette impulsion, Alessio effleura le visage de Sophie avec ses doigts.

Un geste qui la tétanisa, lui coupa le souffle et lui fit écarquiller les yeux.

Alessio l'avait touchée d'une manière qui la bouleversait. Un geste qui n'avait rien de fraternel. Un geste empreint de désir. Comme en témoignait le léger tremblement des doigts masculins qui dessinaient le contour de ses lèvres à présent. Mus par une même urgence, leurs deux corps se rapprochèrent et leurs lèvres s'unirent en un baiser brûlant, passionné, comme elle n'en avait jamais connu auparavant. Subjuguée par l'instant, Sophie enroula ses bras autour du cou de son partenaire. Totalement abandonnée, elle se lova contre ce corps masculin qui l'attirait comme un aimant. C'est alors qu'un signal d'alarme résonna dans son cerveau. Horrifiée, elle se dégagea des bras d'Alessio et porta une main à sa bouche.

— Je... je suis désolée...

— Moi aussi, dit Alessio en reculant d'un pas. Oublions ce moment de folie. Demain, je me mettrai sérieusement au travail et vous ne me verrez quasiment plus.

— Bien, acquiesça-t-elle en lui tournant le dos.

Ce « moment de folie » l'avait bouleversée, avait éveillé en elle des sensations inconnues, prodigieuses, mais qu'il valait mieux faire taire au plus vite. Quand elle se retourna, elle se rendit compte qu'Alessio avait déserté la cuisine.

5

Sophie appréhendait de se rendre dans la salle à manger. Elle n'avait pas posé les yeux sur Alessio depuis deux jours et, durant tout ce temps, n'était pas parvenue à le chasser de son esprit.

Ce baiser… ce moment de folie… qu'il fallait oublier.

Elle avait l'impression que tout son corps était marqué au fer rouge. Certes, il ne fallait pas qu'un tel incident se reproduise, mais comment ne plus y penser ?

Alessio, de toute évidence, y parviendrait, lui. Parce que, dans le monde où il évoluait, un baiser échangé avec une femme qui ne l'attirait pas vraiment ne représentait pas grand-chose. Ce n'était qu'un baiser provoqué par un échange de confidences dans une situation où les murs qui les séparaient s'étaient disloqués.

Quelques secondes seulement…

Au fond, rien n'avait changé. Alessio demeurait à ses yeux un être insensible, comme en témoignaient la manière dont il traitait son père et l'attitude désinvolte qu'il adoptait avec les femmes qui croisaient son chemin et avec qui il avait de brèves aventures. Malgré sa finesse d'esprit, son intelligence, il ne ressemblait pas au type d'homme avec qui elle serait prête à envisager un avenir.

Elle ne voulait pas vivre de relation passionnée, de peur que l'être aimé ne lui soit retiré par un divorce ou, pire, un décès. L'homme avec qui elle se marierait un jour devrait répondre à ses attentes : lui correspondre sur le plan intellectuel, être gentil, prévenant, peu exigeant, calme et raisonnable. Tout le contraire d'Alessio qui lui faisait l'effet d'un volcan prêt à entrer en éruption et auprès de qui elle risquait de se brûler les ailes.

Et lui, comment la percevait-il ? Probablement comme une personne effacée, inexistante, inintéressante. Il voyait sans doute en elle le genre de fille à rester à l'arrière-plan, à regarder les autres s'amuser et à attendre que son tour arrive.

Un tableau peu éloigné de la réalité, hélas.

Sophie avait une idée précise du type de femmes qui plaisait à Alessio. Des petites blondes sexy, extraverties, toujours prêtes à se mettre en avant pour qu'on les remarque. Mais elle avait beau avoir conscience de cette réalité, elle ne cessait de penser à lui.

Et, à cet instant précis, la perspective de le retrouver dans la salle à manger lui faisait battre le cœur.

De nombreuses choses s'étaient produites ces deux derniers jours. Une gouvernante avait été recrutée. Léonard le lui avait annoncé la veille au matin en ronchonnant.

— Juste au moment où je commençais à m'habituer au fait que nous n'étions que deux, voilà qu'une nouvelle personne va faire son apparition ! Elle devra s'acclimater vite fait.

Sophie avait accueilli la nouvelle avec soulagement, Léonard aussi, même s'il ne voulait pas l'admettre. C'était un homme maniaque et, au fil du temps, il avait exigé que la plupart des pièces demeurent fermées pour ne pas prendre la poussière. Il avait pour habitude autrefois de recevoir ses amis dans le grand salon, puis d'être servi à table par Édith dans la salle à manger. Mais la situation avait changé ces derniers temps. Léonard recevait moins de personnes et de moins en moins souvent. Sophie servait les rares invités à la grande table de la cuisine.

Autre nouveauté, l'audit de l'entreprise avait commencé. Cela aussi, elle l'avait appris de la bouche de Léonard. Ce dernier avait admis, un peu à contrecœur, que son fils menait les opérations de manière décente et respectueuse à l'égard des employés qui y travaillaient.

— Vous saviez qu'il se comporterait ainsi, avait dit Sophie avec un sourire. Les nombreux articles de journaux que vous collectionnez font tous l'éloge de son professionnalisme. Vous n'admireriez jamais une personne cruelle au point de se débarrasser brutalement de vos amis et anciens collègues.

— Il n'en reste pas moins que ce garçon est impitoyable.

Malgré les propos tenus par Léonard, Sophie avait décelé dans sa voix l'admiration qu'il vouait à son fils. Impitoyable, Alessio l'était probablement, d'où son ascension fulgurante dans le monde des affaires, mais cela ne faisait pas de lui un homme cruel ou injuste.

Sophie avait rougi ensuite quand Léonard l'avait scrutée avec insistance tout en déclarant :

— C'est un coureur de jupons aussi.

— Oui, c'est ce qu'on dit..., avait-elle admis d'une voix un peu enrouée.

— Les femmes lui tombent dans les bras. Ce n'est pas étonnant. Il a hérité des traits de sa mère. Isabella était une véritable beauté. Je ne voudrais pas que vous vous laissiez envoûter, ma fille.

— Cela n'arrivera pas.

— Il dit qu'il restera ici environ deux semaines...

— Je suis immunisée contre les hommes de la trempe de votre fils, Léonard.

Ce disant, Sophie s'était mise à secouer vigoureusement les coussins du sofa pour leur redonner du volume, mais surtout pour échapper au regard inquisiteur de son employeur.

— Tant mieux, parce que je tiens beaucoup à vous. Je ne voudrais pas que mon fils vous fasse du mal.

Sophie avait balayé cette remarque avec une plaisanterie, peu convaincante, comme en avait témoigné le regard sceptique de Léonard, puis elle avait pris congé pour échapper à cette conversation gênante.

Et à présent, elle ressentait le même malaise devant la porte de la salle à manger. Après avoir pris une profonde inspiration, elle pénétra dans la pièce. La table pouvant accueillir une douzaine de convives avait été dressée pour trois personnes. Léonard et Alessio se tenaient à chaque bout, et un couvert à son intention avait été disposé sur un côté.

Alessio consultait un ordinateur portable pendant que Léonard farfouillait parmi des dossiers. Tous deux semblaient concentrés sur leur tâche, et c'est à peine s'ils prirent conscience de l'arrivée de Sophie.

— Je suis désolée, dit-elle sans masquer une certaine frustration, mieux vaut que je dîne dans la cuisine, je crois.

Surpris, ils levèrent les yeux vers elle, avec un même froncement de sourcils. Sophie en aurait souri en d'autres circonstances, tant la ressemblance dans l'attitude des deux hommes était saisissante.

— C'est ridicule, marmonna-t-elle.

— Qu'est-ce qui est ridicule ? intervint Léonard d'un air étonné.

— Cette situation ! s'emporta-t-elle. Vous vous comportez comme de parfaits étrangers, chacun vaquant à ses occupations, sans vous parler, sans même vous regarder. Et puis, à cette distance les uns des autres, il va falloir crier pour se faire entendre !

— Je crois que vous exagérez un peu, intervint Alessio, un sourcil levé.

— Pas du tout ! objecta Sophie.

Elle le foudroya du regard. Était-ce ainsi qu'il espérait soulager le stress de son père ? En adoptant une attitude aussi lointaine ?

Elle quitta la pièce en trombe pour revenir avec la jeune gouvernante récemment embauchée à qui elle demanda de dresser la table différemment, de telle sorte que les trois convives soient plus proches les uns des autres.

Sophie se demandait d'où lui venait cette envie d'en découdre. Ce type de comportement bravache ne lui ressemblait pas. Elle d'ordinaire si discrète, si effacée, ressentait le besoin de se faire entendre. À quoi ce revirement était-il dû ? À la présence d'Alessio ? À ce baiser que tous deux avaient échangé ? Aux propos tenus par Léonard ? À ses mises en garde ? Certes, elle se sentait en danger auprès de cet homme au charme envoûtant, mais il était ridicule d'imaginer qu'elle puisse lui plaire.

Quoi qu'il en soit, son accès de colère avait donné des résultats : Alessio et Léonard avaient mis de côté l'ordinateur et les dossiers pour se rapprocher l'un de l'autre tandis que Sophie prenait place en face d'eux. Un délicieux dîner leur fut servi par Sarah, la jeune étudiante qui avait pris ce travail de gouvernante pour pouvoir poursuivre ses études sans faire de prêt.

Comme à son habitude, Léonard se plaignit du régime strict que lui avait prescrit son médecin, ce à quoi Alessio réagit en riant.

— Ma pauvre Sophie, je vous plains de devoir subir le mauvais caractère de mon père. J'ai du mal à croire que vous le trouviez adorable !

Leurs regards se soudèrent, et Sophie sentit son cœur s'emballer. Le sourire d'Alessio le rendait encore plus séduisant, et des images torrides dansaient devant ses yeux. Leurs corps enlacés, leur baiser passionné...

D'une voix un peu rauque, elle balaya la dernière remarque d'Alessio d'une boutade, puis reporta son attention sur Léonard qui l'observait attentivement.

— Nous nous entendons très bien, marmonna ce dernier. Sophie lit en moi à livre ouvert.

— Dans ce cas, peut-être que *ton âme sœur* pourrait m'expliquer ce que tu comptes faire de cette maison. Il me semble qu'elle requiert pas mal de travaux.

— *Elle* te dira que ce n'est pas nécessaire, s'emporta Léonard. Cette maison me convient telle qu'elle est.

— Il y a des fissures un peu partout et des traces d'humidité dans plusieurs pièces.

— Je te l'ai dit, je ne veux rien changer, objecta Léonard en reposant bruyamment ses couverts sur la table.

— Je suis venu ici pour résoudre un certain nombre de problèmes...

— Ça n'inclut pas de dévaster ma maison !

— Il n'est pas question de cela. Tu craignais que je déboule dans tes bureaux et vire tout le monde. L'ai-je fait ?

— Si j'avais su que tu projetais une rénovation de la maison, je ne t'aurais jamais permis de... de proposer ton aide.

— Tu n'avais plus le choix, papa.

Sophie les observait à tour de rôle, fascinée par les propos qu'ils échangeaient. Ils ressemblaient à deux puissants chefs de guerre, chacun campé sur ses positions. Elle comprenait le point de vue de chacun, mais s'étonnait de l'attitude d'Alessio, qui semblait déterminé à s'investir dans d'autres missions que celles prévues initialement.

— Tu ne comprends pas, fils, finit par déclarer Léonard.

— Qu'est-ce que je ne comprends pas ?

— Je ne veux pas... Ta mère...

Très contrarié, Léonard voulut se lever de table mais, comme il titubait, Sophie se précipita à sa rescousse et lui agrippa le bras.

— Ta mère..., reprit-il d'une voix tremblante, elle est ici avec moi. Je ne veux pas que cela change. Son âme l'emplit et je ne veux pas qu'elle disparaisse.

Alessio, à son tour, se leva prestement pour venir en aide à son père. Il passa un bras autour de ses épaules, puis planta son regard dans celui de Sophie.

— Je m'en occupe.

— Bien sûr, répondit-elle sans hésiter.

Léonard, les épaules voûtées, se laissa aller contre son fils. Un accès de faiblesse qui ne lui ressemblait pas, mais contre lequel son état ne lui permettait pas de lutter.

— Attendez-moi ici, reprit Alessio, et adressez toutes nos excuses à Sarah. Dites-lui que le dessert attendra demain.

— Bien entendu.

Elle serra les doigts de Léonard entre les siens, puis le regarda disparaître, soutenu par son fils, hors de la salle à manger.

Très affectée par l'état du vieil homme, elle se laissa tomber sur une chaise et sursauta quand Sarah surgit dans la pièce. Comme on le lui avait demandé, elle dit à cette dernière que son service était terminé et qu'elle pouvait rentrer chez elle.

— Vous êtes sûre que tout va bien ? s'enquit la jeune gouvernante. Ça ne me dérangerait pas de rester plus longtemps...

Sophie lui adressa un regard attendri ainsi qu'un sourire.

— Prenez un taxi pour rentrer chez vos parents, Sarah. Je vous verrai demain.

La jeune fille ayant pris congé, Sophie consulta sa montre. Il était à peine 19 h 30. Devait-elle rester dans la salle à manger jusqu'au retour d'Alessio ? Dans combien de temps la rejoindrait-il ? Elle se sentait trop agitée pour demeurer assise sans rien faire. Alors, elle se rendit dans la cuisine et entreprit de disposer les couverts dans le lave-vaisselle. Après quoi, elle nettoya les plans de travail. Des tâches qui ne lui pesaient pas et qu'elle appréciait quand elle se sentait nerveuse. Alors qu'elle s'apprêtait à replier son torchon, elle vit qu'Alessio l'avait rejointe.

Depuis quand se tenait-il immobile sur le seuil de la pièce ?

Elle n'en avait pas la moindre idée.

Quand elle leva les yeux vers lui, elle prit conscience de la pâleur de son visage et de ses traits tirés. Inquiète, elle demanda :

— Comment va-t-il ?

Sans répondre à cette question, Alessio dit :

— Asseyez-vous. Je vais nous préparer du café. Sarah est-elle rentrée chez elle ?

Sophie hocha la tête, puis prit place sur une chaise. Songeuse, elle observa les gestes d'Alessio tandis qu'il mettait la cafetière en route. Il lui paraissait plus tendu que d'ordinaire. Quand il eut rempli deux tasses, il les déposa sur la table et vint s'asseoir tout près d'elle.

— Alors ? réitéra Sophie.

— J'ai pris mon temps...

— Je ne m'attendais pas à vous voir revenir au bout de cinq minutes. Léonard était très agité. J'aurais dû vous accompagner pour l'aider à se calmer...

— Cela ne rentre pas dans vos attributions. Je suis responsable de ce qui s'est produit. Je ne voulais pas le contrarier... et je regrette sincèrement de l'avoir mis dans cet état. Je m'en suis excusé auprès de lui.

Alessio plongea son regard dans le sien, puis baissa les yeux sur ses mains jointes.

— Vous vous retrouvez au milieu d'une situation impossible, non prévue dans le contrat que vous avez signé.

— Que voulez-vous dire ?

— Je pense que vous savez parfaitement à quoi je fais référence, objecta Alessio avec un sourire empreint de tristesse. Mon père et moi n'avons pas une relation des plus faciles depuis de nombreuses années. Je vous l'avais dit... mais ce dont vous venez d'être témoin...

Partager des confidences ? Alessio n'y était pas habitué. Il avait appris à n'échanger que le strict nécessaire avec les gens qu'il côtoyait. Il n'avait jamais évoqué les mauvaises relations qu'il entretenait avec son père. Même au plus jeune âge, lorsqu'il avait été envoyé dans un pensionnat juste après le décès de sa mère, il avait gardé pour lui toute la souffrance qu'il endurait.

Abandonné à son sort par son père, il s'était endurci et avait décidé de n'accorder sa confiance à personne.

Aujourd'hui en revanche, il estimait que la jeune femme blonde qui l'observait avec de grands yeux bruns pleins de sollicitude méritait d'en savoir davantage sur la situation dans laquelle elle se trouvait embarquée.

Son père avait développé une grande complicité avec elle, alors qu'Alessio ne savait rien de lui. Le mur qui les séparait avait grandi d'année en année, et tous deux ne partageaient plus rien, excepté une immense incompréhension.

— Vous m'avez dit que votre père et vous avez connu de nombreux différends, commença Sophie, mais vous n'avez pas besoin de m'en parler, si vous ne le souhaitez pas.

— C'est très généreux de votre part mais, comme vous êtes plutôt remontée contre moi, et ce, depuis que vous travaillez pour mon père…

— C'est faux, s'offusqua Sophie, je n'ai rien contre vous !

— Ah non ? Pas tout le temps, peut-être. Quand je vous ai embrassée, vous n'avez manifesté aucun rejet de ma personne.

— Vous aviez promis que nous n'en reparlerions plus jamais !

— C'est vrai, admit Alessio en fronçant légèrement les sourcils.

Il s'en voulait d'avoir changé de sujet, alors que celui qui méritait toute son attention était des plus sérieux. Mais la présence de Sophie à ses côtés, le délicat parfum qui émanait de sa personne agissaient sur ses sens sans qu'il puisse les contrôler. En plongeant son regard dans le sien, le souvenir du baiser que tous deux avaient échangé revenait le hanter. Le plaisir immense qu'il avait ressenti en happant ses lèvres lui envoyait des ondes de chaleur dans tout le corps. Il avait envie de renouveler l'expérience…

Il ressentit une pointe de triomphe en voyant les joues de Sophie s'embraser. Pas de doute, elle partageait le même désir que lui, comme en témoignait le battement de ses cils.

Alessio s'étonnait de ses propres réactions. Il n'était pas un célibataire endurci. Il appréciait la compagnie des femmes, lesquelles appréciaient la sienne. Il les choisissait en fonction de critères bien précis : elles n'avaient, tout comme lui, aucune envie de s'engager dans une relation sérieuse, leur seul but étant de s'offrir des moments de volupté, d'exaltation des sens. Entre ces femmes et lui ne régnait pas la moindre ambiguïté. Ils jouaient cartes sur table. Aucune, contrairement à Sophie, ne suscitait en lui la moindre curiosité. Jamais il n'avait cherché à découvrir tous les mystères qui les entouraient.

Qu'avait donc cette jeune femme de différent des autres ? Pourquoi cette envie d'explorer toutes les facettes de sa personnalité ? En sa qualité d'employée auprès de son père, elle n'aurait pas dû provoquer le moindre attrait à ses yeux.

Sophie Court était une femme sérieuse, qui poursuivait des objectifs tout aussi sérieux. Qui, de toute évidence, ne voulait pas d'aventures sans lendemain et réprouvait la vie que menait Alessio et dont elle devait avoir une idée à travers la presse. Peut-être l'attirait-elle justement pour cette raison ? Parce qu'elle avait une piètre opinion de lui.

L'envie de poursuivre cette conversation le tenaillait, de même que savourer le contact de ces lèvres féminines si tentantes, mais ce serait jouer avec le feu. La situation ne s'y prêtait pas.

Alors, il s'éclaircit la voix et revint à la raison.

— Mon père s'est remarié très peu de temps après le décès de ma mère.

— Clarissa ?

— Vous avez entendu parler d'elle ? Oui, évidemment. Vous savez plus de choses que moi sur mon père.

— Nous passons beaucoup de temps ensemble.

— Que vous a-t-il dit à son sujet ?

— Quelle importance ? Je n'aurais pas dû laisser entendre que je connaissais le nom de cette femme.

— Pourquoi ? Pour la première fois, il y a quelques minutes, mon père et moi avons eu une conversation moins superficielle que d'ordinaire. J'ai découvert qu'il dépend énormément de vous, et pas seulement pour les soins que vous lui prodiguez. Peut-être s'agissait-il de votre mission initiale, mais de toute évidence votre relation a pris une tout autre dimension. Comme il me l'a confié, vous êtes plus une fille pour lui qu'une infirmière.

— Il a dit cela ?

— Oui.

Alessio marqua un court silence avant d'ajouter :

— En mon absence, je comprends qu'il ait ressenti le besoin de reporter son affection sur quelqu'un d'autre. Je n'aurais pas dû m'éloigner autant, mais inutile de ressasser le passé. Il se trouve que mon père a peur de mourir, et je regrette sincèrement de l'avoir contrarié. Mais j'ai quand même réussi à le rassurer sur ce qui se passe dans l'entreprise.

— Il vous aime.

— N'allons pas sur ce terrain.

— Ce n'est pas parce que Léonard tient à moi qu'il vous a relégué au second plan.

— Cela ne m'a jamais effleuré l'esprit. Mais si tel était le cas, je n'en ferais pas un drame. Les choses sont ce qu'elles sont. Je n'ai jamais pardonné à mon père de s'être remarié si vite après le décès de ma mère.

— Oui, je comprends...

— J'étais très jeune à l'époque. Mon père et moi ne communiquions presque plus, et je me faisais des films dans ma tête. Comme mon père me l'a confessé, il s'est accroché à Clarissa pour surmonter son chagrin.

— Ce sont des choses qui arrivent, remarqua Sophie d'un ton très doux.

Imaginer le jeune Alessio, déboussolé, éloigné de son père, accablé par une rancune tenace lui serrait le cœur, et elle se sentait coupable à présent d'avoir systématiquement pris le parti de Léonard jusqu'ici. Elle avait lu les coupures de presse qu'il conservait précieusement et avait développé une grande tendresse pour le vieil homme, délaissé par un fils qu'elle imaginait froid et dédaigneux, qu'elle accusait de tous les maux.

— Je suis venu ici pour résoudre les problèmes financiers de mon père, reprit-il d'un ton lourd.

— Léonard en tirera beaucoup d'apaisement. Et même s'il se montre grincheux, je suis sûre qu'il sera soulagé d'un grand poids.

Malgré la teneur sérieuse de leur conversation, Sophie ressentait un grand trouble intérieur. Tous ses sens en alerte, elle ne parvenait pas à détacher son regard de celui d'Alessio. Se livrer comme il venait de le faire la touchait en plein cœur. Il n'était pas le genre d'homme à s'épancher de la sorte auprès d'une inconnue. C'est à peine s'il avait remarqué sa présence dans cette maison ces deux dernières années. À ses yeux, elle ne devait guère représenter plus qu'une plante végétant dans un pot.

Mais les choses avaient changé. Alessio avait-il décidé de lui faire confiance parce que son père comptait énormément sur elle ? Ou bien le baiser que tous deux avaient échangé avait-il joué un rôle ?

Pour Sophie, c'était une évidence, qu'elle l'admette ou non.

Mais Alessio avait déclaré qu'il s'agissait d'un simple moment d'égarement et qu'il fallait l'oublier. Pourtant, il y avait fait référence un peu plus tôt dans la soirée, avec une lueur incandescente dans le regard.

Sophie brûlait d'envie de savourer la texture de ses lèvres, de sentir la chaleur de son corps contre le sien, et plus encore. La raison semblait l'avoir désertée…

— Combien… combien de temps… pensez-vous rester ici ? bredouilla-t-elle.

Alessio ne répondit pas immédiatement à la question posée par Sophie. Le regard rivé sur elle, il se remémorait les événements survenus au cours de l'heure précédente. Le mur qui séparait son père et lui s'était fissuré. Alessio n'aurait jamais imaginé connaître un tel revirement de situation. Il avait vu des larmes dans les yeux de son père, cet homme qu'il pensait dénué de sensibilité. Une nouvelle donne qui l'amenait à regarder la réalité sous un jour complètement différent.

— Je pense rester plus longtemps que prévu initialement, finit-il par déclarer. Je n'avais pas soupçonné la fragilité de mon père. Je le croyais solide comme un roc, fourbe, insensible. Mais les choses ont changé, visiblement, et je ne veux pas compromettre sa guérison. Sans compter que d'autres sujets méritent d'être abordés.

— Lesquels ? souleva Sophie avec inquiétude.

— Comme vous le savez, j'ai inspecté tous les recoins de la

maison. Son état se détériore, et je pense que le moment est venu d'y remédier.

— Vous tenez vraiment à la restaurer ? Pourtant, Léonard, à table...

— Comme je l'ai dit précédemment, il est temps d'envisager une rénovation. J'en ai parlé à mon père, lui ai fait part des problèmes qui risquent de survenir si certains travaux ne sont pas envisagés le plus tôt possible. Je crois l'avoir convaincu.

— Il semblait pourtant tenir à ce que rien ne change...

— Il a fini par admettre que les souvenirs demeureront gravés dans sa mémoire, quoi qu'il arrive. Une maison n'est qu'une maison, rien de plus.

— Ce n'est pas si facile, objecta Sophie en secouant la tête.

Elle se rappelait la douleur ressentie par sa mère quand elle avait dû quitter la maison partagée pendant de nombreuses années avec son mari. Un véritable crève-cœur pour elle.

Léonard n'aurait pas à vivre un tel traumatisme, puisqu'il demeurerait chez lui, mais les changements à venir risquaient de lui causer énormément de peine. Elle savait que la vie n'avait pas été tendre avec lui. Il avait dû renoncer à gérer son entreprise, puis connu des ennuis de santé qui, avec le temps, avaient affecté son moral.

— Il avait besoin de quelqu'un sur qui compter, ces dernières années, ajouta-t-elle avec une certaine froideur. Il avait besoin de votre présence.

— Ça, c'est vous qui le dites ! répondit Alessio, agacé.

— Quand les travaux commenceront-ils ? éluda Sophie pour ne pas mettre plus d'huile sur le feu. Et qu'est-ce que cela implique ?

— Mon père va devoir s'installer ailleurs durant une quinzaine de jours. Pendant les travaux, il y aura beaucoup de va-et-vient, de poussière et de bruit.

— Léonard est d'accord ?

— Je lui ai dit qu'il n'avait pas trop le choix. Soit il laisse la situation se dégrader jusqu'à ce que la maison s'écroule, soit il accepte les rénovations nécessaires. Je n'envisage pas une transformation radicale des lieux, seulement des réparations indispensables, comme les vitraux situés sur le palier du premier étage. Ils sont dans un état lamentable et risquent de s'effondrer.

— Je ne vous suis pas… Où Léonard va-t-il s'installer ? À Londres ? Il m'a souvent dit à quel point il déteste cette ville.

— Il n'y a pourtant pas séjourné souvent, mais c'est une autre histoire. Ce n'est pas à Londres que je pensais.

— Où alors ?

— Je possède une demeure sur le lac de Garde, dans le nord de l'Italie. En empruntant mon jet privé, nous pouvons nous y rendre en quelques heures. Le voyage ne devrait pas trop le fatiguer.

— Ah, je vois… D'accord.

— Si nous partons dans trois ou quatre jours, cela me laissera le temps de régler tous les problèmes liés à l'entreprise de mon père et d'en confier les rênes à quelques personnes triées sur le volet. Cela permettra aussi à mon assistante personnelle de trouver les meilleurs artisans pour la rénovation de la maison. Il faudra aussi remiser tout ce qui représente une certaine valeur dans les pièces les moins abîmées, celles qui se trouvent dans l'aile ouest par exemple…

— Un instant, coupa Sophie. Quand vous dites… *nous*… qu'entendez-vous par là ?

— Il me paraît impossible que mon père se passe de vous pendant ce séjour en Italie. Votre passeport est-il à jour ?

— Oui, mais…

— Désolé, il n'y a pas de mais. Pour être parfaitement honnête, vous devez savoir que mon père a accepté les travaux et le déménagement à la condition que vous soyez du voyage et continuiez de vous occuper de lui.

Un long silence suivit cette dernière remarque. Silence durant lequel Alessio planta son regard dans celui de Sophie.

— Bien entendu, vous serez largement rétribuée pour cette mission. Donc, à moins que vous ayez un empêchement sérieux, vous allez devoir nous suivre dans cette aventure. Cela vous pose-t-il un problème ?

6

Le jet privé d'Alessio atterrit quatre jours plus tard dans un petit aéroport près de Milan. Durant cette période, la vie de Sophie s'était accélérée de manière drastique, jusqu'à atteindre une vitesse supersonique.

Alessio avait placé trois de ses meilleurs collaborateurs à la tête de l'entreprise de son père à Harrogate. De son côté, il avait rejoint Londres afin de coordonner une équipe des plus compétentes pour s'occuper de la propriété. Il avait aussi recruté des déménageurs de confiance pour transférer tous les objets de valeur et les œuvres d'art dans des pièces dédiées à cet effet.

— Laissez les meubles les plus imposants là où ils sont, leur avait-il dit. Couvrez-les pour les protéger. Vous n'aurez qu'à les déplacer au fur et à mesure de vos besoins.

Comme prévu, Léonard n'avait cessé de se plaindre à Sophie.

— À certains moments c'est à peine si mon garçon m'adresse la parole, marmonna-t-il la veille de la venue des déménageurs, et la minute d'après il aboie des ordres comme s'il était le maître de cette maison.

— Vous vous êtes parlé, protesta Sophie. Il vous a emmené déjeuner au restaurant la veille de son départ pour Londres et, apparemment, vous avez passé un très bon moment ensemble.

— Je suis poli quand on m'invite ! répliqua Léonard avec la pire des mauvaises fois. Je connais les bonnes manières, jeune fille. Contrairement à ce qui se pratique aujourd'hui, hélas.

Sophie avait aidé le vieil homme à mettre à l'abri ses possessions les plus précieuses : son ordinateur, ses mémoires, tous les articles de presse collectionnés au fil des ans et tous ses albums photo.

— Les personnes recrutées par Alessio veilleront à ce que rien ne soit détérioré, lui avait-elle dit pour le rassurer.

— Je sais, avait-il admis. Il a le sens des responsabilités, une qualité qu'il a héritée de moi, même si aujourd'hui je ne vaux plus rien. Isabella, sa mère, n'avait aucun sens de l'organisation, mais je n'aurais jamais perdu patience avec elle. Pas avec ce sourire qu'elle avait... Un sourire capable de soulever des montagnes.

Sarah avait reçu comme consigne de vérifier chaque soir que les règles de propreté qu'Alessio avait fixées avaient bien été respectées. Il s'était montré très ferme avec elle, à tel point que Sophie en avait été désolée pour la jeune fille. Heureusement, il avait fait preuve aussi de gentillesse à son égard. Il lui avait demandé de prendre contact avec son assistante personnelle afin de modifier son contrat et de recevoir une hausse de salaire en raison du rôle supplémentaire qui serait le sien, à savoir garder un œil sur les travaux effectués par les artisans.

— Sont-ils dignes de confiance ? s'était alarmée Sophie quand Sarah avait quitté le salon, la laissant seule avec Alessio. Ont-ils vraiment besoin d'être surveillés ?

— Sarah n'aura pas besoin de superviser les travaux. J'ai choisi des professionnels de premier ordre.

— Dans ce cas, pourquoi...

— Sarah a dix-neuf ans. Elle travaille dur pour parvenir à économiser de l'argent. Je pense qu'elle serait gênée de recevoir une augmentation alors qu'elle aura moins de travail en notre absence. Avec cette charge supplémentaire consistant à faire un tour d'inspection tous les soirs, elle aura le sentiment de mériter une compensation financière.

— C'est très... attentionné de votre part, avait déclaré Sophie en rougissant légèrement.

Alessio l'avait observée en silence quelques instants avant de répliquer avec un sourire :

— Je peux l'être de temps à autre... malgré la réputation qui me poursuit.

Sophie avait ressenti un immense soulagement quand Alessio

s'était envolé pour Londres après lui avoir appris qu'il les rejoindrait, son père et elle, en Italie.

À présent, alors qu'elle voyageait avec Léonard à bord du jet privé d'Alessio, elle observait avec stupéfaction le luxe qui l'entourait. L'appareil, d'un noir brillant, les avait attendus sur le tarmac de l'aérodrome, tel un oiseau de proie. Une fois à l'intérieur, le personnel s'était adressé à ses deux passagers avec une déférence inouïe, comme s'ils étaient des hôtes prestigieux. Léonard avait très vite sombré dans le sommeil. De son côté, Sophie avait senti sa nervosité croître à mesure que le temps s'écoulait. Si bien qu'à leur arrivée ce fut d'une démarche tremblante qu'elle fit ses premiers pas sur la passerelle. Quand Léonard entreprit de descendre les marches métalliques à ses côtés, il lui glissa à l'oreille :

— Alessio m'a parlé de cet endroit avant son départ. Il en a fait l'acquisition il y a quelques années seulement. J'aurais aimé qu'il m'en informe avant.

— Ah... pourquoi ?

Il faisait très froid, et le ciel bleu tournait à l'indigo à mesure que le soleil déclinait à l'horizon.

— Isabella a toujours rêvé d'une villa sur le lac de Garde. Enfant, elle séjournait tous les étés dans celle acquise par mon fils.

Comme ils s'avançaient vers la berline noire qui devait les conduire à la maison où les attendait Alessio, il ajouta :

— J'ai toujours regretté de ne pas lui avoir offert ce qu'elle désirait. Elle aurait pu s'acheter la maison de ses rêves elle-même, mais elle voulait que je sois partie prenante dans ce projet. Et moi, pauvre idiot, j'étais tellement investi dans le travail que je n'ai jamais songé à nous doter d'une résidence de vacances. Si j'avais su...

Comme il s'interrompait, Sophie le dévisagea avec curiosité. Elle fut peinée de découvrir des larmes dans ses yeux.

— Si j'avais su qu'Alessio avait investi ici, reprit-il d'une voix enrouée, nous aurions peut-être pu enterrer la hache de guerre et retrouver une relation plus apaisée. Bon, oublions ces bêtises et apprécions ce cadre enchanteur, ma fille !

Ce qu'ils firent pour leur plus grand plaisir.

Les maisons luxueuses nichées sur les collines autour du lac scintillaient dans le crépuscule naissant.

Le voyage se fit dans le silence, tandis que chacun des passagers admirait le paysage. Une fois parvenue à destination, la voiture s'arrêta un instant devant un immense portail noir qui s'ouvrit automatiquement sur une grande allée bordée d'arbres. Au loin, on apercevait des lumières et, quand au détour d'un virage la villa apparut, Sophie écarquilla les yeux, admirative.

— Seigneur..., murmura-t-elle.

— Je suis impressionné, dit Léonard à son tour.

Quand la voiture se gara dans l'allée gravillonnée, la porte d'entrée s'ouvrit sur une silhouette reconnaissable entre toutes.

Alessio portait un jean noir et un polo à manches longues assorti. Il était si sexy que Sophie sentit son cœur cogner dans sa poitrine.

— Coucou, vous êtes là ? lui demanda Léonard en la dévisageant d'un air curieux.

— Oui... oui, pardon... j'étais en train d'admirer la bâtisse..., bredouilla Sophie.

— Cessez donc et aidez-moi à descendre, mon petit.

— Bien sûr, oui, je vais vous aider.

Les joues en feu, Sophie sortit prestement du véhicule pour échapper au regard scrutateur que Léonard dardait sur elle. Visiblement, il s'était rendu compte que ce n'était pas la maison qu'elle admirait, mais son fils.

Quand Alessio les rejoignit, elle garda les yeux baissés.

— Comment s'est passé le voyage ? demanda-t-il en prenant le bras de son père.

— Je ne suis pas encore complètement invalide ! protesta ce dernier.

Il accepta toutefois de se laisser conduire dans la magnifique demeure. Quand la porte d'entrée se fut refermée sur eux, Sophie parcourut des yeux le décor magnifique qui l'entourait. Toute carrelée de marbre rose pâle, les murs peints en blanc et meublée de bois clair, la villa invitait à la sérénité. Sophie n'avait jamais rien vu d'aussi beau, pas même dans les magazines de décoration qu'elle feuilletait parfois.

Quand son regard se porta sur l'immense escalier qui conduisait à l'étage, elle aperçut le gigantesque lustre en cristal accroché au plafond. Il semblait constitué d'une myriade de larmes opalescentes prêtes à tomber du ciel.

Quand elle eut fini son inspection, elle tourna la tête vers Alessio qui l'observait d'un air amusé.

— Le voyage s'est bien passé, merci, répondit-elle un peu tardivement à la question posée précédemment par son hôte.

Visiblement impatient de découvrir la maison, Léonard avait pris les devants et s'était mis à inspecter les pièces du rez-de-chaussée, Sophie et Alessio le suivant à distance.

— J'espère ne pas retrouver ce genre de décor, une fois de retour chez moi, l'entendirent-ils maugréer.

Ce à quoi Alessio répondit, après avoir adressé un clin d'œil complice à Sophie :

— Ne t'inquiète pas, j'ai bien reçu le message : tu ne veux pas de grands changements.

Toujours guidés par Léonard, ils se dirigèrent vers l'arrière de la maison qui donnait sur une immense terrasse délimitée par des colonnes impressionnantes. À leur arrivée, celle-ci s'éclaira jusqu'à une aire située en contrebas où avait été construite une magnifique piscine.

— Qui s'occupe de cet endroit en ton absence, fils ? demanda Léonard en pénétrant à nouveau dans la maison et en se dirigeant vers ce qui s'avéra être une cuisine.

— J'ai confié l'entretien de la maison à un couple vivant tout près d'ici. Ils font une inspection journalière pour vérifier que tout va bien.

— Quel gaspillage d'argent ! marmonna Léonard en secouant la tête.

Quand Sophie voulut observer la réaction d'Alessio, elle vit qu'il souriait.

— De l'argent, j'en ai à revendre, répliqua-t-il d'un ton léger, et ce que j'en fais ne regarde que moi.

Le père et le fils échangèrent un regard, mais n'en dirent pas davantage. Sophie eut toutefois le sentiment qu'un pont commençait à se former au-dessus du précipice qui les séparait jusque-là.

Le couple recruté par Alessio vaquait à de nombreuses autres occupations dans la maison, apprirent-ils. Quand Alessio y séjournait, l'homme – véritable chef – s'occupait des repas, et son épouse du linge et du nettoyage, aidée par une femme de ménage.

Après le repas qui leur fut servi dans la cuisine, Léonard prit congé et se retrancha dans la chambre qui lui avait été attribuée à l'étage, laissant Sophie et Alessio en tête à tête.

— Pensez-vous que ce séjour apportera à mon père suffisamment de sérénité ? demanda ce dernier en rapprochant sa chaise de celle de Sophie.

Comme elle détournait les yeux, il insista :

— Alors ? Sincèrement, jusqu'au dernier moment, je me suis demandé si vous alliez me rejoindre.

— Ah ? Pourquoi ?

— Parce que mon père est une vraie tête de mule. Je m'attendais à ce qu'il vous ordonne de chasser quiconque se présentant chez lui avec des outils et des pots de peinture.

— Ce n'est pas très gentil de dire cela.

Sophie gardait les yeux rivés sur le contenu de son verre de vin. La proximité d'Alessio la mettait à la torture. Quand il se pencha vers elle, elle ne put réprimer un frisson.

— Je suis réaliste, Sophie. Mon père veut que rien ne change dans la maison. Je suis sensible au fait qu'il souhaite garder tous ses souvenirs intacts, mais il fallait le pousser à intervenir avant que la bâtisse tombe en ruines. Attendre plus longtemps aurait engendré des frais énormes. Mais à la minute où je suis parti, j'ai franchement cru qu'il reculerait.

— Vous avez fait preuve d'une grande force de conviction, car il ne s'opposait plus du tout aux travaux. Je crois qu'il est content, même s'il ronchonne tout le temps.

Elle s'interrompit, ébaucha un sourire, puis reprit :

— C'est drôle parce que, avec le recul, je me rends compte que Léonard ressentait beaucoup d'anxiété ces derniers mois. Souvent, quand je lui parlais, je voyais bien qu'il ruminait de sombres pensées et je devais insister pour qu'il m'écoute.

— Mon père sait se montrer difficile.

— Non, ce n'est pas cela. Il n'avait personne avec qui partager ses soucis.

— Vous critiquez à nouveau mon manque de présence...

— Pas du tout ! Ce n'est pas ce que je voulais dire.

Sophie planta son regard dans celui d'Alessio pour le regretter aussitôt. Des ondes de chaleur se propageaient dans tout son corps. L'air semblait s'être raréfié dans la pièce. Une vague de panique la submergea. Il fallait qu'elle réagisse.

— Quoi qu'il en soit, ajouta-t-elle précipitamment, je trouve Léonard beaucoup moins stressé qu'il y a deux semaines.

— La plupart des gens aiment partager leurs soucis avec d'autres personnes ou, mieux encore, demander de l'aide pour résoudre les situations difficiles. Mon père s'y est toujours refusé. Toutefois, même s'il n'apprécie pas l'idée que je prenne le relais, il sera soulagé au bout du compte.

— Je le pense aussi...

Sophie se revit à l'époque de son adolescence. Comment aurait-elle réagi si quelqu'un lui était venu en aide ou avait pris le relais ? Sa vie aurait-elle été différente, plus facile ? Si elle n'avait pas eu à assumer autant de responsabilités, aurait-elle vécu cette période avec moins d'anxiété ? Serait-elle devenue une tout autre personne ?

— Vous êtes là ?

Sophie sursauta, comme prise en faute. Alessio la contemplait fixement, avec le plus grand sérieux. Dans la lumière tamisée de la cuisine, des ombres se formaient sur ses traits ciselés. Alessio était aussi brun qu'elle était blonde ; il avait la peau mate et elle, le teint clair. Soudain, une pensée étrange la traversa... À quoi ressembleraient leurs deux corps nus côte à côte ?

Troublée par l'image qui se formait devant ses yeux, elle se sentit rougir jusqu'à la racine des cheveux.

— Que se passe-t-il donc dans votre tête ? reprit-il. Des pensées négatives à mon sujet ?

— Pas du tout, objecta-t-elle plus sèchement qu'elle ne l'aurait voulu. En fait, je pensais à...

— Oui ? insista Alessio devant son hésitation. Dites-moi tout.

Comme il se penchait pour mieux scruter ses traits, elle sentit son cœur s'emballer. L'inspection dont elle faisait l'objet la rendait fébrile. L'effet que cet homme produisait sur elle la stupéfiait.

— Je pensais à ce que vous disiez... au sujet de Léonard. Vous avez raison : il sera soulagé au bout du compte. Quand quelqu'un... vous déleste de certains de vos problèmes... ce doit être une vraie bénédiction. Je n'ai jamais connu cela.

— Je comprends. Personne ne vous a aidée après le décès de votre père. Votre mère et votre sœur comptaient sur vous, et je sais que vous avez tout assumé seule. Et vos amis ?

— Je ne m'apitoie pas sur mon sort... pas du tout..., bredouilla-t-elle, gênée de s'être laissée aller aux confidences.

Comment expliquer à Alessio qu'elle n'avait jamais réussi à se confier à qui que ce soit ? Toutes ses amies parlaient des garçons, des fêtes auxquelles elles étaient conviées, des vêtements qu'elles portaient. Elle qui devait jongler avec de maigres revenus et soutenir sa mère à la fois moralement et financièrement s'était toujours sentie déplacée, différente.

Mais Alessio semblait déterminé à en entendre davantage. Il la regardait avec le plus grand sérieux et attendait patiemment qu'elle se livre.

Le jour de leur première rencontre lui revint en mémoire. Elle se rappelait la nervosité qu'elle avait ressentie à l'idée de le voir à Londres. Elle s'attendait à être reçue de la pire des manières. Le contraire s'était produit. Il l'avait écoutée, puis avait mis sa vie entre parenthèses pour s'occuper de son père.

Et à présent, ils se trouvaient dans cette villa extraordinaire tandis que des travaux de rénovation étaient entrepris dans la maison de Léonard. Le vieil homme avait accepté que son fils prenne tout en charge.

De son côté, Sophie ressentait l'étrange tentation de contourner toutes les règles qui régissaient sa vie pour s'ouvrir en toute confiance, chose qu'elle ne faisait jamais.

— Parlez-moi, Sophie, l'encouragea Alessio d'une voix très douce.

Il se pencha alors vers elle pour la dévisager avec le plus grand sérieux.

Sophie secoua la tête d'un air désabusé.

— Ne soyez pas ridicule... Depuis quand ma vie en dehors des tâches que j'exécute auprès de votre père vous intéresse-t-elle ? En outre, je vous ai déjà parlé de ma mère et de ma sœur. Inutile de vous en apprendre davantage.

— Maintenant, c'est vous qui êtes ridicule...

— Alessio..., souffla-t-elle en passant une main dans ses cheveux ébouriffés.

— *Alessio...* J'aime votre manière de prononcer mon prénom. Le timbre de votre voix est un peu voilé. Ne vous l'a-t-on pas déjà dit ?

— Est-ce un compliment ?

Elle ébaucha un sourire, mais tous ses sens étaient en alerte. Le danger, si proche, avait sur elle un effet dévastateur. Elle se sentait incapable de le fuir.

— En effet. Votre voix donne le sentiment que vous pesez soigneusement chacun des mots que vous prononcez.

Cette fois, Sophie laissa échapper un petit rire.

— N'est-ce pas le cas de tout le monde de réfléchir avant de parler ?

— Loin de là !

— Que voulez-vous dire ?

Alessio grimaça un sourire gêné avant de se décider à répondre :

— Je veux dire ceci : la plupart des femmes avec lesquelles je sors parlent beaucoup et ont des voix haut perchées. Leur débit est tellement rapide que, quand elles se taisent enfin, elles n'ont plus de souffle.

Sophie secoua la tête en riant.

— J'exagère, certes, mais à peine.

— Elles parlent sans doute beaucoup parce qu'elles essayent de vous impressionner.

— Ce qui ne vous viendrait jamais à l'esprit.

— Certainement pas, en effet, répliqua-t-elle en baissant les yeux.

— Bien. À présent que nous avons clarifié les choses, croyez-moi : ce que vous avez à dire m'intéresse beaucoup.

Il lui adressa un sourire avant de poursuivre :

— Et j'aimerais ajouter ceci : je n'avais jamais imaginé que votre vie et celle de mon père étaient à ce point imbriquées.

— Je travaille pour lui à temps plein...

— Mon assistante personnelle aussi, mais nos vies sont totalement distinctes.

Sophie grimaça un sourire.

— À dire vrai, au début, nous avions établi des relations formelles. Tout était régi sur des bases plutôt rigides. Mais ça n'a pas duré longtemps.

— Mon père s'est vite mis à dépasser les limites, je suppose ?

Sophie éclata de rire.

— Oh oui ! Votre père est un être malicieux !

Leurs regards se soudèrent pendant un court instant. Sophie se rendait-elle compte de son pouvoir de séduction ?

Non, absolument pas, songea Alessio.

Plus il la contemplait, plus il trouvait revigorant de converser avec une femme qui ne cherchait pas à capter son attention. Il n'aimait pas seulement le timbre voilé de sa voix, mais aussi la substance des propos qu'elle lui tenait. Elle lui faisait l'effet d'une extraterrestre, tant elle était différente des femmes avec qui il sortait. Ces dernières adoraient critiquer, colporter des ragots, se mettre en avant, battre des cils, flirter.

Pas de doute, il trouvait Sophie rafraîchissante et particulièrement attirante. Il aimait observer les émotions qui jouaient sur son visage, la voir rougir quand elle ressentait de la gêne. Les femmes avec lesquelles il avait des aventures affichaient une assurance à toute épreuve et maîtrisaient l'art de la séduction, des profils qui lui convenaient parfaitement.

Or, auprès de Sophie, il découvrait un genre de femme dont il ignorait tout. Intelligente, déterminée, émouvante, forte. Son passé avait forgé sa personnalité.

Était-ce cette différence qui le captivait autant ?

Il ne pouvait guère y avoir d'autre raison…

Jusqu'ici, Alessio s'était concentré sur sa vie professionnelle et ne voulait pas que ses aventures passagères viennent troubler les objectifs qu'il se fixait. Il n'accordait aucune place à l'imprévisibilité et évitait les montagnes russes émotionnelles. Selon lui, les hommes qui laissaient leur cœur dicter leur comportement n'étaient que des idiots. Jamais il ne leur ressemblerait. Son cœur demeurerait à l'écart de toutes ses décisions. Il avait appris très tôt que l'amour et la perte pouvaient être intimement liés, comme en témoignait le drame de sa vie : la disparition de sa mère, un événement qui l'avait rendu fou de chagrin. Pour couronner le tout, il avait également perdu son père, pas au sens physique, mais émotionnellement, parce que ce dernier s'était retiré dans un monde dont il avait été exclu. Il en avait fermé la porte pour ne plus jamais la rouvrir. Le verrou qui la condamnait avait accumulé une quantité de rouille le rendant inopérant.

Voilà pourquoi Alessio avait toujours pris soin de contrôler ses émotions au contact des femmes. Sophie piquait toutefois sa curiosité. Quel genre d'homme lui plaisait ? Devaient-ils être grands, petits, minces, charpentés ? Il avait terriblement envie d'en savoir plus sur elle, et cette nouveauté le déroutait.

Sophie peinait à garder une certaine contenance sous le regard à la fois insistant et songeur d'Alessio dardé sur elle. Tel un papillon attiré par la lumière, elle brûlait d'envie de se blottir tout contre lui, de sentir la chaleur de son corps. Tout l'exaltait en lui, son charisme, son charme dévastateur.

Détournant le regard, elle voulut attraper son verre, mais elle le fit tomber sur la table où il se brisa en menus morceaux. Quand elle eut le mauvais réflexe de chercher à le retenir, un éclat de verre se ficha dans sa paume et elle poussa un petit cri.

Tel un ressort, Alessio bondit de son siège.

— Ne bougez pas, lui intima-t-il après un coup d'œil à sa blessure.

— Je vais bien...

— Il faut retirer ce morceau de verre, sinon vous risquez une infection.

— Alessio, je peux me débrouiller..., protesta Sophie d'une voix faible.

Mais Alessio s'était précipité vers un placard pour en extraire une trousse de secours et un flacon de désinfectant.

À sa grande surprise, elle le vit s'agenouiller devant elle pour lui nettoyer la blessure. Elle demeurait figée, savourant la douceur de ses doigts sur sa peau. Le cœur battant à tout rompre, elle retenait sa respiration. Quand il eut enroulé un bandage autour de sa main, il releva la tête et leurs regards se soudèrent. Lentement, il leva la main pour la poser sur son visage, et elle ferma les yeux. Cédant à une folle impulsion, elle se pencha en avant pour poser ses lèvres sur les siennes. Elle n'avait plus qu'une envie, s'abandonner au désir qu'elle sentait poindre en elle.

C'était la première fois qu'elle prenait une telle initiative, mais elle n'en ressentait aucune gêne, comme si ce geste lui était naturel. Sans cesser de l'embrasser, Alessio l'attira dans ses bras, puis sur ses genoux. Assise à califourchon sur lui, elle pressa son ventre contre le sien, puis déposa mille baisers sur son visage et son cou avant de happer à nouveau ses lèvres. Elle eut l'impression de brûler de l'intérieur quand elle sentit la main d'Alessio se glisser sous ses vêtements. Haletante, elle recula légèrement pour se débarrasser de son top et s'offrir aux caresses de celui dont elle voulait qu'il soit son premier amant.

C'était la première fois qu'Alessio perdait le contrôle de la situation et, pire encore, de ses émotions. Subjugué par l'initiative prise par Sophie, il savourait chacune de leurs étreintes. La texture de sa peau le ravissait, de même que son souffle chaud sur ses lèvres. Il brûlait de découvrir ce corps si excitant. Se sentant proche de l'orgasme, il s'écarta légèrement.

— Nous serons mieux dans ma chambre...

— Alessio... je... je..., bredouilla Sophie en baissant les yeux.

Comme il prenait son visage en coupe pour l'obliger à le regarder, elle ajouta :

— Je... j'en ai très envie, Alessio.

— Moi aussi, mais est-ce vraiment ce que tu désires ? Je ne suis pas le genre d'homme à m'engager dans une relation sérieuse.

Le recours au tutoiement la fit rougir.

— Je le sais, répondit-elle avec un sourire timide. Pour votre... pour ton information, je ne veux pas d'engagement non plus.

— Dans ma chambre alors ?

— Dans ta chambre, acquiesça-t-elle en hochant la tête.

7

Sophie observait Alessio, les yeux mi-clos, tandis qu'il se débarrassait de ses vêtements. La nuit étant tombée depuis longtemps, le silence régnait dans la villa plongée dans l'obscurité. Le couple qui travaillait ici avait disparu après le repas, de même que Léonard, parti se reposer dans sa chambre. À présent, il devait dormir à poings fermés.

Devant elle, Alessio, qui avait jeté son polo par terre, lui offrait le spectacle de son torse magnifique.

Quatre jours...

Quatre jours d'intimité partagée et d'étreintes clandestines.

Le premier soir, ils avaient fait l'amour dans la chambre d'Alessio, qu'ils avaient gagnée sur la pointe des pieds pour ne pas réveiller Léonard. Une expérience mémorable pour Sophie, un véritable festin de sensualité.

Son amant l'avait comblée de caresses, de baisers, et elle avait fondu comme neige au soleil entre ses bras. Après de multiples étreintes passionnées, ils avaient décidé que cette expérience ne serait pas la dernière.

Combien de temps cette liaison durerait-elle ? Sophie n'en avait pas la moindre idée. Pas au-delà de ce séjour dans la villa sur le lac, de toute évidence. Alessio n'entretenait pas de relations durables, et celle-ci, se classant parmi les plus ordinaires, n'avait aucun avenir.

Sophie ne ressemblait pas aux blondes sexy, aguichantes, figurant au tableau de chasse d'Alessio. De plus, elle avait du répondant, une qualité qu'il n'encourageait probablement pas chez les femmes qui sortaient avec lui, même s'il avait affirmé aimer ce trait de caractère chez elle.

Elle essayait aussi de contribuer à une meilleure entente entre son père et lui, initiative accueillie parfois avec un froncement de sourcils. Dans ces moments-là, Alessio lui laissait entendre qu'elle outrepassait ses attributions. Mais Sophie n'en avait cure. Elle affrontait son regard avec une feinte innocence et refusait de se soumettre à sa volonté de rester en dehors de leur histoire familiale.

Il ne s'emportait jamais, toutefois, sans doute parce qu'il ne voulait pas compromettre l'entente qu'il partageait avec elle dans l'intimité.

« Je n'ai jamais connu d'expérience aussi exaltante », lui avait-il avoué la nuit précédente.

Avec Alessio, tout tournait autour du sexe. Doté d'une libido insatiable, il ne cachait pas le désir qu'elle lui inspirait. Sophie en retirait beaucoup de fierté. De la tristesse aussi, parce que seul le plaisir physique intervenait dans leur relation. Mais peut-être était-ce mieux ainsi. Car, après tout, Alessio ne correspondait pas à son type d'homme. Elle n'offrirait jamais son cœur à une personne incapable d'en prendre soin.

— Parfois, quand je te regarde, intervint Alessio, j'ai l'impression que tu te trouves à des milliers de kilomètres d'ici. Où, précisément ? Sur une autre planète ?

Revenant au moment présent, Sophie répondit à son sourire, puis le regarda finir de se dévêtir.

Il savait qu'elle aimait l'observer dans ces moments-là. Elle lui avait avoué trouver cela excitant. Alessio ressentait le même élan quand elle se déshabillait devant lui.

Intégralement nue, elle reposait sur le grand lit de la plus belle chambre de la villa. Décorée dans des tons pastel, celle-ci était dotée de meubles en bois sombre et de placards et tiroirs invisibles qui s'ouvraient en appuyant sur un bouton. Des toiles abstraites apportaient une touche de couleur à l'ensemble. Située dans un quartier des plus huppés, cette villa surpassait en beauté toutes les autres.

La veille au soir, après que Léonard s'était retiré pour la nuit, Alessio avait conduit Sophie dans les jardins. Après avoir traversé une pelouse impeccablement tondue et longé la grande piscine, ils avaient emprunté un petit escalier en pierre niché dans la verdure qui aboutissait à un ponton donnant sur le lac. Sophie avait longuement admiré les eaux noires où se reflétaient la lune et les étoiles. Quelle chance elle avait eue de pouvoir assister à un tel spectacle.

Un autre spectacle lui était offert à présent, celui de la nudité de son amant. Quand il s'allongea près d'elle, elle se mit à parcourir son corps d'un doigt léger, puis passa une jambe au-dessus de sa cuisse.

— Vas-tu me dire à quoi tu pensais ? demanda Alessio d'une voix un peu rauque.

— À rien de particulier.

— C'est bizarre, mais je ne te crois pas.

Sur ces mots, il déposa mille baisers sur son visage, ses lèvres, son cou. Sophie gémissait doucement, tandis qu'une chaleur intense se répandait dans ses membres.

Alessio était un amant exceptionnel.

Toutefois, Sophie connaissait les limites qui définissaient sa relation avec lui, comme elle savait que lui en parler constituerait une erreur fatale.

Pourquoi songeait-elle au lendemain ? Pourquoi craignait-elle que leur belle intimité s'achève ? Qu'allait-il se passer, une fois de retour en Grande-Bretagne ? Léonard et elle reprendraient le cours routinier de leur existence, ponctué par des visites éclair d'Alessio. Mieux valait éviter de penser à l'avenir. Pour l'heure, seul le présent comptait.

— Je ne sais pas pourquoi tu ne me crois pas, finit-elle par dire en déposant un baiser sur les lèvres masculines.

— Parce que ton cerveau, contrairement à celui d'autres femmes de ma connaissance, ne cesse jamais de fonctionner.

Leurs regards se soudèrent. Pendant quelques secondes, Alessio s'étonna de sa propre réaction. Il brûlait d'envie de découvrir les pensées secrètes de Sophie. Pourtant, explorer l'âme des femmes qui croisaient sa route ne figurait pas parmi ses habitudes.

— S'agit-il d'un compliment ? demanda-t-elle dans un murmure.

Soudain, Alessio prit conscience du danger qui le guettait. Il ne voulait pas s'engager dans une conversation qu'il regretterait plus tard.

Après tout, qu'importaient les pensées qui traversaient l'esprit de Sophie ? Elles lui appartenaient, voilà tout.

— C'en est un, admit-il avec un sourire. Mais assez parlé...

Ils firent l'amour. Lentement, pour se délecter de cet instant magique.

Sophie respirait doucement, savourant le contact des doigts d'Alessio sur sa peau. Il savait où et comment la caresser pour exalter son désir. Quand il la pénétra, elle l'accueillit en elle avec un gémissement, après quoi leurs deux corps se mirent à onduler sur les vagues de leur plaisir jusqu'à ce qu'ils retombent épuisés sur le lit, dans les bras l'un de l'autre.

Sophie avait niché son visage dans le cou d'Alessio, et l'abandon dont elle témoignait lui donnait chaud au cœur. Un moment parfait, d'une sérénité incroyable. Il aurait aimé que cet instant dure indéfiniment, alors que d'ordinaire, une fois son désir assouvi, il n'avait de cesse que de retourner à ses occupations.

Pourquoi en était-il autrement aujourd'hui ? Il avait compris que l'attrait de la nouveauté l'avait séduit dans un premier temps, tant Sophie différait de ses précédentes conquêtes. Puis il avait découvert en elle une personnalité beaucoup plus complexe et attachante qu'il ne l'avait imaginé. Sauf que l'attachement ne figurait pas parmi ses objectifs.

Fort de cette conviction, il s'écarta légèrement de Sophie, comme pour lui délivrer un message. Message qu'elle reçut immédiatement, puisqu'elle s'écarta à son tour pour s'allonger sur le dos. Résistant à la tentation de la serrer à nouveau dans ses bras, il dit d'un ton un peu brusque :

— J'ai très soif. Je vais aller chercher de l'eau en bas.

Déçue, Sophie le regarda quitter le lit. Elle venait de vivre une expérience inoubliable auprès de lui, des étreintes passionnées qui l'avaient subjuguée. Après quoi, elle s'était blottie tout contre lui pour s'offrir et lui offrir un moment de tendresse. Moment qui venait de s'achever d'une manière plutôt abrupte et blessante. Blessante, parce qu'elle avait investi une grande part d'elle-même dans la relation qu'elle entretenait avec Alessio. Mais ce dernier ne voulait entendre parler que de plaisir physique. Ce qu'il lui confirma en déclarant :

— Le sexe donne soif !

Sur ces mots, il se mit en quête de ses vêtements éparpillés sur le sol. Dans la pénombre, elle l'observa tandis qu'il enfilait son jean. À aucun moment, il ne se tourna vers elle. Juste avant de quitter la pièce, il lui demanda si elle avait besoin de quelque chose.

— Non merci, je vais retourner dans ma chambre, répondit-elle d'un ton qu'elle s'efforça de rendre léger.

Sans un mot, il hocha la tête, puis tourna la poignée de la porte. À sa grande stupeur, il constata que la lumière du couloir était allumée. Alarmée à son tour, Sophie se redressa dans le lit. C'est alors que la voix de Léonard lui parvint.

— J'ai entendu des voix et j'ai cru à une intrusion, l'entendit-elle dire.

— Impossible ! Les caméras que j'ai fait installer détecteraient même l'homme invisible. N'aie aucune inquiétude. Laisse-moi te raccompagner jusqu'à ta chambre.

— Une minute, mon garçon ! protesta le vieil homme en avançant vers lui.

Et avant même qu'Alessio puisse l'en empêcher, Léonard poussa la porte de la chambre.

Comme il était trop tard pour fuir ou se cacher, Sophie tira vivement les draps sur son corps dénudé.

— Je le savais ! s'écria Léonard avant de se tourner vers son fils qu'il détailla de la tête aux pieds.

À part un jean, Alessio ne portait rien d'autre.

— Depuis combien de temps cela dure-t-il ? reprit Léonard d'un ton furieux.

— Papa...

— Il n'y a pas de *papa* qui tienne !

Après avoir pénétré dans la chambre, Léonard vint s'asseoir sur le lit près de Sophie.

— Je m'attendais à mieux de votre part, lui dit-il d'un ton de reproche. Je connais mon garçon et ses manières. Son besoin de collectionner les conquêtes. Il vous a séduite, n'est-ce pas ? Il a profité de la situation ? J'avais bien vu qu'il vous plaisait.

— Léonard..., gémit-elle en secouant la tête.

— Il a usé de ses charmes et profité de vous.

Sur ces mots, il adressa un regard furieux à son fils qui se trouvait toujours dans l'encadrement de la porte.

Sophie observa le visage sombre d'Alessio et comprit qu'il ne croiserait pas le fer avec son père. Plutôt que de chercher à se défendre, il était prêt à accuser le coup.

— Ce n'est pas ce que vous croyez, murmura-t-elle en rougissant.

— Parlez plus fort, mon petit. Je suis vieux et dur d'oreille.

Léonard n'avait aucun problème d'audition, Sophie le savait bien. Il voulait obtenir des explications. C'est alors qu'elle comprit à quel point le vieil homme comptait pour elle. Le décevoir lui était insupportable, mais elle ne voulait pas non plus que tous les torts retombent sur Alessio.

— Ce n'était pas la faute de votre fils...

— Pardon ?

— C'est arrivé, voilà tout. Ni Alessio ni moi n'avions prévu que cela se produise... Votre fils... ne m'a pas séduite.

Sophie eut aussitôt conscience de la faiblesse de son argumentation. Comment une jeune fille avisée pouvait-elle se retrouver au lit avec un homme qu'elle connaissait à peine et poursuivi par une réputation de séducteur sans scrupules ? Rien d'étonnant à ce que Léonard la contemple à présent la bouche ouverte, avec dans le regard un mélange d'incrédulité et de consternation. Son effarement ne s'éternisa pas. Très vite, il quitta le lit et se dirigea vers une chaise où il se laissa tomber.

— Tu as profité d'elle, dit-il d'un ton bourru à son fils.

Alertée par le teint blême du vieil homme, Sophie s'enroula dans un drap avant de quitter le lit à son tour.

— Allez lui chercher de l'eau, intima-t-elle à Alessio.

Dès qu'il eut disparu, elle attrapa ses vêtements et courut s'habiller dans la salle de bains.

À son retour dans la chambre, elle se précipita vers Léonard et se mit à genoux devant lui.

— Alessio n'aurait pas dû faire ça, dit-il dans un soupir.

— Votre fils n'est pas responsable...

— Bien sûr que si ! s'emporta le vieil homme. Je vous connais, Sophie. Vous n'êtes pas ce genre de fille.

— Quel genre de fille ?

— Vous le savez très bien. Vous avez la tête sur les épaules. Vous aimez le calme, la tranquillité. Vous ne courez pas après les garçons pour les mettre dans votre lit.

Sophie lui adressa un sourire.

— Bon sang, Léonard, je ne suis pas sûre d'aimer la personne que vous décrivez. Elle me paraît bien terne.

— Pas du tout ! répliqua le vieil homme en lui prenant les mains. C'est une personne qui compte énormément à mes yeux. C'est pour cela que j'en veux terriblement à mon fils.

L'air épuisé, Léonard s'adossa à son siège et ferma les yeux.

— C'est un coureur de jupons. Il peut bien faire ce qu'il veut, je m'en moque, mais pas avec vous.

Sophie demeura silencieuse. Léonard semblait à bout de forces. Elle n'avait jamais décelé autant de stress en lui depuis qu'elle le connaissait.

— Tiens, bois un verre d'eau, entendit-elle dans son dos. Et après, tu iras dormir.

Alessio les avait rejoints.

— Comment espères-tu que je trouve le sommeil ? répondit Léonard en rouvrant les yeux. Sophie essaye de me persuader que vous avez... agi comme vous l'avez fait d'un commun accord. Je te connais, Alessio. Sophie n'est pas le genre de femme que tu fréquentes habituellement.

— C'est vrai, admit Alessio en prenant place sur une chaise.

— Il ne peut pas y avoir de... *commun accord* entre vous, insista le vieil homme.

— Léonard, protesta Sophie, Alessio ne m'a forcée à rien du tout. Je suis une grande fille capable de décider par elle-même !

— Papa, intervint Alessio d'un ton apaisant. Nous avions prévu de te mettre au courant de notre relation demain.

— Ah bon ? ne put s'empêcher de remarquer Sophie en ouvrant de grands yeux.

— Mais oui, rappelle-toi, nous en avons convenu ce matin avant de partir en excursion. La journée que nous venons de passer ne se prêtait pas à une telle conversation.

Sophie se remémora le programme chargé qui avait été le leur. Ils s'étaient promenés en ville, avaient déjeuné au bord du lac, puis avaient entraîné Léonard dans une sortie en bateau, malgré ses protestations.

Quand elle reporta son attention sur Alessio, elle vit qu'il lui adressait un regard complice. De son côté, Léonard les observait tour à tour d'un air circonspect.

— Papa, reprit Alessio, il faut que tu saches que... ce que nous partageons... est sérieux.

— Quoi ? s'étonna Léonard, pris au dépourvu par la dernière remarque de son fils.

— Je dis simplement que tu te méprends sur mes intentions.

Sur ces mots, il entoura d'un bras les épaules de Sophie.

— Tu crois que j'ai abusé de la situation...

— Comment pourrais-tu me le reprocher, vu tes antécédents ?

— Je ne le conteste pas. Il faut dire aussi que les paparazzi profitent de chaque occasion pour prendre des clichés de moi dès que je suis accompagné d'une femme...

— Ta priorité n'a jamais été de faire profil bas, Alessio.

Léonard semblait plus apaisé. Visiblement, les propos de son fils avaient fait mouche. De son côté, Sophie les observait avec incrédulité. Où Alessio voulait-il en venir ? Dans quel mensonge comptait-il l'entraîner ?

Léonard les avait surpris en flagrant délit.

Il venait de traverser un épisode des plus stressants, alors que le médecin avait recommandé le plus grand calme. Alessio pensait sans doute avoir trouvé la meilleure solution pour l'apaiser.

Chassant les pensées qui l'agitaient, elle s'écarta d'Alessio pour prendre place à son tour sur une chaise. Quand elle reporta son attention sur les deux hommes, elle vit que Léonard avait le regard rivé sur son fils. Ce dernier lui tenait des propos rassurants.

— Fais-moi confiance, papa, murmura-t-il, quand je te dis avoir changé. Sophie ne ressemble pas aux femmes que je fréquentais jusqu'ici, c'est pour cela qu'elle est précieuse à mes yeux. Nous partageons quelque chose d'unique. Je suis un homme différent aujourd'hui.

— Et cette métamorphose s'est opérée en l'espace de quelques jours ?

Léonard scrutait les traits de Sophie, à présent.

— Eh bien... Il s'avère que... Vous savez ce que c'est, Léonard... C'est arrivé, voilà tout, bredouilla-t-elle en rougissant.

Quand elle se tut, elle retint sa respiration, s'attendant à une remarque acerbe du vieil homme. Allait-il vraiment croire à cette histoire ? Au bout d'un temps qui lui parut durer une éternité, elle vit des larmes briller dans les yeux du vieil homme.

— J'ai vécu la même chose, finit-il par dire. J'ai su au premier regard qu'Isabella serait la femme de ma vie. Les erreurs que j'ai commises après... je les regrette.

Se tournant vers Alessio, il ajouta :

— J'étais seul, complètement déboussolé, et j'avais le cœur brisé. J'aurais dû me méfier... Mon fils, sache que tu fais de moi le plus heureux des hommes, aujourd'hui.

Sur ces mots, il se leva de son siège, aidé par Alessio. Muette, Sophie les regarda tandis qu'ils quittaient la chambre pour rejoindre celle de Léonard. Les deux hommes continuaient à s'entretenir, mais elle ne distinguait pas leurs paroles.

De quoi pouvaient-ils bien parler ?

Un frisson la parcourut tout entière.

Elle le saurait bien assez tôt...

8

Alessio réapparut vingt minutes plus tard. Sophie, en descendant à la cuisine, avait laissé dans son sillage toutes les lumières allumées comme pour indiquer le chemin qu'elle avait emprunté.

Tendue à l'extrême, les yeux rivés sur la porte, elle se redressa vivement quand il pénétra dans la pièce.

— Je n'ai pas eu de mal à te retrouver, dit-il d'un ton las, avec toutes ces lumières.

— Que se passe-t-il, Alessio ?

Les mains serrées autour de sa tasse, elle observa son amant tandis qu'il se préparait un café. Le spectacle de son torse dénudé lui envoyait des frissons dans tout le corps.

Quand, enfin, il s'adossa au comptoir de la cuisine, il finit par répondre :

— Tu es... énervée, on dirait.

Elle eut un rire sans joie.

— Énervée ? Je le suis quand je reçois un colis avec un jour de retard. À ce stade, je suis remplie d'interrogations. J'aimerais comprendre ce qui s'est passé.

— Tu le sais très bien.

Alessio quitta le comptoir pour prendre place sur une chaise en face de celle de Sophie. Cette proximité lui arracha un nouveau frisson.

Elle se trouvait dans une situation des plus inconfortables. Le charme de cet homme l'avait envoûtée au point de la conduire dans des contrées inexplorées. Dans ses bras, elle avait découvert le plaisir des sens et connu des moments magiques. Mais leurs ébats étaient connus de Léonard à présent, qui voyait en son fils un séducteur invétéré. Ce qui n'était pas l'exacte vérité. Sophie devait admettre qu'elle s'était jetée dans ses bras.

Reprenant pied dans le moment présent, elle cligna des yeux et reporta son attention sur Alessio, lequel prit ses mains entre les siennes.

— Je sais que ce qui s'est produit a provoqué en toi une grande surprise.

— C'est le moins qu'on puisse dire.

— Quand j'ai vu mon père blêmir en te découvrant dans la chambre, j'ai voulu le rassurer.

— Penses-tu vraiment que lui mentir était une bonne idée ?

— Il n'y avait pas d'autre choix possible.

— Il y a *toujours* une alternative au mensonge, Alessio.

Il haussa les sourcils, puis planta son regard sombre dans le sien.

— Tu as raison, en effet. Considérons cette alternative.

Sophie baissa les yeux sur leurs mains jointes. Devant ses yeux flottaient le visage de Léonard, la déception qu'elle avait perçue dans son regard. Fallait-il toutefois se résoudre à lui mentir, comme l'avait fait Alessio ?

Reportant son attention sur son amant, elle attendit qu'il lui apporte des explications, ce qu'il fit, après un long silence.

— Tu seras d'accord avec moi pour dire que nous devons nous préoccuper de la santé de mon père, n'est-ce pas ?

— Oui, bien sûr.

— Quand il a compris la situation en nous découvrant ensemble, j'ai cru qu'il allait s'effondrer.

— Il a reçu un choc terrible, admit Sophie, soudain au bord des larmes. Je crois qu'il a un côté très traditionnel.

Alessio faillit ouvrir la bouche pour la contredire, mais il préféra se taire. Traditionnel ou non, son père savait ce que le désir pouvait provoquer entre deux êtres qui s'attiraient mutuellement. Si Léonard avait surpris son fils en compagnie d'une énième de ses conquêtes, il aurait esquissé une grimace de dégoût et aurait tourné les talons. Mais la présence de Sophie dans le lit d'Alessio avait provoqué en lui une tout autre réaction. Il avait beaucoup d'estime pour elle. Une véritable affection était née entre eux.

— Il a reçu un choc, en effet, admit Alessio.

— Tu aurais dû tirer la porte derrière toi.

— Je l'ai fait, Sophie. Mais en entendant des voix, il a vite compris de quoi il retournait. Nous ne sommes que trois dans cette villa.

— Nous n'aurions jamais dû...

— Il est trop tard pour revenir sur nos actes, coupa Alessio. Nous avons été pris en flagrant délit, et j'ai compris aussitôt qu'il fallait que je ménage mon père. Il ne fallait pas qu'il te considère comme n'importe quelle conquête. Tu l'as sans doute remarqué, il n'a pas une très bonne opinion de la vie que je mène.

— Oui, murmura Sophie en se remémorant les propos que tenait Léonard sur les femmes que son fils choisissait en général.

— Il... il aurait réagi différemment s'il m'avait surpris... avec quelqu'un d'autre. Mais il voit en toi... la fille qu'il n'a jamais eue, d'où l'instinct protecteur dont il fait preuve.

— Oui, mais...

— Mais rien, Sophie. Il s'est mis dans cet état parce qu'il craignait que je te blesse.

— Comme tu blesses les autres femmes ?

— Je ne les blesse pas. Je m'amuse avec elles, comme elles s'amusent avec moi, et je les traite convenablement. Bien sûr, j'aurais pu lui expliquer que nous étions deux adultes responsables, conscients de ce que nous faisions, mais dans le feu de l'action j'ai voulu le rassurer.

— Et tu as réussi...

Sophie réprima un soupir de lassitude. Était-il idéaliste de croire que la vérité valait toujours mieux que le mensonge ? Pouvait-elle prétendre être un modèle de vertu en la matière ? Certainement pas. Elle se rappela toutes les fois où elle avait affirmé à sa mère que tout allait bien, que leurs problèmes financiers n'étaient plus qu'un mauvais souvenir. Pour la préserver, elle ne l'avait jamais alertée sur les difficultés que rencontrait sa sœur à l'école. Pas plus qu'elle ne lui avait dit qu'elle occupait des petits emplois pendant son temps libre pour gagner un peu d'argent et subvenir à leurs besoins.

Alessio avait adopté le même genre de comportement avec son père, pour lui éviter de s'inquiéter.

— Je ne voulais pas qu'il lui arrive malheur.

— Je comprends. Mais maintenant, il pense que...

Elle s'interrompit, puis secoua la tête.

— S'agit-il vraiment d'un mensonge ? demanda Alessio.

— Que veux-tu dire ?

— Nous sommes ensemble, non ?

— Oui, tant que nous demeurons ici.

— C'est un détail dont nous n'avons pas à nous préoccuper pour le moment.

— Un détail qui a son importance !

Sophie aurait-elle rêvé d'autre chose ? D'une déclaration en bonne et due forme ? De l'entendre dire qu'elle représentait à ses yeux plus qu'une simple aventure ?

— Que se passera-t-il quand nous reprendrons le cours normal de notre vie, Alessio ? Nous ne pourrons pas entretenir ce leurre. Léonard est tout sauf idiot. Il finira par comprendre que tu as tout inventé.

— Tu dis que j'ai tout inventé, mais ce n'est pas l'exacte vérité, tu ne crois pas ?

Sans la prévenir, il effleura son visage de ses doigts, provoquant en elle une intense chaleur. Puis son cœur se mit à battre la chamade quand il déposa un baiser sur ses lèvres. Attirée comme un aimant, elle enroula les bras autour de son cou, puis posa son front contre le sien.

— Qui se moque de qui, Sophie ? demanda-t-il dans un murmure. Crois-tu vraiment que ce que nous partageons soit une pure invention ? Une mascarade destinée à apaiser un vieil homme à la santé fragile ? Que nous cherchons uniquement à lui faire croire à une chose qui n'existe pas ?

— Mais...

— Chut, intervint Alessio en posant un doigt sur ses lèvres. Jamais je ne mentirais de manière éhontée à mon père, quel que soit son état de santé. Jamais je ne t'entraînerais dans une relation qui ne serait que pure fiction. Ce que nous vivons en ce moment est très fort.

Effarée par les propos que lui tenait son amant, Sophie pouvait à peine respirer. Captée par l'intensité du regard qu'il portait sur elle, par la sincérité contenue de sa voix, elle buvait ses paroles.

L'esprit en ébullition, elle peinait à croire ce qu'elle entendait. Était-elle plongée en plein rêve ? Prenait-elle ses désirs pour des réalités ?

— Je n'ai pas menti à mon père en lui disant que tu étais différente de toutes les femmes avec qui je suis sorti par le passé.

— Tu le penses vraiment ?

— Absolument, affirma-t-il avec un sourire. Je dirais même que tu es unique en ton genre.

Sophie battit des cils, puis retrouva un brin de lucidité quand elle dit :

— Tellement unique... que nous ne prolongerons pas cette aventure une fois de retour sur la planète Terre.

Pendant un court instant, Alessio se mit à douter. Leur liaison avait-elle un avenir ? Habitué comme il l'était à des relations épisodiques, il s'interrogeait sur la suite à donner à cet élan si fort qui les avait propulsés dans les bras l'un de l'autre.

Il s'agissait de toute évidence d'une relation différente de toutes celles qu'il avait entretenues par le passé. C'était la première fois qu'il n'envisageait pas de fin immédiate.

Perplexe, il secoua la tête.

— Je n'y ai pas encore réfléchi, admit-il. Et toi ?

— J'y ai songé, oui. Depuis le début, je sais que cette aventure aura une fin. Ni toi ni moi n'envisageons de relation à long terme. Très vite, nous prendrons des chemins différents.

— Je suis d'accord avec toi, mais je crois qu'il va falloir revoir notre copie, répondit-il d'un ton un peu brusque.

— Que veux-tu dire ?

— Mon père a l'impression qu'il s'agit de plus qu'une liaison dans lendemain...

Les propos que venait de lui tenir Sophie auraient dû le

satisfaire, puisqu'elle semblait avoir acté que leur aventure serait de courte durée...

— C'est bien là le problème, reprit Sophie, interrompant le cours de ses interrogations. Je sais que tu ne voulais pas le contrarier, mais finalement... je crois qu'il aurait supporté la vérité, si nous avions été sincères.

— Je sais ce que tu penses, Sophie. Selon toi, du fait que j'entretiens une relation des plus distantes avec lui... depuis des lustres... tu penses que j'ai choisi la solution de facilité en lui mentant.

La gêne exprimée par Alessio la toucha en plein cœur.

— Pas du tout, lui dit-elle gentiment. La culpabilité que tu ressens est sincère.

— Comment le sais-tu ?

Alessio avait terriblement envie de comprendre ce que Sophie cherchait à lui dire. Visiblement, l'opinion qu'elle avait de lui avait changé. Elle ne voyait plus en lui l'homme distant et glacial qu'elle avait rencontré dans ses bureaux à Londres. Un homme pressé, peu désireux d'entendre ce qu'elle était venue lui dire.

— Tu n'es plus le même, Alessio. Ton père et toi avez changé. Vous avez beau vous tourner autour, les cercles que vous formez sont de plus en plus resserrés. Il arrive même qu'ils disparaissent. Un pont existe au-dessus du fossé qui vous séparait. Et l'un comme l'autre, vous ne voulez pas qu'il s'effondre.

— La situation n'est pas aussi complexe que tu la décris.

— Peut-être, mais il reste un problème à régler.

— Un *problème* qui comporte un gros avantage.

— Lequel ?

— Ces derniers jours ont mis mes nerfs à rude épreuve.

— Comment cela ?

— Tu le sais bien. Me trouver près de toi en présence de mon père... dans l'impossibilité de te toucher... me mettait à la torture. Maintenant, nous n'aurons plus besoin de nous éviter.

Sophie se sentit rougir. Elle savait exactement ce à quoi Alessio faisait référence, pour l'avoir vécu elle aussi. Conscients du regard vigilant de Léonard, tous deux avaient gardé leurs distances, tout en échangeant de temps à autre des regards brûlants. Parfois, quand leurs corps se frôlaient, elle était parcourue de frissons. Les journées lui paraissaient interminables. Elle n'avait de cesse qu'elles se terminent et que Léonard regagne sa chambre pour la nuit. À peine avait-il disparu qu'ils couraient dans la leur pour s'étreindre et se donner l'un à l'autre. Très vite, ils se débarrassaient de leurs vêtements et s'embrassaient.

Pour quel résultat ?

Ils avaient jeté toute prudence aux orties et pris des risques qui les avaient conduits à la situation actuelle.

Sophie avait honte de l'admettre, mais à cet instant précis elle brûlait d'envie de connaître à nouveau l'extase dans les bras d'Alessio. Tentation à laquelle elle devait résister à tout prix.

Prenant une profonde inspiration, elle se redressa sur son siège.

— Quand nous serons rentrés à Londres, les choses ne seront pas simples, fit-elle avec le plus grand sérieux.

— La maison sera opérationnelle, objecta Alessio. Quelques travaux devront encore être effectués, mais rien qui vous empêche de vivre normalement.

— Tu as reçu des nouvelles ?

— Oui, et je les communique à mon père. Il veut à tout prix être impliqué dans chaque décision.

— Ce doit être fatigant...

— Fatigant pour lui, mais épuisant pour les autres ! Je ne pensais pas qu'il interviendrait dans le choix des couleurs qui seront appliquées sur les murs.

— Ah bon ? Il ne m'en a rien dit.

— Quoi qu'il en soit, à notre retour...

— Tu pourras repartir à Londres, finit-elle à sa place.

— Rien ne presse, même si nous savons que la passion qui nous anime finira par s'estomper. C'est normal. Les relations s'embrasent, se transforment en grésillements, puis se calment progressivement jusqu'à ce qu'elles ne représentent plus qu'un vague souvenir.

— Comme c'est triste de voir les choses ainsi...

Alessio n'était pas d'accord avec le qualificatif employé par Sophie. Il fallait faire preuve de réalisme et se protéger des fantasmes. Aimer pouvait conduire à la perte. Mieux valait donc s'en préserver.

— Quand le feu qui nous embrase baissera en intensité, reprit-il, nous ne regretterons pas d'avoir proféré un petit mensonge pour préserver la santé d'un vieil homme.

Le « vieil homme » semblait aux anges, comme s'il avait retrouvé le goût de vivre, constata Sophie le lendemain matin. Pourtant, jusqu'ici, il n'avait jamais manifesté le moindre désir de voir son fils bien accompagné, même s'il critiquait sans cesse son mode de vie plutôt dissolu.

À présent, il était aux petits soins avec les deux jeunes gens. Il les pressait de passer le plus de temps possible ensemble, de ne plus le couver, car il se portait comme un charme. Il leur avait par ailleurs assuré être en mesure de superviser à distance les travaux en cours dans sa maison.

— Cela se terminera mal, marmonna Sophie, tandis qu'elle franchissait le seuil de la demeure avec Alessio.

Tous deux avaient envisagé de visiter les alentours avec un guide, de découvrir les vignobles les plus réputés de la région tout en savourant la cuisine locale. Léonard devait les accompagner, mais il avait insisté pour que le jeune couple entreprenne ce périple en amoureux. Rien ne devait entraver leur belle relation naissante.

— Tout ira bien, murmura Alessio. Nous sommes libres de faire ce que bon nous semble pour le reste de notre séjour. Profitons-en !

Alessio se tourna vers Sophie, tout sourires. Finalement, la tournure des événements le ravissait. Que son père les ait surpris ensemble dans sa chambre ne le perturbait plus.

Désormais, plus rien ne venait entraver la relation qu'il entretenait avec Sophie. Tous deux pouvaient vivre leur aventure au grand jour. En outre, plusieurs problèmes avaient été résolus. Tout d'abord, le mensonge qu'il avait proféré avait éliminé une source potentielle de stress pour son père. Ensuite, en légitimant sa relation avec Sophie, le couple pouvait s'afficher main dans la main, sans que personne n'y trouve à redire. Mieux encore, on les y encourageait ! À présent, ils pouvaient passer tout leur temps ensemble. En dernier lieu, cette nouvelle donne avait créé un rapprochement avec son père, rapprochement auquel Alessio ne croyait plus depuis longtemps. Ils communiquaient mieux désormais et avaient même trouvé des terrains d'accord. Que demander de plus ?

— Nous emprunterons la route des vins une autre fois, dit-il à Sophie. J'ai très envie de t'emmener dans un village qui se trouve à peu de distance d'ici. Je n'y suis pas retourné depuis un bon moment. J'aimerais te le faire découvrir. Nous y déjeunerons. Regarde le ciel bleu. Il fait un peu frisquet, mais le temps se prête tout de même à la promenade.

L'enthousiasme d'Alessio agissait comme un baume sur les doutes et les inquiétudes qui perturbaient l'esprit de Sophie. Sentir son bras autour de ses épaules la ravissait, de même que les sourires lumineux qu'il lui adressait. Tout en lui lui plaisait. Sa bonne humeur, ses gestes tendres, son charme dévastateur.

Elle ressentait un bonheur indicible.

Qui serait de courte durée, mieux valait ne pas se leurrer.

La relation qui l'unissait à Alessio prendrait fin d'ici peu, mais pour l'heure seul le moment présent avait de l'importance.

Serrée contre lui, des images de leurs étreintes passionnées lui revenaient en mémoire. Jamais elle n'avait ressenti pareille communion avec qui que ce soit.

Qui espérait-elle leurrer ?

Plus le temps passait, plus le lien qui l'unissait à Alessio se renforçait. Si elle lui faisait part de ses sentiments naissants, il les balayerait d'un revers de la main. Car, à ses yeux, il s'agissait là d'une romance sans avenir, d'un moment suspendu qui permettait de garantir la sérénité de son père. Qui leur permettait à eux également de vivre librement cette aventure.

Une fois de retour au Royaume-Uni, tous deux trouveraient une issue à cette histoire. Même si Sophie ne parvenait pas à l'envisager, elle pouvait compter sur Alessio pour faire preuve de créativité.

De toute évidence, Léonard ne serait pas dupe longtemps. Car Alessio et elle ne formaient pas un couple assorti.

Il savait que Sophie était une personne sérieuse qui rêvait de se marier et d'avoir des enfants. Il connaissait également le tempérament de son fils et sa volonté farouche de ne s'engager avec personne. Que leur idylle prenne fin ne le surprendrait donc pas.

— Veux-tu que je te dise où je t'emmène ? demanda soudain Alessio avec un sourire, rompant sa rêverie. Ou préfères-tu la surprise ?

Comme il l'attirait tout contre lui, elle se sentit fondre comme neige au soleil.

— Hum... je n'aime pas trop les surprises.

— Je te comprends.

Après avoir déposé un doux baiser sur son front, il ajouta :

— Nous avons plus en commun que tu l'imagines. Je ne suis pas fan des surprises, moi non plus.

Il l'informa alors de leur destination : un petit village dans lequel il possédait un restaurant qui connaissait depuis peu une renommée internationale.

Le chauffeur réservé par Alessio pour emprunter la route des vins se vit indiquer une tout autre direction, celle d'un château datant du XIIIe siècle situé à l'extrémité d'une péninsule. Tout autour s'étendait le village avec ses habitations typiques et ses commerces animés. Le charme du lieu ravit Sophie. Toutefois, à l'idée qu'Alessio ait pu conduire certaines de ses maîtresses en cet endroit, elle ressentit une pointe de jalousie qu'elle s'efforça aussitôt de chasser de son esprit.

— Si tu aimes autant venir ici, pourquoi ne le fais-tu pas plus souvent ? lui demanda-t-elle.

— Le temps c'est de l'argent.

— Tu as bien trouvé le temps, pour ce séjour.

— C'était indispensable pour mon père.

Une ombre voila le regard d'Alessio, puis très vite il ajouta :

— Laisse-moi t'expliquer ce que j'ai prévu pour le reste de la journée.

Après un déjeuner pris dans le restaurant que possédait Alessio, ce dernier lui apprit qu'il avait réservé pour eux une chambre dans l'hôtel le plus luxueux du village.

— Je voulais te prouver à quel point je suis investi dans notre petite comédie.

— Mais nous ne pouvons pas y dormir cette nuit ! protesta Sophie. Léonard...

— Qui a dit qu'on y dormirait ? murmura Alessio à son oreille d'un ton diablement sexy.

En effet, ils passèrent deux heures féeriques dans une suite qui devait coûter les yeux de la tête. Deux heures de passion torride à la suite desquelles ils déambulèrent main dans la main dans les rues animées du village. Sophie se sentait au centre de toutes les attentions d'Alessio. Comme s'il n'avait d'yeux que pour elle. Comme si elle représentait ce qu'il avait de plus cher. Ce fut l'expérience la plus troublante de sa vie.

— Alors, qu'as-tu pensé de notre escapade ? lui demanda Alessio, sur le chemin du retour.

Émue, Sophie se blottit dans ses bras en guise de réponse.

Il était près de 17 heures quand ils regagnèrent la villa où les attendait Léonard. Il les accueillit à leur arrivée avec un sourire lumineux.

— Alors, cette journée, en avez-vous bien profité ? leur demanda-t-il.

Sophie, rouge comme une tomate, préféra détourner le regard.

— Nous avons passé une très bonne journée, répondit Alessio à sa place.

Ils se rendirent ensemble à la cuisine où Léonard leur annonça que l'heure était venue de rentrer en Grande-Bretagne.

— Je commence un peu à m'ennuyer ici, leur dit-il pour expliquer sa décision. Je suis peut-être vieux, mais mon cerveau a besoin de stimulation. Ma routine de vie me manque. Quant à vous, les enfants, l'avenir vous appartient. Il est grand temps que vous retrouviez l'agitation de la ville.

— Mais les travaux ne sont pas terminés chez vous ! protesta Sophie.

— Aucune importance, objecta Léonard, je peux me débrouiller. Qui plus est, j'ai des choses à faire…

— Quelles choses ?

— Des *choses*, répondit Léonard en lui adressant un clin d'œil. Ne vous faites aucun souci pour moi. Tout ce que je vous demande, c'est de prendre du bon temps avec ce garçon, qui n'est autre que mon fils !

9

Sophie appréhendait de quitter la villa. Mais une fois sa décision prise, Léonard s'était montré inflexible et sourd à tous les arguments avancés par son fils. Parmi eux, le fait que, les travaux n'étant pas achevés chez lui, il risquait de trouver la maison plutôt inconfortable et bruyante.

Mais Léonard n'avait rien voulu entendre, si bien que trente-six heures plus tard Alessio bouclait la villa et donnait ses instructions à la gouvernante.

Après avoir atterri à proximité de Harrogate, tous trois prirent place dans la limousine avec chauffeur qui devait les ramener à la maison, Léonard à l'avant du véhicule et Alessio et Sophie à l'arrière. Une vitre de protection leur permettait de discuter en toute discrétion.

— Je n'y comprends rien, murmura Sophie après s'être installée. Avant, ton père n'arrêtait pas de se plaindre des travaux qui allaient être effectués chez lui, du dérangement qu'ils allaient occasionner…

— Oui, on dirait qu'une nouvelle vie s'ouvre à lui, admit Alessio.

Sophie observa son magnifique profil. Malgré le ton désinvolte qu'il venait d'employer, elle percevait une certaine tension sur ses traits.

Baissant les yeux sur leurs mains jointes, elle se demanda s'il ne commençait pas à regretter le mensonge dans lequel il s'était enferré. Peut-être cherchait-il une issue à ce dilemme, un moyen de sortir la tête haute de cette mascarade.

Ce retour en Grande-Bretagne marquait peut-être un tournant

décisif. La bulle dans laquelle ils avaient évolué durant quelques jours avait éclaté, les ramenant à la dure réalité.

— Ne dis pas cela, souffla Sophie.

— Pourquoi ?

— Si Léonard se projette dans une nouvelle vie à cause de notre mensonge, il nous sera affreusement difficile de faire machine arrière.

— Quand on veut, on peut...

— Facile à dire, marmonna Sophie en secouant la tête.

— Les clichés sont un peu comme les sermons : même si on les trouve irritants, ils contiennent souvent une part de vérité.

— Quand envisages-tu de retourner à Londres ?

— Je n'y ai pas encore réfléchi.

— Je crois que le plus tôt serait le mieux.

— Explique-toi.

Sophie tourna la tête vers lui, et leurs regards se rivèrent l'un à l'autre. Pendant un court instant, elle eut l'impression de se noyer dans l'océan de ses yeux noirs, une sensation qu'elle s'efforça de chasser.

— Si je dois commencer à chercher une porte de sortie à cette situation... ce sera plus facile si tu disparais de la circulation.

Ainsi, je serai à l'abri de toutes les tentations...

— Comment cela ? demanda Alessio d'un air soupçonneux.

Sophie avait détourné le regard et lui offrait à présent son visage de profil. Ne pas parvenir à lire dans ses pensées l'ennuyait profondément.

Pourtant, il ne se préoccupait jamais des états d'âme de ses maîtresses. Pourquoi en allait-il autrement avec Sophie ? Curieusement, avec elle, les défenses qu'il avait érigées autour de lui s'effondraient, laissant place à un désarroi qui ne lui était pas coutumier.

Pour la première fois depuis des lustres, il se sentait vulnérable, sans qu'il en comprenne la raison. La confusion était une émotion qu'il fallait combattre à tout prix, car confusion et faiblesse allaient de pair. Il ne voulait pas revivre ce qu'il avait traversé à la mort de sa mère. Cette tristesse, cette sensation d'impuissance face au destin. Au moment du drame, il était trop jeune, trop désarmé pour surmonter la vague de chagrin qui s'était abattue sur lui, pour supporter la distance qui s'était opérée entre son père et lui.

Bien sûr, il avait surmonté ces épreuves, mais le souvenir demeurait ancré en lui et revenait parfois le hanter. Comme à cet instant précis, où il ne savait pas quoi penser de la situation qu'il vivait avec Sophie.

— Alors ? insista-t-il. Quel genre de plan as-tu en tête ?

— Nous sommes fondamentalement différents...

— Et ?

— Dans... dans d'autres circonstances... nous n'aurions jamais... partagé le même lit.

Sophie s'était exprimée sur un ton très bas pour que ses propos demeurent inaudibles aux oreilles de Léonard. Incapable de prononcer le terme « amants », elle avait buté sur les mots à employer. Sa gêne étant perceptible, elle craignait qu'Alessio la tourne en dérision.

Après avoir connu des étreintes torrides avec lui, après s'être abandonnée à ses caresses, comment pouvait-elle se montrer aussi timorée ?

Sans doute était-ce dû à son manque d'expérience.

Alors qu'elle pensait avoir endossé une carapace après les épreuves qu'elle avait traversées enfant, elle se sentait affreusement vulnérable face à Alessio.

— En es-tu certaine ? demanda ce dernier.

— Oui.

— Ainsi, tu penses que nous sommes devenus amants parce que nous nous trouvions au même endroit au même moment ?

— Plus ou moins, oui.

— Que fais-tu du pouvoir d'attraction ?

— Que veux-tu dire ?

Alessio éluda la question et proféra une remarque qui la surprit.

— Je trouve tes propos particulièrement offensants.

— Pourquoi ?

Consternée, Sophie le dévisagea intensément. Jamais elle n'aurait imaginé pouvoir le blesser.

— Me trouves-tu à ce point superficiel ? demanda-t-il.

Comme elle tentait d'échapper à son regard incisif, il lui souleva le menton pour l'obliger à le regarder.

— Non, je ne te trouve pas superficiel, admit-elle dans un souffle. En fait, je crois que tu es la personne la plus complexe que j'ai rencontrée dans ma vie.

À son grand soulagement, elle vit qu'Alessio semblait plus détendu.

— Pourquoi as-tu trouvé mes propos offensants ? demanda-t-elle timidement.

— Je ne suis pas le genre de type à coucher avec une fille parce qu'elle se trouve à portée de main. J'ai couché avec toi parce que je te trouve très sexy. Tu es intelligente, drôle, et la femme la plus intéressante que j'ai jamais rencontrée.

Sophie ébaucha un sourire à son tour.

— Tu me connais bien, pourtant.

— Ah bon ?

— Je travaille pour ton père depuis deux ans.

— Tu t'es toujours effacée à chacune de mes visites. J'aimerais d'ailleurs savoir pourquoi tu m'évitais. Et ne me dis pas que c'était pour que mon père et moi puissions demeurer en tête à tête. Les choses se sont beaucoup améliorées entre nous ces derniers temps mais, avant, passer du temps avec mon père ne figurait pas parmi mes objectifs. Tu le sais pertinemment.

Sophie demeura silencieuse. L'intimité partagée avec Alessio leur avait permis de mieux se connaître. À présent, il la cernait avec justesse.

— Alors, Sophie ? insista-t-il. M'évitais-tu parce que je te rendais nerveuse ?

Il plissa les yeux, puis ajouta :

— Étais-tu déjà attirée par moi à cette époque ?

— Tu es doté d'un ego démesuré, Alessio, souffla-t-elle en fronçant légèrement les sourcils.

Puis, rougissant sous le regard insistant de son amant, elle détourna les yeux.

— Comme je te l'ai dit... je ne voulais pas... m'immiscer entre vous... prendre mes repas avec vous deux... ou siroter un digestif en votre compagnie au salon. Cela ne figurait pas parmi... mes attributions.

Comme Alessio demeurait de marbre, elle rompit le silence à nouveau :

— Peut-être... n'avais-je pas assez confiance en moi... Et franchement, aujourd'hui, je n'arrive pas à comprendre ce qui a pu t'attirer en moi.

— Pourtant je te l'ai dit.

— Oui... Il n'en demeure pas moins que nous sommes très différents l'un de l'autre.

Prenant une profonde inspiration pour garder pied dans la réalité et ne pas succomber à l'attirance que son compagnon exerçait sur elle, elle se força à ajouter :

— C'est la raison pour laquelle je t'ai demandé si tu projetais de repartir à Londres dès notre retour. Ce qui me permettrait... d'alerter ton père... sur les différences qui nous séparent... histoire de préparer le terrain.

Alessio se rembrunit. Pendant quelques instants, il avait imaginé, avec un certain plaisir, que Sophie avait secrètement ressenti beaucoup d'attirance pour lui bien avant que ne commence leur liaison. Que se serait-il passé s'il en avait eu conscience ? Où en seraient-ils aujourd'hui ?

Mais si Sophie envisageait une relation à plus long terme, parce qu'elle rêvait de lui depuis des semaines, des mois, des années peut-être, au-delà du fait qu'il trouverait cela flatteur, la situation ne comportait-elle pas des risques ?

Une sourde angoisse le saisit à cette idée, d'autant plus qu'il avait le sentiment de perdre le contrôle. Inutile de le nier, il s'était attaché à cette jeune femme. Quand elle s'absentait ne serait-ce que quelques minutes, il pensait à elle tout le temps. Et pendant leur séjour à la villa, il n'avait pas travaillé du tout.

Sophie touchait une corde sensible en lui, probablement parce qu'elle avait, tout comme lui, traversé des épreuves terribles au cours de sa vie. Au lieu de profiter de sa jeunesse, de lourdes responsabilités avaient requis toute son énergie. De son côté, Alessio avait souffert après la mort de sa mère, partie trop tôt. Malgré tout, il avait connu une vie trépidante.

Sans doute Sophie rêvait-elle de connaître l'amour auprès d'un homme fiable, ce qu'il n'était pas. Et il ne voulait pas se retrouver piégé dans une relation trop intense. Dépendre de quelqu'un sur le plan financier, intellectuel ou émotionnel ne figurait absolument pas parmi ses objectifs.

C'est pourquoi il s'efforça d'employer un ton léger quand il reprit la parole.

— Tu as raison, il vaut mieux que je reparte très vite pour Londres.

— Oui... je crois que... le plus tôt sera le mieux.

— Pour éviter toute complication inutile ? Je suis d'accord avec toi.

— Léonard doit comprendre que nous sommes très mal assortis.

— Bien sûr ! Mais, tu le sais aussi bien que moi, les gens croient ce qu'ils ont envie de croire.

— C'est vrai, admit Sophie avec un soupir.

— Il rêve de me voir avec une femme qui...

Il lui adressa un sourire triste avant de compléter :

— ... ne ressemble pas à mes maîtresses habituelles.

— Il finira par comprendre que je suis trop différente des jolies blondes aux yeux de biche qui se pendent à ton bras.

— J'adore ta manière de t'exprimer, dit Alessio avec un sourire amusé.

Sophie rougit, puis détourna les yeux. L'intensité du regard d'Alessio la mettait à la torture. Quoi qu'elle lui ait affirmé, elle le désirait terriblement. Il fallait qu'il s'éloigne, reparte à Londres pour de multiples raisons. Elle avait besoin d'une distance physique pour retrouver une certaine contenance et revenir à la raison. Il fallait qu'il s'absente aussi pour qu'elle commence à semer le doute dans l'esprit de Léonard, afin qu'il s'habitue à l'idée d'une rupture.

Elle voulait qu'il s'en aille.

Mais elle brûlait d'envie de le garder près d'elle.

— Je prendrai toutefois le temps de faire une tournée d'inspection dès que nous aurons regagné la maison, ajouta-t-il plus sérieusement. Depuis que nous sommes ici, je reçois un rapport détaillé deux fois par jour et les chefs de chantier me connaissent assez pour savoir qu'ils n'ont pas intérêt à me raconter des histoires. Mais un état des lieux s'impose.

Alessio demeura un long moment silencieux, plongé dans ses pensées. L'idée de repartir à Londres dès leur retour le perturbait, même s'il en comprenait la nécessité. L'envie de prolonger son séjour à Harrogate le tentait terriblement. En l'espace de très peu de temps, il s'était habitué à la présence de Sophie à ses côtés, tous les matins à son réveil. Il adorait sentir la chaleur de son corps tout contre le sien. Et sur le plan sexuel, leur entente le comblait.

— Financièrement, reprit-il, les choses ont beaucoup avancé. J'ai pris soin d'en informer mon père au fur et à mesure, pour qu'il ne se sente pas tenu à l'écart.

— Il ne m'a parlé de rien, remarqua Sophie. En fait, il ne m'a pas dit un seul mot sur son entreprise.

Alessio lui sourit, et leurs regards se soudèrent.

— Il s'est très vite adapté à la situation, murmura-t-elle.

— En effet. Je m'attendais pourtant à ce que ce vieux râleur me mène la vie dure et refuse d'adhérer à toutes mes propositions.

Tous deux éclatèrent de rire, ce qui eut pour effet de réveiller Léonard qui s'était assoupi pendant le trajet. Se tournant vers eux, il demanda :

— De quoi parlez-vous ?

— Du départ d'Alessio pour Londres, répondit Sophie en reprenant son sérieux.

— Rien ne presse, objecta le vieil homme.

— J'ai des affaires à gérer, intervint Alessio.

— Ce sont plutôt elles qui te gèrent, mon garçon, tu ne crois pas ? Et ce n'est pas très sain. Quoi qu'il en soit, tu ne pourras pas partir avant après-demain, au plus tôt.

— Pourquoi ?

— Parce que j'envisage un petit dîner pour fêter notre changement de cap.

— Un dîner de fête ?

— Rien de fou, rassurez-vous. Sarah sera ravie de s'occuper du repas. Quant à moi, avec tout ce qui s'est produit, ma santé déclinante et toutes ces nuits passées à me faire du souci… j'aimerais célébrer le nouveau chapitre qui s'ouvre à moi.

Sophie sentit son cœur se serrer. Elle était heureuse de voir Léonard reprendre goût à la vie, mais elle appréhendait les festivités à venir.

À leur arrivée à Harrogate, ils furent accueillis par un froid glacial et un ciel gris qui contrastaient avec le temps magnifique qui avait auréolé leur séjour en Italie.

Quand ils franchirent le seuil de la maison, Léonard et Sophie se figèrent, admiratifs. Le vieux papier peint avait disparu, et les boiseries avaient retrouvé leur splendeur d'antan. Toutes les pièces à vivre étaient terminées, ce qui permettrait à Léonard de ne subir aucune nuisance pendant le reste des travaux. Le vieil homme, impressionné, en avait presque les larmes aux yeux. Il coula vers son fils un regard empli de reconnaissance.

La mésentente entre Alessio et son père s'était envolée, laissant place à une tendre complicité. Plus jamais ils ne prendraient place chacun à un bout de la table sans se parler. Rien ne viendrait plus jamais rompre la belle harmonie qui régnait entre les deux hommes, pas même la rupture qu'il allait falloir annoncer à Léonard.

À cette idée, Sophie sentit sa gorge se nouer et se détourna pour cacher sa peine.

Conscient de son trouble, Alessio murmura derrière elle :

— Quelque chose ne va pas ?

Elle attendit que Léonard s'éloigne avec Sarah pour lui faire face.

— Alors ? insista Alessio.

Pendant un court instant, elle eut l'impression de se noyer dans son regard ténébreux. Cet homme avait volé son cœur, et la vie sans lui, désormais, ressemblerait à un désert aride. Comment supporterait-elle ses visites occasionnelles une fois qu'ils auraient mis un terme à leur relation ? Comment vivrait-elle son nouveau statut d'ex-petite amie ?

— Eh bien, je serai soulagée quand nous en aurons fini avec... tout cela, finit-elle par laisser tomber.

— Quoi ? Les rénovations ? Elles ne concernent plus que les espaces inoccupés.

— Je parle du mensonge autour de notre liaison, précisa-t-elle avec un sourire crispé. Je suis heureuse de voir Léonard se réjouir des changements opérés dans la maison, mais nous lui avons menti d'une manière stupide. Il est grand temps de rétablir la vérité, afin que je puisse reprendre le cours de ma vie.

— C'est-à-dire ?

Sophie haussa les épaules.

— Je ne crois pas pouvoir tenir mon poste ici une fois que nous aurons rompu.

— C'est ridicule, protesta Alessio en plissant les yeux.

Pour lui, ça l'était, évidemment, parce qu'il ne s'était pas investi sur le plan émotionnel. Il trouverait aisé de reprendre leur relation là où elle en était avant que ne commence leur liaison. Il attendrait de Sophie qu'elle se comporte de manière amicale à chacune de ses visites, qu'elle prenne ses repas avec le père et le fils comme si de rien n'était.

— Je ne me sens pas capable de jouer avec le sourire le rôle de ton ex. Ça ne marchera pas.

— Pourquoi ?

Alessio passa une main nerveuse dans ses cheveux tout en la foudroyant du regard. Devant son silence, il ajouta :

— Quoi qu'il en soit, ce qui se passe entre nous ne doit pas interférer avec ton travail ni te mettre mal à l'aise. Écoute...

Il jeta un regard autour de lui pour s'assurer que personne ne les écoutait, puis ajouta :

— Ce n'est ni l'endroit ni le moment d'avoir cette conversation. Laissons-la de côté pour le moment. Pourquoi ne pas attendre que mon père ait organisé sa petite fête ?

— Je ne changerai pas d'avis.

Alessio déposa un doigt sur ses lèvres.

— Chut... Demain, d'accord ? Mon père se couche tôt. Son petit dîner de fête s'achèvera sans doute de bonne heure, après quoi nous pourrons nous retrouver pour discuter.

Sophie soupira, puis hocha la tête.

Le lendemain soir, Alessio et elle mettraient un terme à leur relation. Ensuite, elle n'aurait plus qu'à empaqueter ses bagages pour reprendre sa vie là où elle l'avait laissée.

Occupé à superviser les derniers travaux dans la maison, Alessio brilla par son absence durant toute la journée du lendemain. Quand, aux alentours de 17 heures, Léonard décida d'aller se préparer pour la fête, il dit à Sophie :

— Je compte sur vous pour endosser vos plus beaux atours, mon petit ! J'ai dit la même chose à votre chéri. Il a dû s'absenter pour gérer quelques affaires, mais il sera rentré à temps pour notre petit dîner.

Sophie finissait de s'habiller quand trois coups discrets furent frappés à la porte.

Alessio.

Toujours aussi séduisant et attirant…

Mais sur son visage, une expression des plus sérieuses.

— Nous avons un problème, annonça-t-il d'un ton grave en pénétrant dans la chambre.

Une fois qu'il eut refermé la porte, il ajouta :

— Je te trouve très élégante.

Sophie se sentit rougir. Elle avait opté pour une robe en lainage couleur crème et des escarpins à petits talons. Rien de très flatteur, à ceci près que la robe moulait ses formes.

Quand les mains d'Alessio se posèrent sur ses hanches, une vague de désir la submergea. Se lovant tout contre lui, elle enroula les bras autour de son cou et lui tendit les lèvres, qu'il happa aussitôt. Un long baiser les réunit, après quoi ils se laissèrent tomber sur le lit. Emportés par la force de leur désir, ils ne prirent pas la peine de se déshabiller pour s'étreindre avec force. En quelques secondes à peine, après avoir déboutonné son pantalon et relevé la robe de Sophie, Alessio la pénétra d'un grand coup de reins. Ils firent l'amour avec une fougue inégalée jusqu'ici, comme s'il s'agissait de retrouvailles après une longue absence. Après avoir ondulé à l'unisson, ils étouffèrent leur cri de plaisir dans un baiser passionné.

Puis, très vite, après l'avoir longuement regardée, Alessio s'écarta de Sophie et quitta le lit. Chacun de son côté remit de l'ordre dans sa tenue.

— Je… je venais de quitter mon père quand je suis monté te retrouver, lui dit-il.

— Pourquoi cet air si sérieux ?

— Il faut que nous descendions, mais je te préviens : il ne s'agit pas d'une petite fête, contrairement à ce que nous a dit mon père.

— Quoi ?

— Je crois bien qu'il a invité… la moitié du village.

10

Sophie perçut des voix dès qu'elle quitta la chambre et, une fois parvenue en bas de l'escalier, elle vit Sarah, accompagnée d'un maître d'hôtel, se diriger vers le salon.

— Léonard a recruté du personnel pour l'occasion ? murmura-t-elle à l'intention d'Alessio.

— Cela m'en a tout l'air.

— Quand ? Pourquoi ? Il ne m'a rien dit. Et à toi ?

— Je crois qu'il a mis un point d'honneur à ne rien laisser échapper de ses projets.

Immobiles au bas des marches, les deux jeunes gens gardèrent un instant le silence.

Puis, après avoir ouvert la porte du salon, ils observèrent, interdits, la scène qui se déroulait sous leurs yeux. Sarah, accompagnée de son assistant, voletait de groupe en groupe pour proposer des apéritifs.

Sur le buffet en bois poli trônaient des bouteilles de vin et des boissons non alcoolisées, ainsi que de nombreux plateaux de petits-fours.

À l'arrière de la salle, confortablement installé dans un fauteuil rembourré, Léonard semblait trôner au milieu d'une cour d'admirateurs.

La pièce comptait une bonne vingtaine de personnes, parmi lesquels des amis du village… des collègues de longue date accompagnés de leurs conjoints… la fleuriste…

Pâle comme un linge, Sophie retint Alessio avant qu'il ne se dirige vers son père. Elle l'entraîna hors du salon pour gagner la pièce que Léonard appelait la salle de musique, une petite arrière-salle où personne ne les débusquerait.

— C'est un cauchemar, murmura-t-elle une fois à l'abri des regards. Tous ces gens...

Alessio posa une main sur sa joue. Elle semblait en proie à une angoisse terrible dont il ne comprenait pas l'origine. Quelle importance si les convives de son père les imaginaient embarqués dans une relation plus sérieuse qu'elle ne l'était réellement ? Pourquoi ce besoin de fuir ? Pourquoi ne pas profiter de cette aventure, quelle qu'en soit la durée ?

Il laissa échapper un soupir empreint de lassitude et passa une main nerveuse dans ses cheveux.

Puis, laissant tomber son bras, il s'adossa au mur et plongea les mains dans ses poches.

— Je trouve absurde moi aussi que mon père ait organisé cette petite fête, mais les invités sont là et nous ne pouvons pas y faire grand-chose.

— Bien sûr, on ne peut pas les jeter dehors, mais... Alessio... c'est un désastre !

— Tu exagères un peu, non ?

— Ah non ! Pas du tout !

Alessio ne comprenait pas l'agitation de Sophie.

— Ce n'est tout de même pas la fin du monde, objecta-t-il.

— Tu étais plutôt blême quand tu m'as informée de la situation.

— J'étais surpris.

Mais tous deux avaient succombé à la pulsion qui les poussait dans les bras l'un de l'autre, songea Sophie, l'esprit en ébullition.

Soudain, l'horizon s'éclaircit devant elle. Elle savait ce qu'elle devait faire.

Opter pour la vérité et faire preuve d'honnêteté.

Comme Alessio, quand il s'était montré clair sur ses intentions. Il ne voulait pas d'engagement, pas d'histoire d'amour, seulement une relation fondée sur le sexe tant qu'une même passion les unirait.

Sophie avait accepté les termes de ce contrat, puis s'était laissé emporter par des sentiments qui dépassaient le cadre de leur arrangement. Il fallait à tout prix qu'elle éclaircisse cette situation. Comment ? En se montrant honnête.

Tant qu'Alessio ressentirait du désir pour elle, tant qu'il aurait la certitude que ce désir était partagé, il ne prendrait pas la décision de rompre. Sophie supporterait-elle de voir leur aventure se prolonger ? Les graines de doute qu'elle souhaitait semer dans l'esprit de Léonard finiraient-elles par germer ? En combien de temps ? Un mois ? Deux mois ? Six mois ?

À l'idée de partager la vie d'Alessio pour quelque temps encore, l'horreur la submergea. Elle avait peur et se sentait affreusement vulnérable. Jamais elle n'aurait la force de le convaincre de mettre un terme à leur liaison. Dès qu'il la touchait, elle perdait pied et fondait comme neige au soleil.

Et voilà que tous deux se trouvaient dans une situation inextricable. Une vingtaine d'invités les attendaient au salon, prêts à accueillir le retour du fils prodigue… accompagné de sa promise. Cerise sur le gâteau, une jeune femme qui avait obtenu l'approbation de Léonard.

Fébrile, Sophie mesurait l'étendue des dégâts, mais elle se savait tout aussi responsable qu'Alessio de la situation. Elle avait accepté, par facilité, de mentir à Léonard. Elle avait fait preuve de faiblesse alors qu'elle aurait dû se montrer intransigeante.

À quoi bon ressasser les erreurs commises ? songea-t-elle soudain. Seul le présent comptait. Il fallait à présent affronter la situation actuelle et rejoindre les invités qui attendaient sans doute de trinquer avec eux.

L'heure était venue de se confronter à la vérité…

— Pourquoi étais-tu surpris ? demanda Sophie à brûle-pourpoint.

Décontenancé par le regard fixe qu'elle dardait sur lui, il répondit :

— Le salon est rempli d'invités. Léonard les a sans doute informés de notre liaison…

— Très certainement.

Alessio plissa les yeux, puis émit un long soupir.

— Écoute… Je sais que tu es assaillie par le doute, mais pourquoi ne pas profiter de l'instant, apprécier ce que nous partageons ? Et, le moment venu, nous n'aurons peut-être pas besoin de fournir des explications à mon père.

— Désolée, mais je ne comprends pas.

Comme Alessio amorçait le geste de poser les mains sur ses épaules, elle se raidit et recula d'un pas.

— Quand, inévitablement, les choses commenceront à se calmer entre nous, Léonard s'en rendra compte. Il fera probablement l'autruche pendant un temps, mais il finira par accepter l'inéluctable.

— Parce que j'aurai d'ici là semé le doute dans son esprit ?

— Oui, quelque chose comme ça, éluda Alessio, pressé visiblement d'en finir. Je pense que mieux vaudrait rejoindre les invités, à présent.

— Pas encore.

— De quoi devons-nous encore parler ? protesta-t-il avec une lueur d'incompréhension dans le regard.

La frustration exprimée par son amant ne l'étonnait pas. Alessio détestait perdre du temps. Ils étaient confrontés à une situation qu'ils ne pouvaient guère résoudre dans l'immédiat. Ils devaient simplement l'accepter et ne pas offenser les personnes qui les attendaient. Selon lui, rien ne les empêchait de s'afficher en couple, puisque leur passion n'était pas feinte.

Sophie prit une profonde inspiration avant d'annoncer :

— Je refuse de jouer à ce jeu-là, Alessio.

— Ça ne durera pas éternellement !

— C'est bien là le problème.

— Je ne te suis pas.

Immobile, il dardait sur elle un regard noir. Visiblement, la conversation prenait un tour qui lui déplaisait.

— Je ne veux pas que cela s'arrête, déclara-t-elle.

Comme il détournait les yeux, elle posa une main douce sur sa joue pour l'obliger à la regarder.

— Quand je suis venue de trouver à ton bureau, Alessio, j'appréhendais cette rencontre avec un homme que je n'aimais pas, quelqu'un que je désapprouvais.

— Je sais.

— Je pensais ne jamais changer d'avis.

— Tu ne m'apprends rien...

Il ébaucha un léger sourire qui lui fit battre le cœur un peu plus vite. Leur mésentente s'était en effet transformée en une passion dévorante, tous deux le savaient. Mais Alessio ne se doutait pas de la douche froide que Sophie s'apprêtait à déverser sur lui.

— Les choses ont changé, poursuivit-elle prudemment. Je t'ai vu interagir avec Léonard et j'ai compris que tu n'étais pas l'homme que j'imaginais.

— Les suppositions faciles se révèlent souvent fausses, mais je comprends que tu aies pu tirer certaines conclusions.

— Ensuite...

Comme elle peinait à poursuivre, Alessio l'y encouragea :

— Ensuite ?

— Nous avons... dormi ensemble. Et tout a changé pour moi. Pas au début. Au début, je dormais simplement avec un homme qui m'attirait. Chose que j'aurais dû faire bien avant...

— Cette conversation est-elle vraiment appropriée, à cet instant précis ?

Alessio semblait sur le qui-vive, comme alerté par une sonnette d'alarme.

— C'est le seul moment dont nous pouvons disposer, reprit-elle. Ne t'inquiète pas. Ton père ne va pas lancer des recherches. Il nous prend pour des amoureux transis. Il croit sans doute que nous n'arrivons pas à nous détacher l'un de l'autre...

— Ne sois pas sarcastique.

— Désolée, ça ne me ressemble pas, en effet. Mais... je parie que tu sais où je veux en venir.

— Ah oui ?

— Bien sûr, Alessio. Tu connais le genre féminin mieux que personne. Tu sais pertinemment que je suis tombée amoureuse de toi, non ?

Elle le vit pâlir.

— Je ne voulais pas que cela se produise, confessa-t-elle. Je pensais ne courir aucun risque, car tu ne ressemblais pas au genre d'homme avec qui je pouvais envisager de me lier pour la vie.

Comme Alessio ne réagissait pas, elle poursuivit :

— La raison pour laquelle je te dis cela *maintenant*... est la suivante : je ne peux pas continuer cette histoire avec toi, sachant que nous n'allons nulle part. Pour toi, il s'agit de sexe, et de sexe uniquement. Ce n'est pas une critique. Je sais pertinemment depuis le début quel genre d'homme tu es. Mais moi, je suis différente. Je veux beaucoup plus, Alessio. J'aimerais passer toute ma vie à tes côtés. Je veux ce que ton père désire lui aussi.

En d'autres circonstances, Sophie aurait pu rire de la situation. Les lèvres entrouvertes, Alessio la dévisageait d'un air stupéfait. Il semblait plongé en plein cauchemar.

— Alors, se força-t-elle à dire, voilà ce que je me propose de faire. Je vais rejoindre la fête et, avant que la situation ne nous échappe complètement, je vais dire la vérité à ton père.

— Sophie… il…

— Il comprendra la situation. Je serai honnête mais, rassure-toi, je ne t'accablerai pas. Ensuite, je remonterai dans la chambre et ferai mes bagages, après quoi j'appellerai un taxi qui me conduira chez ma mère. Ma visite lui fera plaisir.

— Et mon père ? Comment va-t-il réagir ?

— Alessio, il est grand temps que je pense à moi et non à ton père. Tu seras à ses côtés. C'est ce qui compte.

Le silence se fit entre eux, lourd de non-dits, silence que Sophie rompit avec ces mots :

— Bien sûr, je garderai contact avec Léonard. Il représente beaucoup pour moi.

Alessio fronça les sourcils et garda le silence quelques instants.

— Si tu penses devoir agir ainsi, fais-le, finit-il par déclarer d'un ton froid.

Il ne pouvait se résoudre à la retenir. Car, même s'il l'appréciait énormément, même s'il la désirait plus qu'il n'avait jamais désiré personne avant elle, il ne pouvait pas l'aimer comme elle en rêvait.

— Tu veux une chose que je suis incapable de te donner, ajouta-t-il pour clore le débat.

La mâchoire serrée, il la vit pivoter sur ses talons et se diriger vers la porte. Elle s'immobilisa un court instant avant de tourner la poignée, puis disparut de la pièce, le laissant seul avec son désarroi.

La gorge contractée, il se remémora la scène surréaliste qui venait de se produire. La confession de Sophie résonnait dans son cerveau.

Elle était tombée amoureuse de lui.

Il ne lui avait jamais demandé de s'impliquer autant ! Il ne l'avait pas encouragée dans ce sens ! L'amour ne figurait pas parmi ses objectifs. L'amour et la perte étaient liés. Toute sa vie, il avait refusé de se laisser guider par les émotions. Jamais il ne se soumettrait aux caprices de quelqu'un d'autre et garderait toujours le contrôle de sa vie.

Mais Sophie allait partir...

Il ne la reverrait plus...

À cette idée, il eut l'impression de sombrer dans un gouffre sans fond. Il fallait qu'il réagisse, et vite.

S'efforçant de reprendre une certaine contenance, il quitta la pièce à son tour pour rejoindre l'assemblée réunie autour de son père. Alors qu'il approchait du grand salon, la voix claire de Sophie parvint à ses oreilles.

Léonard avait visiblement annoncé à tout le monde le mariage imminent de son fils prodigue avec la plus parfaite des jeunes femmes. Et Sophie, avec douceur et gentillesse, expliquait à tous qu'il s'agissait d'une méprise.

Abasourdi, Alessio demeura planté devant la porte, incapable du moindre mouvement.

Après avoir vainement essayé de s'entretenir en privé avec Léonard, Sophie avait décidé de prendre la parole devant tous les invités qui, après tout, méritaient eux aussi de connaître la vérité.

— Nous avons agi ainsi avec la meilleure des intentions, conclut-elle avec douceur en prenant les mains de Léonard entre les siennes.

— Vraiment, je ne comprends pas...

— J'ai fait preuve de lâcheté. Lorsque vous nous avez surpris ensemble, nous avons préféré mentir pour ne pas vous occasionner plus de stress.

— C'est Alessio qui s'est comporté comme un lâche, pas vous ! protesta Léonard.

— Non, il a agi ainsi pour vous préserver. Votre fils est un homme bon. Ce qui est arrivé n'est pas sa faute, c'est la mienne.

— Je ne vous suis pas, ma fille.

Prenant une profonde inspiration, Sophie poursuivit :

— J'ai commis l'erreur de tomber amoureuse, avoua-t-elle d'un ton très calme. Alessio s'était pourtant montré clair dès le début. Il ne devait s'agir que d'une liaison sans lendemain. Il se trouve malheureusement que mon cœur en a décidé autrement et a refusé de respecter les règles du jeu.

« Commis l'erreur… tomber amoureuse… Pas la faute de votre fils… »

Alessio avait dû tendre l'oreille pour comprendre ce que disait Sophie, mais il y était parvenu grâce au silence qui régnait dans la pièce.

Alors qu'il s'attendait à des explications rationnelles et dénuées de passion, elle avait opté pour une confession sincère, exprimée avec calme et résignation.

Alessio avait senti son cœur se serrer douloureusement. Cet aveu avait touché une corde sensible en lui. Une émotion folle l'avait envahi en comprenant l'erreur qu'il s'apprêtait à commettre en laissant Sophie disparaître de sa vie.

Il l'aimait… passionnément.

Comment pouvait-il ne pas s'en être rendu compte avant ?

Comment réparer la situation ?

Sophie accepterait-elle de l'écouter ? Le croirait-elle ?

Le rejetterait-elle ?

C'est alors qu'il comprit ce qu'il devait faire.

Quand il pénétra dans la pièce, tous les regards se tournèrent dans sa direction, y compris celui de son père, dans lequel il ne lut aucune condamnation. Tous deux avaient parcouru un long chemin ensemble, surmonté de nombreux obstacles et ils pouvaient communiquer aujourd'hui en toute confiance. Un résultat en grande partie obtenu grâce à la jeune femme qui ne le quittait pas des yeux, elle non plus.

Elle se tenait droite, le menton levé, prête à la confrontation.

Pendant un long moment, Alessio demeura immobile. Il embrassa la salle du regard. Çà et là, il reconnut des visages.

— Je suis désolé, dit-il lentement en se tournant vers Sophie et son père.

— Ne t'excuse pas, fils, intervint Léonard. Ce sont des choses qui arrivent dans la vie. Je devrais fulminer, mais j'en suis incapable. Ce que tu as fait pour essayer de me protéger me touche beaucoup.

— Alessio..., murmura Sophie.

— Oui, Sophie.

— J'ai déjà expliqué la situation à ton père. Inutile d'en rajouter.

— Ce n'est pas la raison de ma présence.

Se tournant vers les invités, il ajouta :

— Écoutez-moi bien, s'il vous plaît. J'ai des choses importantes à vous dire.

— Que fais-tu ? s'insurgea Sophie.

— Ce que j'aurais dû faire il y a quelques minutes, si je m'étais montré moins obtus. Tu m'as dit que tu m'aimais, et moi, pauvre idiot, je n'ai pas voulu l'entendre. J'ai commis l'erreur de fermer la porte sur les sentiments que j'éprouve pour toi. Campé sur mes positions, pétri de certitudes, j'ai nié l'évidence.

Il eut un petit sourire en adressant un bref regard à son père.

— Je ne veux plus mentir, papa. Je te dois, ainsi qu'à Sophie, la vérité, toute la vérité.

Reportant son attention sur l'élue de son cœur, il dit :

— J'avais bâti une forteresse autour de moi, pour ne pas souffrir, pour ne pas connaître le rejet. J'ai toujours contrôlé mes émotions jusqu'au jour où tu es entrée dans ma vie. À partir de ce moment-là, quelque chose a changé en moi. J'ai abandonné mes défenses au vestiaire pour partager des rires avec toi, des plaisanteries, mais aussi des réflexions profondes et une entente formidable. À tel point que tu m'es devenue aussi indispensable que l'air que je respire...

— Où veux-tu en venir, Alessio ? Penses-tu vraiment ce que tu dis ?

— Chaque mot. Je me suis comporté comme un imbécile... Je t'aime à la folie.

Sophie ébaucha un sourire timide qui très vite illumina tout son visage. Quittant Léonard, elle rejoignit Alessio et lui tendit les mains, qu'il prit entre les siennes et embrassa tour à tour.

— Comment aurais-je pu deviner ce qui allait se produire ? dit-il d'un ton ému. Une vague immense a déferlé sur moi, emportant toutes mes défenses. Toute ma vie, je me suis comporté comme un spectateur et je ne pensais pas que les choses changeraient. Et tu es arrivée. Tu m'as poussé dans mes retranchements. Tu m'as ouvert les yeux, ce dont je ne te remercierai jamais assez. Tu as fait de moi un homme meilleur.

S'agenouillant devant elle, il ajouta :

— Pour le moment, je n'ai pas de bague à t'offrir, seulement tout mon amour. Veux-tu m'épouser ?

Sophie l'aida à se relever et planta son regard dans le sien. Léonard et ses invités étaient suspendus à ses lèvres. Tout comme Alessio, ils attendaient sa réponse.

Mais son cœur battait à tout rompre, et elle peinait à respirer. Ses rêves étaient-ils sur le point de se réaliser ? Finirait-elle par se réveiller en plein cauchemar ?

Elle embrassa la salle du regard et comprit qu'il n'en serait rien.

Alors, elle adressa un sourire lumineux à l'intention d'Alessio et dit d'une voix tremblante :

— Oui, mon amour, je veux bien t'épouser.

RACHAEL THOMAS

Éternelle passion

AZUR

HARLEQUIN

Titre original :
MARTINEZ'S PREGNANT WIFE

Ce roman a déjà été publié en 2018

Prologue

Maximiliano ouvrit les yeux avec la sensation inhabituelle de la chaleur d'un corps à côté de lui, dans le lit. Des souvenirs de la soirée de la veille affleurèrent à sa mémoire. Quel plaisir il avait eu à retrouver Lisa, à bavarder avec elle en dégustant une bonne bouteille ! Quand elle se lova contre lui, il serra les dents pour lutter contre son désir. Il était en colère. Encore une fois, il avait cédé à la faiblesse, la même qui l'avait déjà poussé à se marier.

Il aurait pu s'éveiller auprès de Lisa tous les matins s'il avait pu se libérer du poids du passé. Malheureusement, c'était impossible. Il était incapable d'amour. Un temps, il avait cru que leur histoire lui donnerait la force nécessaire, mais il s'était trompé. Il n'y avait pas d'échappatoire. Il lui avait donc rendu sa liberté. À peine quelques mois après leur mariage.

Ensuite, bien que travaillant ensemble, ils avaient réussi à conserver une distance très professionnelle. Pendant six mois. Elle l'évitait, et il ne pouvait pas lui en tenir rigueur car il l'avait cruellement blessée.

Alors que faisait-elle dans son lit ?

Encore à moitié endormie, elle posa un bras sur son torse, et il se sentit déchiré par des envies contradictoires : son corps la désirait, mais son esprit s'y opposait violemment. Il s'en voulait beaucoup de ce qui était arrivé. Ce n'était pas la peine de la faire souffrir davantage. C'était précisément le motif qui l'avait convaincu de rompre.

Ignorant les soupirs langoureux de la jeune femme, il se dégagea doucement. Comme elle était belle... Ses longs cils jetaient une ombre sur sa peau très claire. Malgré la nuit qu'ils venaient de passer ensemble, il ne doutait pas d'avoir pris la bonne décision en la quittant.

Il se leva résolument.

— Où vas-tu ?

La voix ensommeillée de Lisa l'arrêta dans son élan. Ce n'était pas une brève rencontre sans importance, une conquête dont il oublierait vite le nom. C'était sa femme.

Avant de la rencontrer, il se sentait invincible. Mais elle le touchait comme personne d'autre. Pourquoi la soirée s'était-elle terminée ainsi ? Ils devaient uniquement parler travail, discuter du club de football qu'il venait d'acheter. En tant que kinésithérapeute, Lisa suivait de près l'entraînement des joueurs.

Pourquoi ? Parce que c'est la femme que tu avais choisi d'aimer.

À nouveau, il la regarda, tiraillé entre son désir pour elle et les fantômes du passé.

Ils avaient sans doute un peu trop bu hier soir… Il avait mal à la tête. Comment avait-il été assez inconscient pour croire qu'il pouvait tranquillement discuter avec Lisa en dehors du bureau ? Inévitablement, il avait eu envie de la toucher, de l'embrasser…

S'il ne la chassait pas tout de suite de chez lui, il risquait de rechuter. L'étincelle était toujours là. Il fallait l'éteindre. Définitivement.

— J'ai un rendez-vous extrêmement important dans une heure, maugréa-t-il en rassemblant ses vêtements épars.

Elle se redressa à demi, avec une expression indécise, ses beaux cheveux cuivrés retombant sur ses épaules.

— Je suis pressé. Il faut que tu t'en ailles, ajouta-t-il avec une agressivité consciente et délibérée.

— Mais…, commença-t-elle avec un regard implorant.

Il ne fléchit pas.

— Vraiment, Lisa.

— Pourtant, cette nuit…

Elle ramena le drap sur sa poitrine, pudiquement mais sans se couvrir tout à fait, et la vue d'un sein raffermit Maximiliano dans sa décision.

— Je regrette ce qui s'est passé, Lisa. Nous étions pourtant d'accord. Notre mariage était une erreur.

Il se passa nerveusement une main dans les cheveux et se détourna pour réprimer un juron en espagnol. Même s'il avait quitté l'Espagne pendant son adolescence pour habiter Londres, sa langue maternelle reprenait toujours le dessus dans les moments de trouble.

Lisa sortit du lit en pressant les doigts contre ses tempes. Elle aussi avait la migraine, semblait-il.

Quand elle commença à s'habiller, il s'efforça de se montrer plus conciliant :

— Nous étions convenus de conserver des relations strictement professionnelles, comme avant notre mariage.

— Nous sommes toujours mariés, remarqua-t-elle sur un ton de reproche. Pourquoi n'as-tu toujours pas régularisé la situation ?

Elle avait raison. Pourquoi tardait-il autant ? Hésitait-il encore ?

De toute façon, tu ne peux pas lui offrir ce qu'elle veut.

Elle plissa le front.

— Pourquoi m'as-tu fait l'amour, cette nuit ?

— Un instant d'égarement. Que je regrette.

Il campa fermement sur ses positions. Il n'était pas l'homme qu'il fallait à Lisa. Elle avait besoin d'aimer et d'être aimée en retour. Il avait beau essayer, jamais il n'y arriverait. Il était allé jusqu'à l'épouser en espérant se libérer ainsi des entraves du passé. Malheureusement, rien n'y faisait. Les émotions et les sentiments lui restaient étrangers, inaccessibles.

Il s'en voulait, mais il n'y avait aucun autre moyen de faire entendre raison à Lisa et de lui éviter de souffrir davantage. La passion les avait embrasés instantanément, comme si leurs six mois de séparation n'avaient jamais existé. Pourtant, ils n'étaient pas faits l'un pour l'autre.

— Je te hais, lança-t-elle avec méchanceté.

Si seulement cela pouvait être vrai… Il le souhaitait de tout son être, pour qu'elle puisse enfin se détacher de lui et s'ouvrir à d'autres expériences.

— Eh bien nous avons pris la bonne décision, conclut-il avec une sécheresse résignée.

— De toutes mes forces ! lança-t-elle, furieuse.

Elle ramassa sa veste et son sac à main avant de s'éloigner à grandes enjambées.

— Je veux divorcer !

Elle claqua violemment la porte.

Maximiliano resta un long moment sans réagir, sidéré. Il avait conscience d'avoir agi pour le mieux. Alors pourquoi se sentait-il si mal ?

1

Deux mois plus tard.

Lisa inspira profondément pour tenter de refouler la nausée qui montait, comme tous les matins. Elle ne pouvait pas retarder à l'infini le moment d'annoncer la nouvelle à Max...

Elle était enceinte. Elle attendait un bébé de quelqu'un qui ne voulait pas d'elle, ni d'aucun engagement sentimental d'ailleurs. Un frisson glacé courut le long de sa colonne vertébrale. Que faire ?

En tout cas, il fallait le dire à Maximiliano, cet homme dont elle était tombée follement amoureuse dès qu'elle avait croisé son regard. L'homme qu'elle avait épousé avec la certitude que son amour à elle suffirait à les rendre heureux tous les deux. Mais il l'avait quittée quelques mois à peine après la cérémonie. Et elle avait exigé le divorce au matin d'une regrettable nuit d'amour qui les avait réunis de manière absurde six mois après la rupture.

Elle savait précisément où le trouver. À cette heure-ci, il était dans son bureau, en train d'analyser les derniers résultats sportifs de ses équipes de football pour les conduire au succès. C'était sa manière à lui de poursuivre une brillante carrière d'athlète qu'il avait dû abandonner après un accident de voiture.

Lisa s'efforça de réprimer sa nervosité. Maintenant qu'elle s'était décidée à consulter un médecin, qui avait confirmé ses craintes, elle ne pouvait plus reculer, même si cela allait à l'encontre de ses convictions. Car ce serait bien pire si jamais quelqu'un s'en apercevait et en parlait à Max avant elle. Non seulement Max était son patron dans le club de football où elle exerçait son métier de kinésithérapeute, mais il demeurait son mari tant qu'il n'avait pas signé les papiers du divorce. Elle se devait de le mettre au courant.

Lisa s'immobilisa un instant devant la porte close, puis prit son courage à deux mains et frappa avant d'ouvrir. La pièce était vide. Debout sur le seuil, elle se retourna en entendant des pas dans le couloir.

Ce n'était pas lui mais sa secrétaire qui entra pour déposer une pile de dossiers sur son bureau.

Un mélange de soulagement et de déception envahit Lisa. Il fallait en finir une bonne fois pour toutes, tourner la page définitivement.

— Il n'est pas là, l'informa la secrétaire. Il est probablement allé prendre un café. En tout cas, il n'est pas de bonne humeur aujourd'hui.

— Ah ? fit Lisa en perdant aussitôt confiance.

— Non, très irascible.

— Merci de me prévenir.

Elle descendit au rez-de-chaussée et sortit de l'immeuble qui abritait le siège des différentes sociétés que Max dirigeait. L'air froid de décembre la fouetta au visage pendant qu'elle se dirigeait vers le petit établissement où Max l'avait invitée deux mois plus tôt pour un dîner un peu trop arrosé.

Normalement, ils auraient dû s'en tenir à une discussion purement professionnelle. Rien d'autre. Mais, le vin aidant, ils en étaient venus à aborder le sujet de leur mariage, ainsi que les raisons qui avaient conduit à la rupture. Pis, ils avaient évoqué cette alchimie qui continuait à les pousser l'un vers l'autre, et dont les conséquences les liaient maintenant bien davantage que n'importe quel certificat officiel.

Elle s'arrêta au beau milieu du trottoir. Le courage lui manquait. Comment annoncer sa paternité à un homme qui regrettait de l'avoir épousée ? Peut-être valait-il mieux attendre jusqu'après Noël. L'idée était tentante… Malgré tout, elle ne voulait pas risquer qu'il l'apprenne par la rumeur. Renforcée dans une détermination qu'elle était loin de ressentir, Lisa recommença à marcher en pressant le pas.

Que risquait-elle, après tout ? Au pis, Max refuserait d'entendre parler de son enfant, mais elle s'attendait à ce genre de réaction. Et elle ne souffrirait pas plus que le jour où il lui avait avoué qu'il ne l'aimait pas, ce dont elle ne se consolerait jamais.

Deux mois plus tôt, alors qu'elle faisait tout pour éviter Max sur leur lieu de travail tant qu'elle n'avait pas retrouvé un emploi ailleurs, elle avait une nouvelle fois succombé à son charme fatal, au mépris de toute prudence. Quelle idiote !

Maintenant, avec ce bébé qui grandissait en elle, Lisa ne pouvait plus se permettre aucune illusion sur les sentiments de cet homme. Il fallait garder la tête froide. Ce n'était pas le moment de rêver à un avenir radieux. Maximiliano Martinez ne la rendrait jamais heureuse, elle en avait désormais la certitude intime.

Quand elle poussa la porte du pub préféré de Max, un souffle d'air chaud réveilla sa nausée. À cette heure de la matinée, l'endroit était pratiquement désert. Assis dans un coin sombre, Max lui tournait le dos et semblait perdu dans ses pensées.

Sa secrétaire avait raison : il n'était pas de bonne humeur.

Le cœur battant, Lisa tâcha de contrôler les émotions qui montaient et menaçaient de la submerger. Partagée entre la tristesse et la colère, elle considérait avec nervosité l'homme dont elle portait l'enfant mais auquel elle ne pouvait pas rester mariée.

Les coudes sur la table, les mains serrées sous le menton, Max paraissait tendu et soucieux. Il ne l'entendit même pas quand elle s'approcha.

Pourquoi était-il toujours aussi inaccessible ? Il ne trahissait jamais rien, même le jour où il lui avait passé la bague au doigt. Elle avait cru qu'elle pourrait le changer, qu'elle avait assez d'amour pour eux deux. Après une enfance difficile, elle avait courageusement relevé ce nouveau défi. Peine perdue. Ses espoirs s'étaient effondrés.

À présent, il fallait être pragmatique et raisonnable. Elle ne voulait pas que son enfant grandisse comme elle avait vécu, en se sentant mal aimé et pas désiré. Petite fille, elle redoutait le jour où son père exigeait de la voir, même pas par devoir mais par dépit puisqu'il se servait d'elle comme d'une arme pour se venger de la mère de Lisa.

Quoi qu'il en soit, même si la venue de ce bébé n'était pas programmée, Lisa lui offrirait une ambiance aimante et chaleureuse. Elle l'élèverait seule. Si Max n'avait pas été capable de s'engager durablement avec elle, il ne pourrait pas non plus jouer son rôle de père. Elle n'avait hélas ! pas le choix, il fallait divorcer.

Mais avant, elle devait lui annoncer la nouvelle. Il avait le droit de savoir. Écartant de son esprit les souvenirs du passé et les angoisses du futur, elle se concentra sur le présent et prononça son prénom doucement :

— Max.

Comme il ne réagit pas, elle répéta, plus fermement :

— Max !

Il se tourna vers elle, avec une telle expression qu'elle prit peur. Était-il déjà au courant ? Quelqu'un aurait-il deviné son secret et vendu la mèche ?

— Que fais-tu ici, Lisa ? Tu es venue me harceler pour que je signe les papiers du divorce ? Tu as peut-être déjà retrouvé quelqu'un ?

Une colère sourde l'animait, elle le percevait, et son accent semblait plus prononcé que d'habitude. Pour un homme qui apportait toujours le plus grand soin à son apparence, sa barbe de trois jours avait besoin d'être taillée. Quelque chose n'allait pas. S'il savait déjà, pourquoi ne disait-il rien ?

— J'ai quelque chose à t'annoncer, déclara-t-elle après s'être raclé la gorge.

— Trop tard, Lisa, lança-t-il avec méchanceté.

Elle lutta contre la panique. Comment pouvait-il être aussi brutal ?

Elle releva le menton et le foudroya du regard.

— C'est incroyable comme les ragots circulent, ajouta-t-elle.

Il se leva, comme pour la dominer de toute sa hauteur. Il lui en imposait, et elle restait terriblement sensible à son charme. Pourquoi n'arrivait-elle pas à se cuirasser contre un individu qui l'avait abandonnée au bout de quelques mois de mariage ?

— Depuis quand..., commença-t-il avec colère.

Il s'interrompit et la dévisagea.

— À peu près quinze jours.

Devant la mine de Max, elle regretta aussitôt sa franchise.

— Pourquoi as-tu attendu jusqu'à aujourd'hui ? Et comment l'as-tu découvert ?

— Pardon ? bredouilla-t-elle, déconcertée par la question. Je voulais être sûre...

— Sûre de quoi ?

Pour la première fois, le doute effleura Lisa. S'agissait-il d'un malentendu ? Mais alors, pourquoi Max était-il tellement en colère ? Il fallait absolument dissiper l'équivoque.

— Sûre de quoi, Lisa ? répéta Max.

— Je...

La bouche sèche, elle essaya sans y parvenir de prononcer les mots fatidiques.

— Eh bien, Lisa ?

Son cœur se mit à battre follement. De nouveau, elle ouvrit la bouche.

— Je suis enceinte.

Le monde de Max vacilla sur ses fondations. Pour la deuxième fois de la journée, il se retrouva sans voix, incapable de s'exprimer, ni en anglais ni dans sa langue maternelle, l'espagnol.

Lisa l'avait séduit par ses qualités de franchise et d'authenticité. Le jour où elle lui avait annoncé qu'on lui proposait un job aux États-Unis, il avait cherché à la retenir à tout prix, en se persuadant qu'il saurait l'aimer.

Il avait même commis la bêtise de l'épouser, mais pour le regretter presque immédiatement. Il s'en voulait d'avoir cédé trop facilement au désir que cette jolie rousse lui inspirait.

— Enceinte ? murmura-t-il enfin, au bout d'un long moment. Tu as arrêté la pilule ?

Il ne voulait surtout pas d'enfants, par peur de ressembler à son père. Finalement, l'hérédité le rattrapait. Le gène des Valdez s'était exprimé.

Lisa était enceinte à cause d'une nuit d'insouciance. Comment pouvait-elle se tenir aussi calmement devant lui, comme s'il s'agissait d'une fatalité inéluctable ?

— Tu me dois des explications, maugréa-t-il.

Très pâle, elle tira une chaise pour s'asseoir en face de lui et croisa les mains. Le diamant de sa bague de fiançailles et son alliance en or attirèrent le regard de Max. Pourquoi les portait-elle encore puisqu'elle avait demandé le divorce ? Ou les avait-elle remis depuis qu'elle attendait un enfant ?

— Nous avions un peu trop bu, ce soir-là. J'ai été malade le lendemain matin. Sur le moment, je n'ai pas pensé aux conséquences.

Elle exagérait, se dit-il. Puis il se remémora ce matin-là. Effectivement, il s'était réveillé lui aussi avec mal à la tête. Après le départ de Lisa, il avait avalé un cachet avec un café bien fort. Elle avait raison : ils n'avaient pas été raisonnables, ni sur le vin ni sur le reste…

Max se pinça la base du nez. Décidément, les ennuis s'accumulaient. Après la mort de son père, il venait de se découvrir une famille dont il ignorait tout et qu'il n'avait aucun désir de connaître. La nouvelle s'affichait en gros titres sur les premières pages des journaux. Et comme si cela ne suffisait pas, il rajoutait une génération à la lignée des Valdez.

Il baissa les yeux sur les quotidiens du jour étalés sur la table. De nouveau, les mots lui sautèrent au visage :

ON A RETROUVÉ L'HÉRITIER
ILLÉGITIME DU MILLIARDAIRE !

— Max ?

Il tenta vainement de se ressaisir. Comment reprendre le contrôle de la situation alors que Lisa venait de le piéger ?

— Max ? Que se passe-t-il ?

Elle tira le journal à elle. Pendant qu'elle lisait l'article, il la revit ce matin-là, en train de dormir avec ses beaux cheveux cuivrés sur l'oreiller, juste quelques minutes avant qu'elle s'en aille en claquant la porte. Comment pouvait-elle lui faire une chose pareille ? Et précisément en ce moment ?

— Il s'agit de toi ! s'exclama-t-elle, sous le choc. Tu as un frère ?

Il pinça les lèvres.

— Un demi-frère, rectifia-t-il.

Le jour même où il découvrait sa parenté avec Raul Valdez, le banquier milliardaire, et que la nouvelle était largement diffusée, on lui apprenait qu'il allait être père. Était-il en train de faire un cauchemar ? Allait-il se réveiller brusquement ?

Heureusement, elle ne posa aucune question. De toute façon, il n'aurait pas eu les réponses. Il ne pouvait penser qu'à une seule chose : il avait reproduit exactement ce que son géniteur avait fait, à savoir engendrer un enfant dont il ne voulait pas.

— Je... Tu veux en parler ? bafouilla-t-elle, interdite.

— Non. Et pour l'instant cela n'a pas d'importance. Nous devons parler du bébé, dit-il avec une sécheresse qui l'effraya lui-même.

Lisa eut un mouvement de recul.

— Il n'y a rien à discuter, déclara-t-elle en se levant. Je mettrai cet enfant au monde, mais tu n'as pas à t'inquiéter, je ne te demande rien.

— Rassieds-toi, Lisa.

— Non.

Elle reboutonnait déjà son manteau. Il fallait faire vite. Sinon cet enfant grandirait sans savoir qui était son père et pourquoi il ne voulait pas d'eux dans sa vie. Il avait lui-même trop souffert d'une telle situation pour l'infliger à son tour à un petit être innocent.

— Obéis, commanda-t-il avec colère.

Il devait absolument régler ce problème avant d'affronter la deuxième catastrophe qui s'était abattue sur lui — son frère.

— Pourquoi t'écouterais-je ? Tu ne vas rien m'apprendre de nouveau. Tu ne veux pas d'enfants, je le sais. Et tu m'as déjà quittée une fois. Tu recommenceras.

La justesse de ses paroles le piqua au vif. Il faillit lui reprocher d'avoir accepté son invitation à dîner, ce soir-là, et d'avoir dormi avec lui alors qu'elle l'évitait si soigneusement jusqu'alors... Il se félicita de ne pas avoir eu cette mauvaise foi.

Il ramassa le journal et l'agita sous son nez.

— J'ai des raisons pour ne pas vouloir être père. Tout est là. Tu n'as qu'à lire.

— Tu n'es pas le seul à avoir eu une enfance difficile, Max.

Il tressaillit. Une fois, elle lui avait confié qu'elle détestait Noël, à cause des disputes familiales qui éclataient toujours à cette occasion.

— Eh bien, tu me comprends, alors, rétorqua-t-il sèchement.

Elle le défia du regard.

— J'ai l'intention de garder ce bébé. Et comme je te l'ai dit, je n'attends rien de toi.

— Tu crois vraiment que tu peux m'annoncer cela froidement, un jour comme aujourd'hui, et t'en aller ensuite comme si de rien n'était ?

— J'avoue que cela tombe mal, reconnut-elle d'un ton plus doux. Malgré tout, ma décision est prise.

— Et moi, je tiens à être présent auprès de cet enfant. Absolument. Il ne grandira pas en croyant que je l'ai abandonné parce que je ne l'aimais pas assez.

C'était bien la seule certitude qu'il avait en ce moment. Finalement, il se moquait de savoir ce qui se passerait avec son frère, et peu lui importait que Lisa le déteste. Tout ce qui comptait, c'était d'assumer sa paternité, même si cela impliquait de rester avec Lisa.

Il pointa l'index sur la photo de son père, ce père dont il se souvenait à peine.

— Je ne me conduirai pas comme lui.

Lisa s'écarta de Max. La tentation était trop forte de lui poser la main sur le bras, pour le réconforter, essayer d'alléger sa souffrance. Deux événements inattendus, exceptionnels, venaient de s'abattre sur lui en même temps. Pourtant, à en juger par son expression, il n'était pas vraiment bouleversé, juste en colère. Il ne voulait ni d'un frère ni d'un bébé.

— Non, Max, il m'est impossible de rester. Tu m'as trop répété que tu ne voulais pas de moi dans ta vie.

— Il n'était pas question de bébé, à ce moment-là, argua-t-il.

— Cela change quelque chose ?

— Absolument. Cela change tout.

Il la fusilla du regard, et Lisa eut l'impression de perdre pied. La situation lui échappait. Elle ne contrôlait pas tout. Ils étaient tout proches, mais il lui semblait qu'un océan les séparait, terriblement profond, dangereux et infranchissable.

D'instinct, elle chercha à se protéger. Elle devait se battre.

— Je tiens à garder mon indépendance, affirma-t-elle.

— Non.

Le mot résonna comme un coup de tonnerre. Lisa sursauta sous le choc. Elle n'avait jamais vu Max aussi furieux. Lui aurait-elle annoncé la nouvelle si elle avait prévu une réaction aussi violente ? *Oui*, souffla une voix intérieure. Elle ne voulait surtout pas recréer la situation qu'elle avait endurée. Elle était déjà grande quand son père avait découvert son existence et provoqué un scandale. Bercée par un fol espoir, elle s'était imaginé qu'il l'aimait assez pour l'arracher à une famille où elle se sentait de trop et privée d'affection. Son beau-père l'ignorait, sa mère l'accablait de reproches et son demi-frère, un peu plus âgé, la tyrannisait.

— Comment cela, « non » ? demanda-t-elle vivement.

— Nous resterons mariés.

Il marqua une pause, et elle se crispa, inquiète, en attendant la suite.

— Et nous vivrons comme un couple uni, ajouta Max.

— Non, il n'en est pas question ! protesta-t-elle. Je veux divorcer.

— Ce n'est plus à l'ordre du jour, Lisa.

Il était plus calme, mais glacial.

— Pour moi, c'est toujours d'actualité, insista-t-elle.

— Pas pour moi, déclara-t-il avec force.

— Pourquoi ?

— Parce que je ne veux pas ressembler à l'homme que j'ai eu pour père, expliqua-t-il plus posément.

Lisa eut l'impression fugace d'apercevoir, derrière la façade intransigeante et hermétique, l'ombre de celui dont elle était tombée amoureuse.

— Je n'abandonnerai pas mon enfant au prétexte qu'il n'y a pas de place pour lui dans mon existence, poursuivit Max.

Le cœur de Lisa fondit. Il avait l'air d'avoir été tellement malheureux...

Elle l'aimait toujours, en dépit de tout, même si, en la repoussant, il avait complètement saccagé leur belle histoire. D'ailleurs, lorsqu'elle l'avait épousé, n'avait-elle pas promis d'être toujours là, pour le meilleur et pour le pire ? Elle n'avait pas renié son serment.

Elle avait toujours rêvé d'amour éternel. Le jour où elle avait rencontré Maximiliano Martinez, ses espoirs s'étaient concrétisés.

Il l'avait subjuguée. Auprès de lui, elle se sentait alors enfin aimée, désirée… Il n'avait jamais vraiment déclaré sa flamme, mais quand il l'avait demandée en mariage, Lisa n'avait pas hésité une seule seconde. Elle l'aimait éperdument. Cela suffirait à les rendre heureux tous les deux, avait-elle pensé. Malheureusement, elle s'était trompée…

Max se massait les tempes d'un air soucieux, très inhabituel chez lui. Ce geste l'attendrit. N'était-il pas le père de son enfant, l'homme dont elle était tombée amoureuse et qu'elle avait épousé ?

— Je comprends pourquoi tu ne veux pas abandonner ton enfant, murmura-t-elle. Mais il ne faut pas te décider à la hâte. Attends d'avoir rencontré ton frère. Tu es dépassé par les événements.

— Tu as raison, répondit-il fermement, en plongeant les yeux dans les siens. Je dois d'abord affronter cette entrevue.

À l'entendre, on aurait cru qu'il s'agissait d'une simple corvée à accomplir, pour s'en débarrasser. Elle ne fit semblant de rien.

— Tu as rendez-vous quand ?

— Il est déjà là.

Elle sursauta.

— Ici ?

— Non, à Londres. Nous devons nous voir tout à l'heure.

— Il aurait pu éviter de bombarder la nouvelle dans les journaux britanniques précisément aujourd'hui !

Ce manque de tact la faisait enrager.

— J'ai relu l'article plusieurs fois. Raul Valdez n'est pas responsable. On le traîne dans la boue en l'accusant d'avoir exercé un odieux chantage sur sa fiancée. Il m'expliquera peut-être qui est à l'origine de ces révélations dans la presse.

Lisa fronça les sourcils.

— Tu pars maintenant ?

— Dans un instant. Mais avant, je tiens à clarifier une chose entre nous.

— Laquelle ?

Elle serra les poings nerveusement, et sa bague de fiançailles lui mordit la chair. Fallait-il y voir un signe de la fatalité ? Étaient-ils condamnés, même si le sens du devoir et de l'honneur les forçait à rester ensemble ?

— À propos de notre mariage, répondit-il. Il faudra trouver un modus vivendi.

— Il n'est plus question de vie commune, Max.

Pour elle, c'était hors de question. Cela la détruirait.

— Il va pourtant bien falloir y réfléchir. Parce que je n'ai pas encore signé les papiers du divorce, et que je n'ai plus aucune intention de le faire.

2

— Il faudra bien te résoudre à ce divorce, Max. Il n'y a pas d'autre solution.

Une note de panique avait percé dans la voix de Lisa. Il comprit qu'il n'aurait pas la victoire facile. Manifestement, sa chère épouse n'éprouvait plus rien pour lui. Peut-être même le détestait-elle vraiment... Qu'était-il advenu de la passion qui les avait embrasés deux mois plus tôt ? Avait-elle disparu ?

— Tu attends un enfant de moi, Lisa. Quel homme serais-je si j'acceptais le divorce ?

Il avait parlé d'instinct, sans réfléchir au sens profond de ses propos.

La porte du bar s'ouvrit brusquement sur un groupe d'employés, dont l'humeur joyeuse s'accordait peut-être à la saison mais pas à son état d'esprit. Max se leva et enfila son manteau de loden, sous le regard interrogateur de Lisa.

— On ne peut pas parler de cela ici, chuchota-t-il.

— De toute manière, nous avons tout dit. Il n'y a rien à ajouter.

Max s'approcha pour prendre sa jeune épouse par le bras. Son parfum aux teintes florales le transporta un instant loin du froid hiver londonien.

— Tu te trompes, Lisa. Il s'agit de notre enfant.

— Dont tu ne veux pas, insista-t-elle dans un chuchotement.

D'autres clients arrivaient pour déjeuner. Max dut se pencher à son oreille pour couvrir le bruit des rires et des conversations :

— Même si je n'avais pas prévu ce qui arrive, cela ne m'empêchera pas d'assumer mes responsabilités.

Les circonstances le ramenaient loin en arrière, à l'époque épouvantable de son adolescence. Torturé par le doute, la haine et toutes sortes de questionnements douloureux, il se sentait alors affreusement malheureux.

— Allons-nous-en d'ici.

Dehors, le vent froid les fouetta au visage. Le temps était à la neige. Sans lâcher le coude de Lisa, Max la conduisit jusqu'à sa voiture.

— Laisse-moi ! Je n'ai pas envie de te suivre. Tu ne me demandes même pas mon avis ! s'insurgea-t-elle.

Elle agita ses beaux cheveux cuivrés qui formaient une auréole autour de son visage, comme ce matin où il s'était réveillé auprès d'elle, deux mois plus tôt. Cette image s'était gravée dans son esprit. Pourquoi diable avait-il perdu la tête, cette nuit-là ?

Parce que c'était Lisa.

— Nous n'allions pas discuter de notre vie intime avec tous ces gens autour !

Max ouvrit la portière et attendit. Il ne voulait pas la retenir de force. Mais si Lisa partait maintenant, tout était fini. Il n'insisterait pas.

Elle ne bougeait pas et le considérait avec une expression hautaine. Il devinait qu'elle ne lui pardonnait pas de l'avoir repoussée, de ne pas l'aimer suffisamment.

— Où veux-tu m'emmener ?

— Chez moi.

Elle haussa un sourcil, surprise.

— On ne peut pas parler ici ?

— Sur un parking ? Non.

— Très bien. Mais nous garderons nos distances, cette fois-ci.

Il grimaça un sourire.

— Cela va sans dire. La situation déjà assez compliquée sans en rajouter.

Tandis que Lisa montait en voiture, il ne put s'empêcher de contempler le galbe délicat de ses jambes. Non ! Il serait vigilant et ne céderait pas au désir.

Lisa était pourtant la seule femme qui lui faisait perdre tout contrôle sur lui-même. La seule qui le touchait aussi profondément.

Lorsqu'elle entra dans cet appartement où elle n'était pas venue depuis deux mois, un sentiment d'étrangeté envahit Lisa. Le souvenir de ses espoirs déçus l'assaillit avec violence quand, l'espace d'un instant, elle se remémora un passé pas si lointain où elle croyait encore au bonheur.

Malheureusement, cette époque était révolue. Rien n'effacerait jamais le rejet de Max, qui, de son propre aveu, ne l'aimait pas assez pour poursuivre une vie commune. Or, le destin leur jouait un tour d'une cruelle ironie puisque le bébé qu'ils avaient conçu sans le vouloir les liait désormais pour toujours.

— Ce n'était pas une très bonne idée de t'amener ici, dit Max, comme s'il avait lu dans ses pensées. J'aurais dû choisir un endroit neutre pour évoquer l'avenir de notre relation.

Déconcertée par sa remarque, Lisa fronça les sourcils. Son accent espagnol, soudain plus prononcé, trahissait une certaine émotion. Après une légère hésitation, il ôta son manteau et lui prit le sien. Elle frissonna à son contact ; cette réaction ne lui échappa pas. Aussitôt, l'air se chargea d'électricité.

— Je ne vois pas de quel avenir tu parles, observa-t-elle. Notre mariage est condamné, et nous devons divorcer. Il n'y a pas d'autre solution.

Il alla se planter devant la fenêtre, le regard fixé perdu sur la Tamise en contrebas. Elle avait une envie folle de s'approcher, de lui expliquer qu'elle avait assez d'amour pour deux. Mais non... Elle avait déjà essayé. En vain.

— J'ai grandi à Séville, dit-il en se tournant vers elle.

Où voulait-il en venir ? Ils ne s'étaient jamais raconté leur vie, leur enfance, se contentant de vivre l'instant — ce qui convenait d'ailleurs parfaitement à Lisa au début.

— Je ne saisis pas..., bredouilla-t-elle. Comment ton père...

Elle se tut. Elle s'efforçait de relier les paroles de Max avec l'histoire qu'elle avait lue en diagonale dans le journal.

— Il menait une double vie. Sa femme et son fils légitimes vivaient à Madrid. Les choses se sont compliquées quand ma mère a décidé de déménager pour s'installer dans la même ville.

Lisa battit plusieurs fois des paupières.

— J'espère que mon enfant ne subira jamais une situation pareille !

Les mots étaient sortis malgré elle. Apparemment, Max n'avait pas été heureux non plus...

— Alors nous sommes d'accord, Lisa. Nous souhaitons tous les deux le bonheur de cet enfant.

Pourquoi remuait-il le couteau dans la plaie ? À l'entendre, on aurait cru qu'il voulait donner une deuxième chance à leur mariage.

— Nous ne sommes pas obligés de vivre ensemble pour autant.

Il se rapprocha, dangereusement.

— Nous lui devons au moins d'essayer.

Elle secoua la tête lentement. Sa gorge se serra quand il lui effleura la joue.

— Non, Max.

— Nous avons eu de bons moments, non ? Et le désir est toujours là, entre nous.

Le cœur battant, elle se rappela comme il était facile de confondre passion et sentiments.

— Cela ne suffit pas, déclara-t-elle avec fermeté.

— Mais c'est un début.

Elle baissa les yeux pour rompre le charme et s'éloigna de quelques pas. Alors qu'elle faiblissait, près de capituler, un papier sur le bureau de Max attira son attention.

La demande de divorce.

Avec un stylo posé dessus, comme si Max avait été dérangé au moment de signer.

Max suivit le regard de Lisa et devina aussitôt ses pensées. Et en effet, le coup de téléphone de son demi-frère l'avait interrompu. Néanmoins, au moment où Raul l'avait appelé, il s'interrogeait. Il ne se sentait pas capable d'aller jusqu'au bout. Il ne se remettait pas du choc qu'il avait éprouvé en recevant les papiers officiels. Il avait failli à la promesse faite à la femme qu'il avait prise pour épouse. Comme son père.

À présent, s'il voulait conserver une chance de se racheter, il fallait absolument convaincre Lisa.

— Tu ne vas tout de même pas insister pour divorcer maintenant que tu es enceinte !

Elle se mordit la lèvre.

— Le bébé ne change rien, Max. Nous n'aurions jamais dû nous marier.

— Mais nous l'avons fait.

Il croisa les bras sur son torse. Il se demanda aussitôt s'il faisait ce geste pour s'empêcher d'embrasser Lisa. Comment la retenir ? La pensée qu'elle pourrait vivre sans lui, puis rencontrer quelqu'un d'autre, le plongeait dans un abîme de souffrance. Insupportable.

— Je ne veux pas d'un père contraint et forcé pour mon enfant.

Il leva les yeux au ciel, agacé par la résistance de Lisa.

— Je *veux* tenir mon rôle. Et pour cela, il faut donner une deuxième chance à notre mariage.

— Cela ne marchera pas. Nous le savons tous les deux.

— Je te propose un marché, Lisa. Essayons au moins pendant quinze jours. Jusqu'au 31 décembre. À ce moment-là, si tu es toujours dans les mêmes dispositions, je ne refuserai plus le divorce, et nous nous séparerons pour de bon.

Lisa secoua lentement la tête, décontenancée par la proposition de Max.

— Pourquoi, puisque tu ne m'aimes pas ? Tu as été assez clair là-dessus.

Elle tressaillit en croisant son regard. Combien de fois s'était-elle méprise sur son expression ?

— Parce que nous avons conçu un enfant.

La réponse confirma ses doutes. Il agissait par devoir, pour ne pas avoir de remords.

Au départ, Lisa ne voulait pas divorcer. D'abord parce qu'elle avait du mal à admettre qu'elle s'était trompée ; ensuite parce qu'elle aimait toujours Max. Mais la grossièreté de son comportement le matin qui avait suivi leur folle nuit d'amour l'avait tellement blessée qu'elle avait changé d'avis.

— Cela n'aurait jamais dû arriver ! s'écria-t-elle en se ressaisissant.

Il ne fallait pas céder à la tentation. L'expérience lui avait servi de leçon.

— Pourquoi t'es-tu retrouvée dans mon lit, il y a deux mois ?

Lisa cilla. Il n'était pas question de répondre la vérité à cette question.

— J'avais un peu trop bu.

Elle sortit de la pièce pour tenter d'échapper à la présence de Max et aux souvenirs de son bonheur perdu.

— C'est tout ? insista-t-il en lui emboîtant le pas.

Elle garda les yeux fixés droit devant, sur la porte de l'appartement. Elle ne se retournerait pas. Il ne fallait surtout pas le regarder.

— Oui, répondit-elle avec fermeté.

Max la rattrapa au moment où elle tournait la poignée.

— La situation n'est plus la même, observa-t-il avec calme.

Elle chercha désespérément à se dérober et se raccrocha à la première idée qui lui passait par la tête :

— Tu ne devais pas voir ton frère ?

— Si.

Il jeta un coup d'œil à sa montre.

— Dans une heure. Toi et moi serons obligés de poursuivre cette conversation un peu plus tard.

— Alors je rentre chez moi, annonça Lisa, soulagée de lui échapper enfin.

C'était compter sans l'entêtement de Max.

— Tu vas m'accompagner. Ensuite, nous passerons chez toi prendre les affaires dont tu as besoin pour t'installer ici, le temps de trouver une solution.

— Tu es fou...

— Peut-être.

Il esquissa un de ces sourires ensorceleurs dont il avait le secret. Manifestement, il ne doutait pas de la tenir en son pouvoir...

— En tout cas, il n'est pas question que je t'autorise à repartir maintenant que tu es enceinte.

— Mais tu ne voulais pas d'enfants ! s'écria-t-elle, à bout d'arguments.

Elle ne savait plus quoi invoquer. Ses capacités de raisonnement et sa force de résistance s'amenuisaient de seconde en seconde.

— C'était vrai avant, mais la situation a changé, décréta-t-il d'un ton définitif.

3

Max était en proie à une vive agitation durant le trajet qui le conduisait avec Lisa jusqu'au restaurant du palace où son frère lui avait fixé rendez-vous. Tantôt il se demandait comment cette entrevue se déroulerait, puis, l'instant d'après, il s'interrogeait sur cet enfant à naître dont il se sentait responsable. Comment être père après le modèle qu'il avait eu ? Il était le fils d'un homme qui avait mené une double vie en se partageant entre deux familles.

Dès qu'ils arrivèrent, Lisa s'assit dans un des profonds fauteuils du hall de l'hôtel. Max nota avec une pointe de remords à quel point elle était pâle, malgré le savant maquillage qu'elle portait toujours comme une armure. Il savait très peu de choses sur son passé. Au début, il s'en moquait. Il se contentait de sa présence. Elle lui était indispensable, au moins physiquement.

Mais un jour, il avait tout gâché, parce que son propre passé l'empêchait d'ouvrir son cœur à quiconque, y compris son épouse. Il s'était toujours interdit d'éprouver la moindre émotion, le moindre sentiment, à cause de l'abandon dont il avait souffert dans son enfance — et ce même s'il n'avait jamais eu de relations très suivies avec son père avant le départ définitif de celui-ci. À l'époque, Max ignorait où son géniteur disparaissait, parfois pendant plusieurs semaines. Aujourd'hui, il comprenait enfin les raisons de ses absences : cet homme mystérieux rejoignait sa femme et son fils légitimes, laissant derrière lui sa maîtresse et leur enfant hors mariage.

Une douleur aiguë lui comprima le torse. Pour son père, il n'avait été qu'un misérable secret à cacher, une gêne à écarter.

Non seulement les blessures d'autrefois ne s'étaient pas refermées, mais elles projetaient en plus une ombre néfaste sur le futur. S'il avait été incapable d'aimer Lisa, comment pourrait-il aimer leur enfant ?

Il se sentait injustement coupable. Alors même qu'il n'avait pas encore digéré les révélations des derniers jours, les journaux du matin avaient achevé de le démoraliser. Il détestait l'idée d'être un bâtard, le fils d'un homme qui avait brisé le cœur de sa mère et ruiné leurs existences sans un mot d'excuse ou d'explication. Son père avait simplement disparu un soir pour ne plus jamais revenir. Max avait essayé de consoler sa mère, mais à huit ans la tâche s'était révélée au-dessus de ses forces, et il avait vécu cela comme un échec.

À présent, il devait affronter le fils légitime, celui qui avait été désiré, l'héritier. D'après son demi-frère, le testament paternel exigeait que Raul le retrouve pour l'associer à l'affaire familiale. Mais pourquoi ? Était-ce une tentative posthume de leur père pour les réconcilier ? Cela lui paraissait pathétique.

Il s'éloigna de Lisa d'un pas décidé. Il fallait en finir avec toutes ces questions sans réponses. Devant la porte du restaurant, il inspira profondément et entra.

La salle était vide, à l'exception d'un couple engagé dans une violente dispute. Des amants emportés par la passion, sans nul doute. L'homme lui ressemblait à s'y méprendre.

C'était son frère, comprit-il avec un temps de retard.

Max hésita un instant. Saurait-il faire face, nouer des relations fraternelles avec un inconnu ? Il rassembla tout son courage. Il se prouverait qu'il n'était pas coulé dans le même moule que son père.

Incapable de se calmer, Lisa tremblait de nervosité. Les événements incroyables qui se succédaient à une folle allure ajoutaient à sa nausée. Les éclats de voix derrière la porte, puis la sortie précipitée d'une jeune femme bouleversée avaient aiguisé son inquiétude. Lisa avait essayé de nouer le contact avec celle-ci, touchée par son désespoir visible, mais elle s'était éclipsée en s'excusant.

Désormais, tout était redevenu calme. Un peu trop...

Elle sursauta quand Max apparut.

— Comment cela s'est-il passé ?

— Pas trop mal, étant donné les circonstances.

Il se tut, les mâchoires crispées. Il ne voulait pas en dire davantage et se réfugiait derrière ses défenses, comme toujours quand il était aux prises avec des émotions trop fortes. Elle éprouva un brusque élan de tendresse envers celui qui était encore son mari. Elle avait vraiment choisi le mauvais jour pour lui annoncer sa paternité...

— C'est tout ?

— Pour l'instant, oui.

— Tu le reverras ?

Cette fois-ci, Max la regarda vraiment.

— Oui. Nous sommes d'accord pour ne pas laisser le passé assombrir le futur. Nous présenterons un front uni devant les journalistes, pour résister aux médisances ignobles qu'ils ont publiées.

Il marqua une pause, avant de reprendre d'une voix décidée :

— Maintenant que c'est terminé, je veux régler les autres problèmes.

Les craintes de Lisa se réveillèrent.

— C'est-à-dire ?

— Ne fais pas l'innocente, tu sais très bien ce que je veux dire.

— Ne me parle pas sur ce ton, comme si j'étais coupable ! protesta-t-elle avec colère.

C'en était trop pour elle. Brusquement, elle tourna les talons. Elle ne savait même plus ce qu'elle voulait...

Max la rattrapa et l'empoigna fermement par le bras.

— Où vas-tu ?

Elle se dégagea d'un mouvement rageur.

— Le plus loin possible de toi.

Il plissa le front.

— Certainement pas. Tu rentres à la maison avec moi.

— Non !

— C'était pourtant entendu.

— Pas du tout. Tu as décrété cela tout seul, sans me demander mon avis. Tu ne peux pas m'y obliger.

Sous l'emprise d'une vive émotion, Lisa sentit sa voix trembler. Elle regrettait de ne pas paraître plus ferme. Sans doute les hormones de la grossesse perturbaient-elles son équilibre. Ou était-ce Max ?

— Tu es ma femme. Tu dois me suivre, commanda-t-il, menaçant.

— Uniquement quand cela te chante, ironisa-t-elle.

— Ne me provoque pas, Lisa. La venue d'un enfant modifie forcément le cours des choses. Dorénavant, nous devrons vivre sous le même toit.

Il rugissait tel un lion en colère, et elle se rebella pour se défendre :

— Tu as peut-être souffert du comportement de ton père, mais j'ai bien trop peur que tu le reproduises avec mon enfant.

Refusant de se laisser dominer, elle lui tenait tête. Aucun homme ne lui imposerait jamais sa loi, fût-il son mari.

— Je ne suis peut-être pas le seul à avoir eu une enfance difficile, observa-t-il, perspicace.

— En effet.

Elle enrageait contre lui et contre le passé qu'elle avait essayé de fuir toute sa vie. En épousant Max, elle avait cru tirer un trait définitif dessus mais elle s'était trompée. En fait, elle replongeait sans fin dans les mêmes histoires.

— Mais moi, je ne refuse pas d'affronter la réalité, ajouta-t-elle avec aigreur.

Lisa se félicita d'avoir fait mouche : Max était piqué au vif. De toute façon, elle n'avait pas besoin de lui, ni de personne. Elle saurait faire face pour élever son enfant. Et, à la différence de sa mère, elle ne lui infligerait pas une kyrielle de beaux-pères qui ne lui avaient jamais porté de véritable affection.

— Il me semble avoir prouvé le contraire aujourd'hui, en acceptant de rencontrer un frère que je n'avais jamais vu, objecta Max. D'ailleurs, en refusant de divorcer, je refuse précisément de prendre la fuite.

Lisa fut prise de vertige. Pourtant elle tint bon :

— Ce n'est pas la présence physique qui compte le plus. De

toute manière, tu m'as déjà montré que tu pouvais partir et renier tes engagements. Je refuse de te suivre.

Brusquement, la nausée monta, et sa vue se brouilla. Les lumières du sapin de Noël qui décorait le hall s'éteignirent, et elle sombra dans le noir.

— Lisa !

Elle sourit faiblement en entendant Max prononcer son prénom, avec cet accent sensuel et exotique qu'elle aimait tant. Cette fois-ci, une pointe de panique perçait dans sa voix.

Max l'avait rattrapée juste au moment où ses jambes se dérobaient sous elle. Lisa appuya la tête contre son torse. Ce contact lui redonna un peu de force, et surtout la volonté de lutter. Elle respira l'odeur de l'homme qu'elle aimait, le seul qu'elle aimerait jamais — mais qui malheureusement, de son propre aveu, était incapable d'amour.

Cette pensée la glaça, l'obligeant à réagir.

— Ça va mieux.

Elle tenta de le repousser, mais quand il la garda contre lui, elle fut envahie par une immense lassitude.

— Elle va bien ? demanda une autre voix masculine, tout aussi mâle et autoritaire que celle de Max.

En rouvrant les yeux, et pendant que Max l'installait dans un fauteuil, elle découvrit un visage étrangement familier. Le frère de Max. Malgré la confusion qui régnait dans son esprit, elle n'avait aucun doute là-dessus.

— Ma femme, Lisa, dit Max, accroupi à côté d'elle, tout en l'aidant à se redresser. La grossesse ne lui réussit pas.

Comment osait-il parler ainsi ? Quel mufle !

— Tu devrais la ramener chez toi et appeler un médecin, conseilla son frère, un peu plus compatissant.

— C'est exactement ce que j'ai l'intention de faire, marmonna Max, désagréable. Laisse-moi m'occuper d'elle et règle plutôt tes propres problèmes.

— Pardon ? fit Raul, manifestement piqué au vif.

Lisa intervint sans réfléchir en repensant à la jeune femme qui était sortie précipitamment du restaurant un peu plus tôt :

— Elle pleurait. Manifestement, elle était bouleversée.

Max se rengorgea.

— C'est bien ce que je disais.

Raul lui jeta un regard empli de confusion.

— Je t'appellerai un peu plus tard pour avoir des nouvelles, finit-il par marmonner.

Lisa sentit renaître une faible lueur d'espoir : si Max était capable de nouer une relation avec son frère, tout n'était pas définitivement perdu. Petit à petit, il finirait peut-être par s'ouvrir aux autres, et les murailles derrière lesquelles il se protégeait se craquelleraient.

— Merci. Je me sens mieux, maintenant, lui assura-t-elle.

Raul les quitta sans rien ajouter.

Après son départ, un lourd silence tomba. Très vite, Lisa se rendit compte qu'elle se berçait d'illusions, encore une fois. Si cette entrevue avait changé Max, ce n'était hélas ! pas pour le mieux : il avait l'air encore plus froid et distant que d'habitude...

Cette rencontre avec son frère laissait Max songeur. Raul Valdez était aussi orgueilleux et autoritaire que lui. Leur ressemblance allait bien au-delà de l'apparence physique. Ils possédaient tous les deux le même caractère, la même détermination farouche.

Tout en réprimant ses émotions, il sortit son téléphone portable. Il se souvenait comme sa mère avait souffert lorsqu'elle était enceinte de sa demi-sœur, Angelina, et avait bien l'intention de veiller attentivement sur Lisa durant sa grossesse. Même contre son gré, il l'emmènerait chez lui, dans la banlieue de Londres.

On décrocha à l'autre bout du fil.

— Bonjour, dit-il. J'aimerais venir en consultation avec ma femme, qui est enceinte de huit semaines et ne se sent pas bien du tout.

Il ignora l'expression contrariée de Lisa. Il fallait absolument s'assurer que les symptômes ne signifiaient rien de grave. Le seul mot de « grossesse » l'emplissait d'une crainte irrationnelle. D'ici quelques mois, il serait responsable de la vie d'un être humain. Il lui faudrait surmonter les souffrances du passé afin d'établir le contact avec son propre enfant. Sa bonne volonté suffirait-elle pour se faire accepter comme père ?

— Je n'ai pas besoin de voir un médecin, protesta Lisa après qu'il eut pris rendez-vous pour un peu plus tard dans l'après-midi.

— Tu vas passer une échographie. Ce n'est pas négociable.

— Pourquoi fais-tu cela ? Qu'essayes-tu de prouver, et à qui ? s'écria-t-elle avec colère.

— Tu es ma femme, Lisa, déclara-t-il sur un ton sans appel. Tu portes mon enfant, et nous allons recommencer à vivre ensemble. Puisque nous avons franchi la limite des relations professionnelles, il faut en accepter les conséquences.

Tant pis si elle était furieuse. Il ne s'agissait plus d'eux- mêmes, mais d'un petit être innocent qui n'avait rien demandé à personne.

— Je ne peux pas, Max. Tu es déjà parti une fois. Que se passera-t-il le jour où tu recommenceras ? Je ne veux pas que cet enfant souffre à cause de toi. Tu es bien placé pour le comprendre.

Sa voix suppliante ne réussit qu'à exacerber sa colère, qui menaçait d'exploser comme un volcan. Le croyait-elle incapable d'être père ? Il avait tellement peur de ne pas se montrer à la hauteur qu'il voulait à tout prix dissimuler les doutes qui le taraudaient.

— Nous aurions dû y penser avant, déclara-t-il. Mais puisque la fatalité a choisi de nous réunir, il faut relever le défi.

Si seulement son père avait fait preuve de la même lucidité avant d'engendrer deux fils en l'espace de quelques mois... Mais on ne pouvait pas refaire le monde avec des « si ». Quoi qu'il en soit, il assumerait ses responsabilités, pleines et entières.

— Pourquoi ai-je autant de mal à te croire ? murmura Lisa.

— Ne pense plus au passé. Seulement à l'avenir de notre enfant.

Elle s'était radoucie. Sa combativité l'avait quittée, comme si elle avait envie de se rappeler la folle passion qui les avait poussés l'un vers l'autre.

— Pourras-tu vraiment assumer un enfant dont tu ne voulais pas ? lui demanda-t-elle, les yeux humides. Accepter une paternité imposée ?

— Ce sera certainement difficile, admit-il. Mais je m'y emploierai.

— Et moi, notre mariage ? Nous ?

Refusant de céder à la culpabilité, il repoussa une mèche de cheveux sur la joue de Lisa. Elle ferma un instant les paupières, puis se ressaisit.

— C'est une question stupide, se corrigea-t-elle. Le couple que nous formions n'existe plus.

— Il renaîtra peut-être, répondit-il. Pour notre enfant. Nous devrions passer Noël ensemble.

Il plongea les yeux dans les siens au souvenir de leur lune de miel au soleil, l'année précédente. Lisa rêvait de fêtes de fin d'année traditionnelles, dans un cottage à la campagne, avec un feu de bois dans la cheminée. À l'époque, il était loin d'imaginer tous ces rebondissements inattendus.

— Je te donne jusqu'au Nouvel An, déclara Lisa avec fermeté. Et je parie qu'à ce moment-là tu auras changé d'avis et que tu me demanderas de partir.

Une provocation pleine d'âpreté perçait dans sa voix, mais Max, dans un élan étrange, voire paradoxal, était prêt à relever le défi. Usait-elle inconsciemment d'une stratégie, d'une tactique pour l'obliger à affronter son passé ?

— Eh bien d'accord, répondit-il. Marché conclu. Nous resterons mari et femme au moins jusque-là.

4

Lisa avait écouté les conseils du médecin et s'était reposée. Elle avait aussi cédé aux exigences de Max en revenant s'installer dans l'appartement où elle avait habité pendant leur mariage. Max paraissait moins tendu et plus attentif. Mais à l'approche de Noël, la nervosité de Lisa s'exacerbait ; elle commençait à regretter d'avoir accepté leur tentative de réconciliation.

Max ne changerait pas, elle le savait. Leur mariage avait échoué parce qu'il n'avait jamais eu de sentiments pour elle. Et s'il était incapable de l'aimer, il ne pourrait pas non plus aimer son enfant... Parfois pourtant, Lisa se raccrochait à un fol espoir. À l'époque où elle était pensionnaire, elle avait été invitée en vacances chez sa meilleure amie. Depuis qu'elle avait vu de près une famille unie et aimante, elle en rêvait.

Cependant, elle était hantée par les paroles que Max lui avait assenées huit mois plus tôt et qui avaient détruit son idéal.

C'était une belle journée de printemps, dans le parc somptueux d'une demeure où ils assistaient à une *garden-party*. Leurs amis avaient parlé d'enfants et, sur le chemin du retour, elle avait évoqué la conversation en souriant. Max s'était rembruni instantanément, les mains serrées sur le volant.

— Je ne peux pas te donner ce que tu désires, Lisa.

Par instinct de préservation, elle s'était prudemment retranchée derrière ses défenses.

— C'est-à-dire ?

— L'amour et le bonheur éternels, avait-il maugréé entre les dents. C'est ce que tu souhaites, n'est-ce pas ?

— Bien sûr.

Sa réponse aurait été exactement la même aujourd'hui.

— Et cela inclut des enfants, avait-elle ajouté. Malheureusement, il semble que nous divergions sur ce point...

Lisa repoussa ces souvenirs douloureux. Fatiguée de ne rien faire, elle se leva et ramassa le cliché de l'échographie sur la table basse. Max y avait à peine prêté attention...

Que devait-elle faire ? Pourquoi s'était-elle engagée dans cette comédie vouée d'avance à l'échec ? Pendant que ces questions tournaient et retournaient inlassablement dans sa tête, une violente nausée la reprit.

— Repose-toi ! ordonna Max, avec cette autorité naturelle qui l'irritait tant.

Elle leva les yeux. Sa présence l'impressionnait. Il semblait occuper tout l'espace. Elle avait tellement peur d'être à nouveau déçue, de souffrir inutilement ; pour elle et pour son bébé.

— Je me suis trompée, Max, commença-t-elle, presque désespérée.

— Ce n'est pas le moment de reprendre cette discussion. Tu n'es pas en état.

Pourquoi avait-il insisté pour lui imposer une deuxième tentative de vie commune s'il n'y mettait pas davantage de bonne volonté ? Sa froideur la déconcertait. Avait-il reçu des mauvaises nouvelles de son frère ? Certes, elle n'avait pas choisi le meilleur moment pour lui annoncer sa paternité, le jour même où la duplicité de son père s'affichait en gros titres dans les journaux ! Il y avait de quoi hésiter et se sentir découragé, pour n'importe qui...

— Je suis enceinte, pas malade ! protesta-t-elle avec une vivacité que le surprit autant qu'elle-même. Je devrais être en train de travailler au lieu de me prélasser.

La distance qui s'était creusée entre eux paraissait incommensurable, un océan impossible à franchir. Elle ignorait ce qui se trouvait de l'autre côté. Max était décidément trop mystérieux. Il ne dévoilait jamais la moindre émotion. S'il fallait absolument rester jusqu'au bout, elle se retrancherait derrière une indifférence de façade pour se préserver. Et au jour dit, elle partirait sans regret. Au moins, il ne pourrait pas l'accuser de ne pas lui avoir donné sa chance.

— Non. Tu ne retourneras pas travailler avant janvier, et uniquement quand j'aurai la certitude que tu es en parfaite santé.

L'intransigeance de Max donna envie à Lisa de se rebeller.

— L'oisiveté forcée ne me convient pas. Je n'ai pas l'habitude de me comporter en princesse.

Elle fit volte-face pour le foudroyer du regard.

— J'ai besoin de m'occuper, ajouta-t-elle. Je voudrais acheter un arbre de Noël, par exemple.

— Un arbre de Noël ?

Il avait l'air tellement surpris qu'elle faillit éclater de rire.

— Oui, un sapin. Et des décorations pour égayer un peu cet appartement.

— Je ne fête jamais Noël, déclara-t-il, la mine sombre.

— Cela risquerait de réveiller trop d'émotions ? demanda-t-elle sans pouvoir s'en empêcher. Tu ne vas jamais dans ta famille ?

La pensée de rester cloîtrée ici avec lui lui était insupportable. Contrairement à lui, elle adorait Noël. C'était la seule période de l'année où l'espoir renaissait, où elle sentait que les rêves pouvaient devenir réalité, même si elle n'avait jamais connu cette magie dans son enfance. Décidément, Max et elle n'étaient pas sur la même longueur d'onde...

Peut-être parce qu'il n'a pas encore révélé son moi profond...

— Tu veux rendre visite à ta famille ? demanda-t-il en s'approchant.

Elle sursauta, surprise. Même s'il était un peu tard pour le déplorer, elle regrettait qu'ils n'aient pas parlé davantage avant de se marier. Du coup, Max ne savait rien de son passé. Il ignorait à quel point son demi-frère et elle avaient souffert. Lisa en voulait encore terriblement à sa mère de lui avoir donné si peu d'affection. Elle la rendait même responsable de ses problèmes actuels.

— Non, certainement pas ! se récria-t-elle avec dureté.

Assaillie par toutes sortes d'émotions, elle se sentait étrangement vulnérable. Était-ce l'effet des hormones ou, plus vraisemblablement, de ses retrouvailles avec cet homme qu'elle avait aimé éperdument — en espérant que ces sentiments seraient un jour payés de retour ?

Elle se dirigea vers la fenêtre et regarda distraitement la vue sur Londres en se plongeant dans ses souvenirs familiaux.

Elle avait baigné dans une atmosphère malsaine. La police recherchait constamment son délinquant de frère, et sa mère changeait trop souvent de compagnon. En épousant Max, elle avait cru trouver enfin stabilité et sécurité. Hélas ! un sort cruel en avait décidé autrement, et son enfant viendrait lui aussi au monde au sein d'un foyer désuni...

— Eh bien, contente-toi de suivre sagement les recommandations du médecin. D'autant plus que nous partons pour Madrid demain.

La voix de Max la ramena brutalement à la réalité. Elle plissa le front.

— Madrid ?

— *Sí.* Raul et Lydia se marient, annonça-t-il d'une voix parfaitement neutre.

— La veille de Noël ?

— *Sí.*

Il la rejoignit devant la fenêtre.

— J'ai promis d'être là. C'est lui ma famille, maintenant.

Lisa se retint de tout commentaire, même si selon elle il n'existait probablement aucun lien affectif entre Raul Valdez et lui. Un homme qui refoulait autant ses émotions n'éprouvait certainement rien pour un demi-frère qu'il venait de rencontrer et qu'il connaissait à peine...

Les yeux dans le vague, Max songeait au mariage imminent de son frère. Londres disparaissait sous un ciel hivernal, gris et bas, qui s'accordait bien à son humeur. Jusque-là, la famille s'était limitée pour lui à une mère qu'il avait perdue à quatorze ans et une sœur plus jeune, âgée de vingt et un ans, qui vivait sa vie de son côté.

— J'ai tout de suite compris qu'il y avait quelque chose entre eux, dit-il comme s'il réfléchissait à voix haute. Mais je ne m'attendais pas à un mariage, et encore moins à être invité.

Il ne voulait pas penser aux liens qui l'unissaient à Lisa. N'était-elle pas elle aussi sa famille, désormais ?

— Tous les hommes ne sont pas aussi farouchement opposés que toi à l'engagement, le railla-t-elle.

Une colère sourde l'animait, qu'il ne savait comment calmer. Il se rendait très bien compte qu'il envoyait à Lisa des signaux contradictoires qui la désemparaient. Pour se défendre, elle devenait de plus en plus froide et distante. Il ne voulait pas arriver en Espagne avec une femme maussade ou agressive à ses côtés. Il aurait trop l'impression d'avoir échoué en se comparant à Raul.

— Je suis surpris parce qu'ils avaient l'air très fâchés le jour où je les ai vus, dit-il.

— Il arrive à tout le monde de se disputer, Max, ironisa Lisa d'un ton moqueur. Mais les couples solides finissent toujours par se réconcilier.

La tension entre eux devenait palpable. Sa femme s'écarta. Combien de temps supporterait-elle de côtoyer un homme qui ne lui donnerait jamais ce dont elle avait besoin ?

— Tu devrais peut-être aller seul à Madrid, suggéra-t-elle.

Max comprit qu'elle se recroquevillait sur elle-même, comme chaque fois qu'elle avait peur de souffrir. Il ne connaissait pas les raisons profondes de son comportement, car ils n'avaient jamais vraiment parlé de leur passé. La situation leur avait convenu pendant quelque temps. Ensuite, tout avait changé…

— Oh non ! Lisa, certainement pas ! Nous irons ensemble, comme mari et femme.

Il ne voulait pas paraître en position d'infériorité devant son frère. En outre, il s'était promis de surveiller Lisa pour qu'elle prenne soin de sa santé et respecte les consignes du médecin. Fort de l'exemple de sa mère, il se montrerait intransigeant.

— Pourquoi ? Pour montrer que nous sommes un couple heureux en mariage ?

L'accusation fit mouche, et il s'agaça.

— Quoi que tu en penses, nous sommes mariés, Lisa. Et nous attendons notre premier enfant. Tu ne peux pas le nier.

Il réprima un vague sentiment de culpabilité. Même s'il avait rompu une première fois, Lisa lui avait rendu la pareille. D'abord, elle était partie en claquant la porte et en demandant le divorce. Ensuite, elle avait choisi le pire moment pour lui annoncer une nouvelle qui bouleversait totalement leur existence.

Avait-elle agi délibérément ? Pour se venger ? Ce n'était pas la première fois qu'il s'interrogeait. Il était incapable de mentir, et sa réticence à prononcer les trois petits mots qu'elle avait tant envie d'entendre avait fini par empoisonner leur relation. Il avait préféré s'en aller pour ne pas la faire souffrir inutilement. Ce qu'elle ne lui avait jamais pardonné.

— Je voudrais m'enfuir, très loin de toi, pour toujours..., déclara-t-elle d'une voix altérée. Je n'ai pas confiance en l'avenir. Je sais trop ce que c'est d'avoir un père absent. En plus, comme si cela ne suffisait pas, ma mère s'occupait davantage de ses amants que de moi.

Max oublia aussitôt ses soupçons. Il éprouvait soudain de l'empathie. Comment la réconforter, la rassurer ? C'était la première fois qu'elle se confiait, et le tableau qu'elle brossait de son passé n'avait rien de joyeux.

— Eh bien, nous avons chacun nos raisons de nous accrocher à ce mariage, observa-t-il.

— On peut sans doute voir les choses ainsi, soupira-t-elle avec une résignation inattendue. Quand partons-nous pour Madrid ?

Finalement, elle était tout aussi capable que lui de fonctionner sur un mode superficiel pour sauver les apparences. Il se sentit soulagé. Les émotions compliquaient tout et n'apportaient jamais rien de bon, que de la douleur.

— J'ai loué un jet privé pour demain matin. Tu seras confortablement installée, et le voyage ne te fatiguera pas.

À son grand étonnement, elle se contenta de hocher la tête.

— Quand revenons-nous ?

— Nous repartirons dès la fin de la cérémonie. J'ai des projets pour passer les fêtes en Angleterre.

— Quel genre de projets ? demanda-t-elle d'un air suspicieux.

Il ne voulait rien lui révéler pour l'instant, mais son histoire de sapin lui avait remis en mémoire une discussion ancienne. Enfant, Lisa n'avait jamais eu de beau Noël, et cela lui avait manqué. Même s'il n'était pas capable de lui offrir de l'amour, il avait envie de la rendre heureuse. Il avait donc pris des dispositions pour lui préparer une jolie surprise. Ils fêteraient Noël tous les deux. Depuis la mort de sa mère, il n'avait plus goûté aux joies de la tradition.

— Tu verras. Cela te convaincra que nous pouvons élever notre enfant ensemble. Nous lui offrirons ce que nous n'avons pas eu, toi et moi. Tu m'as donné jusqu'au 31 décembre. Je compte bien mettre ce temps à profit pour te persuader de rester. Il vaut beaucoup mieux avoir des parents mariés que divorcés.

Max avait raison, songea Lisa avec amertume. Il fallait trouver un terrain d'entente. Malgré tout, la petite fille qu'elle avait été n'avait jamais surmonté ses désillusions. Éprise d'idéal, elle rêvait d'un couple parfait pour offrir à son enfant les bases solides nécessaires à sa vie future, ce qui lui avait tant manqué. L'autre solution serait de demeurer célibataire, contrairement à sa mère, qui, trop faible pour conquérir son indépendance, avait constamment recherché un compagnon.

En tout cas, son exemple avait servi de leçon à Lisa. Elle ne s'accommoderait pas de demi-mesures. Max serait père à temps complet ou pas du tout. Elle avait été trop déstabilisée pour reproduire la même situation. Petite, elle se sentait toujours coupable, comme si tout était sa faute. Elle se demandait sans cesse ce qu'elle avait fait de mal pour que son père s'en aille, sans jamais imaginer que le divorce de ses parents n'avait rien à voir avec elle. Et le désintérêt de sa mère n'avait fait qu'accroître ses inquiétudes.

— Pourras-tu vraiment assumer ta paternité, Max ? lui demanda-t-elle, angoissée. Assurer une présence constante, durable, alors que tu ne voulais pas d'enfants ? J'ai des raisons de douter, si j'en juge d'après tes réactions.

Il s'avança vers elle.

— J'étais terriblement préoccupé le jour où tu m'as annoncé la nouvelle. Non seulement je venais d'apprendre l'existence de mon demi-frère, mais cela faisait la une des journaux. En plus, si tu te rappelles bien, il y a d'abord eu un malentendu.

— Même si les circonstances avaient été différentes, tu n'aurais pas sauté de joie.

Si seulement elle pouvait retrouver celui qu'il était tout au début de leur relation... À l'époque, un baiser suffisait à la faire fondre et à la transporter au septième ciel. Max était insatiable.

Il lui faisait l'amour avec une telle intensité que son corps en conservait longtemps la délicieuse brûlure. Malheureusement, l'existence du bébé semblait l'avoir éloigné sans espoir de retour.

— C'est vrai, admit-il.

Cet aveu perça cruellement le cœur de Lisa, mais Max ne s'en tint pas là :

— Notre mariage a échoué parce que nous sommes trop différents. Tu cherchais l'amour et tu voulais des enfants. Mais il n'y avait entre nous qu'une passion d'ordre physique. C'est ce qui nous a rapprochés, puis finalement séparés.

Lisa ne partageait pas ce point de vue. Le matin où elle en avait pris pleinement conscience, après leur dernière folle nuit d'amour, le désespoir l'avait anéantie.

Et maintenant, aux yeux de Max, elle ne représentait qu'un nouveau défi à relever, avec des obstacles à vaincre pour se rendre maître de la situation.

Contre toute attente, et alors même qu'elle se défendait de rien ressentir, elle éprouva une curieuse pointe de désir lorsqu'il s'avança un peu plus près et plongea le regard dans le sien. Puis, son cœur s'emballa quand il tendit la main pour lui prendre le menton entre le pouce et l'index.

— D'ailleurs, rien n'a changé. La passion est toujours là, ajouta-t-il. Je le vois à la lueur qui brille au fond de tes yeux. Ton désir est égal au mien, aussi fort.

Pourquoi la torturait-il ainsi ? se demanda-t-elle, désespérée.

— C'est absurde.

Elle avait protesté sans conviction, d'une voix enrouée qui trahissait son trouble. Elle aurait voulu s'écarter, faire un pas en arrière, mais elle restait là, immobile, comme frappée de paralysie. En fait, elle avait envie qu'il l'embrasse, pour lui ôter toute envie de se battre, la priver de ses forces et de sa volonté.

— Vraiment ? ironisa-t-il avec douceur.

Elle s'empêcha de fermer les paupières. Il ne fallait pas capituler. Pas aussi vite.

— Evidemment !

Le son étranglé qui sortit alors de sa gorge ressemblait à une plainte. Comme elle détestait ce pouvoir qu'il détenait sur elle !

— Je ne suis pas d'accord, dit-il d'une voix sensuelle. C'est la passion qui nous a réunis il y a deux mois, Lisa. Et c'est encore elle qui nous gardera ensemble.

Il avait ce regard dévastateur auquel elle n'avait jamais su résister. Pourtant, cette fois-ci, elle ne céderait pas.

— Non.

Elle recula, résolue. Le crépuscule tombait, et l'appartement baignait maintenant dans une demi-obscurité.

— Vraiment, Lisa ? insista-t-il avec un demi-sourire presque carnassier.

— Oui. Plus jamais je ne dormirai dans ton lit.

À son grand désarroi, il s'avança de nouveau. Un tel désir brillait dans ses yeux que sa colère fondait. Elle se liquéfiait.

— Tu en es certaine ?

Il était en train de perdre tout contrôle de lui-même et ne s'en cachait même pas. Lisa s'obligea à ne pas trembler.

— Oui.

Son chuchotement à peine audible couvrit à peine les battements de son cœur qui emplissaient ses oreilles.

Max la prit dans ses bras et la serra contre lui. Le parfum de son eau de toilette la troubla. Elle n'avait plus qu'une envie, se pelotonner au creux de son étreinte et retrouver le goût de sa bouche et de ses baisers. Mais il ne fallait pas abandonner la partie. Elle devait absolument se maîtriser, garder la tête froide. Elle posa les paumes contre son torse pour le repousser

— Oui, je suis sûre, reprit-elle d'une voix plus ferme. Et je sais aussi que le 31 décembre, tu en auras assez de moi et du rôle de père qui t'attend. Je serai alors libre de retourner à mon existence.

— J'ai donc à peine plus d'une semaine pour te prouver que tu as tort, répliqua-t-il de sa voix de velours.

— Tu ne me prouveras rien du tout, Max.

Elle aurait voulu crier de colère, autant contre lui que contre elle-même. Mais les réactions traîtresses de son corps l'en empêchaient. D'ailleurs, il valait mieux se défendre avec calme, en feignant l'indifférence.

Il esquissa un sourire.

— Nous verrons bien. Pour l'instant, tu vas jouer ton rôle d'épouse au mariage de mon frère.

— Provisoirement.

— Tu crois ? Je te rappelle que nous sommes mariés. En outre, je compte bien être un père pour l'enfant que nous attendons.

5

Contrairement aux espoirs de Lisa, le voyage à Madrid n'améliora pas l'humeur de Max. Il lui témoignait une courtoisie distante, comme à une étrangère. Maintenant qu'il avait affirmé sa domination, il attendait, et semblait sûr de son fait.

À leur arrivée, la veille, ils s'étaient promenés dans un quartier excentré plus ou moins à l'abandon.

— Que faisons-nous ici ? avait-elle demandé en remontant le col de son manteau.

Insensible au froid, contrairement à elle, Max s'était arrêté devant un immeuble décrépit.

— Ma mère et moi avons habité dans l'appartement du premier étage quand nous avons quitté Séville.

Lisa était restée interloquée. Jamais elle n'aurait pensé qu'un milliardaire comme Max, avec un beau-père jouissant d'une réelle notoriété, avait vécu dans un environnement aussi peu reluisant.

— Je n'imaginais pas..., avait-elle murmuré tandis que son regard se portait sur un terrain vague. C'est là que tu jouais au foot ?

Les yeux de Max s'étaient voilés de tristesse, l'espace d'une seconde ; puis il avait vite retrouvé sa cuirasse protectrice.

— Nous avons déménagé peu après la séparation d'avec mon père. À l'époque, je croyais qu'il s'agissait juste de prendre un nouveau départ, mais ma mère espérait sans doute le faire changer d'avis et renouer avec lui. Pour répondre à ta question, oui, c'est ici que tout a commencé pour moi. Ma mère a rencontré mon beau-père, qui m'a recruté dans une équipe de joueurs de foot amateurs. Elle venait m'encourager dans les gradins les jours de match, et s'enorgueillissait de tenir le rôle de figure paternelle en plus de celui de mère.

Lisa avait eu le cœur serré.

— Ton père n'a peut-être pas choisi la pire des solutions, même si c'était difficile pour toi...

Max avait poussé un soupir à fendre l'âme.

— Je suis désolée de m'exprimer aussi maladroitement, avait-elle bredouillé.

— Partons, avait-il lancé, abrupt, en retournant vers la voiture.

Ils avaient dîné léger dans leur suite, et dormi sagement dans des lits jumeaux...

Assis maintenant avec elle à l'arrière de la voiture, Max s'était de nouveau enfermé dans un mutisme plein de froideur.

Il ne manifestait aucune attention, pas le moindre signe de tendresse. Pas plus en ce moment qu'au petit déjeuner, quand elle s'était levée précipitamment, prise de nausée.

Lorsque la berline s'arrêta, ils se joignirent avec raideur au petit groupe rassemblé sur le perron de la mairie pour attendre l'arrivée de la mariée. À les voir, personne n'aurait deviné qu'ils étaient mari et femme.

Frigorifiée, Lisa serra contre elle les pans de son manteau. Un peu plus loin, Raul affichait une expression calme et sereine. Elle repensa au jour où elle avait épousé Max. Un soleil éclatant brillait dans le ciel bleu, et elle se croyait la femme la plus heureuse sur Terre. Elle était tellement amoureuse et confiante en l'avenir ! Pourtant, au bout de quelques mois à peine, tout s'était écroulé quand Max lui avait avoué qu'il était incapable de l'aimer.

Tandis qu'elle repoussait ces souvenirs douloureux, des doutes innombrables l'assaillirent. Que faisait-elle ici ?

Elle continua à observer Raul. Il ressemblait tellement à son demi-frère qu'on aurait pu les prendre pour des jumeaux. Quand arriva enfin la jeune femme qu'il s'apprêtait à épouser, l'étincelle qui s'alluma dans ses yeux la bouleversa. Elle en eut le souffle coupé. Le sourire qui flottait sur ses lèvres en disait infiniment plus long que n'importe quelle déclaration.

Un chagrin indicible lui comprima la poitrine. Max ne l'avait jamais regardée de cette façon...

L'aveu cruel qu'il avait proféré après quelques mois de vie commune la faisait encore cruellement souffrir. Elle était alors tellement certaine de conquérir son amour qu'elle s'était raccrochée à cette idée avec l'énergie du désespoir, telle une femme assoiffée au milieu d'un désert aride. Malheureusement, cela ne s'était pas produit. Max n'avait jamais éprouvé qu'un désir physique, purement sexuel. Rien de plus. Dans ces conditions, leur mariage ne pouvait pas durer : tôt ou tard, l'appétit charnel finissait par s'émousser.

Elle frissonna, de froid et de tristesse en même temps, tout en essayant de dissimuler ses émotions. Par inadvertance, elle effleura Max, qui se raidit aussitôt. Lisa risqua un regard furtif sur son profil sévère. Il fixait son frère avec des yeux durs, implacables.

— Je n'aurais jamais cru cela de lui, chuchota-t-il.

— Quoi donc ? demanda Lisa.

— Qu'il soit aussi sentimental, ironisa-t-il. D'ailleurs, c'est impossible. Il fait juste ce qu'on attend de lui. Il se conforme aux clauses du testament.

— Il fait *semblant* ? murmura-t-elle, incrédule.

— *Sí.*

— Comme toi le jour où tu m'as épousée ?

— *Sí.*

Elle aurait aimé poursuivre cette conversation seule avec lui, car ce n'était ni le lieu ni le moment de discuter des motivations de Raul. Elle se contenta de soutenir le regard de Max avec une expression de défi, puis se détourna sans rien ajouter et concentra de nouveau son attention sur le couple de mariés.

Raul Valdez en imposait par sa prestance. Il avait fière allure dans son costume noir, avec sa cravate bleu ciel. Lydia portait sur sa robe une longue cape blanche, avec une capuche bordée de fourrure. Elle semblait sortir tout droit d'une illustration de conte de fées.

Stoïque, Lisa assista à la cérémonie au cours de laquelle Raul et Lydia prononcèrent leurs vœux et passèrent les alliances à leurs doigts. Puis ils s'embrassèrent.

Max et elle avaient exécuté exactement les mêmes gestes, mais dans une comédie dénuée de réalité, comme au théâtre. Elle serra les dents pour résister aux larmes qui montaient. Décidément, sa grossesse la rendait très émotive. Mais elle ne pleurerait pas. Elle avait trop d'orgueil pour montrer à Max à quel point elle avait souffert à cause de lui.

Elle parvint à faire bonne figure et à donner le change quand les invités se rassemblèrent autour d'un buffet festif. Malgré tout, elle osait à peine regarder la mariée tant celle-ci était transfigurée par le bonheur. Il était difficile de croire qu'il s'agissait de la femme bouleversée aperçue quelques jours plus tôt dans le hall d'un palace londonien. Cela signifiait-il qu'il fallait garder espoir ? Que tout pouvait encore changer ? Que Max pouvait retomber amoureux ?

Bien sûr que non, pauvre idiote ! Il ne l'avait jamais été. Alors que Raul, même s'il s'était disputé avec Lydia, éprouvait manifestement pour elle des sentiments très profonds. Elle ignorait le motif de leur différend, qui avait peut-être quelque chose à voir avec le surgissement inattendu du passé et la rencontre avec un demi-frère inconnu…

Tout à coup, Max se gratta la gorge, nerveux. Une femme d'un certain âge, jusque-là en grande conversation avec Raul, s'avançait dans leur direction…

Avertie par son intuition, Lisa se tint sur ses gardes. Il s'agissait certainement de la mère de Raul, cette femme vers laquelle le père de Max était revenu, abandonnant son fils et sa maîtresse.

Elle parla un instant en espagnol avec Max. À en juger par la brièveté et la sécheresse de ses réponses, ce dernier ne lui ménageait pas le meilleur accueil… Malheureusement, Lisa ne comprenait pas l'espagnol.

Puis, la dame s'adressa à elle en anglais, avec un fort accent :

— Je suis heureuse que mon fils ait trouvé l'amour. N'est-il pas étrange que les deux héritiers Valdez aient tous les deux épousé une Anglaise ?

Elle possédait une voix chaleureuse et manifestait, par ce commentaire bienveillant, son intention d'accueillir Max au sein de la famille, alors que rien ne l'y obligeait. Ce devait être extrêmement difficile pour elle de tendre la main au fils illégitime de son mari. Lisa lui sourit. Mais à côté, Max se hérissa d'indignation.

— Je ne suis *pas* un Valdez, déclara-t-il avec une dureté coupante.

La mère de Raul se tourna à nouveau vers lui, mais continua en anglais, sans doute par égard pour Lisa.

— Si, même si c'est dur pour vous de l'admettre.

— Non, je ne pense pas, maugréa Max.

— Si, Maximiliano. Et il ne s'agit pas uniquement de ressemblance physique.

La douceur de cette vieille dame émut Lisa. Non seulement elle ne conservait aucune rancœur, mais elle était en plus prête à donner son affection à Max. Savait-elle qu'il avait perdu sa mère pendant son adolescence ? Peu de temps après avoir été abandonné par son père…

Lisa sursauta quand Max, au mépris de la politesse élémentaire, se mit à jurer.

— Je n'ai aucune envie de ressembler à mon père !

La mère de Raul lui posa simplement la main sur le bras. Il s'agita, mal à l'aise, comme s'il réprimait une vive douleur. Lisa savait tellement peu de choses sur lui ; comme lui sur elle, d'ailleurs.

Après ce qui lui parut une éternité, la mère de Raul recommença à parler, toujours en anglais :

— Ne fuyez pas la vérité, Maximiliano. Affrontez-la, au contraire. Apprivoisez-la pour en faire une amie, au lieu de la considérer comme votre ennemie.

Lisa fronça les sourcils sans comprendre.

— Merci pour votre conseil, *señora*, répondit Max avec froideur. J'y réfléchirai. Mais nous allons vous dire au revoir. Nous sommes obligés de partir, maintenant.

— Ah bon ? lança Lisa sans pouvoir s'en empêcher.

Quel dommage de ne pas tirer parti d'une conversation aussi sincère et émouvante… Néanmoins, elle connaissait l'obstination de Max : quand il avait décidé quelque chose, ce n'était pas la peine de chercher à l'en dissuader.

Il l'enlaça par la taille. Aussitôt un frémissement malvenu la parcourut.

— Nous retournons en Angleterre pour y passer Noël, annonça-t-il.

— Comme c'est romantique ! s'exclama la mère de Raul.

Lisa cacha sa confusion derrière un sourire de façade. Max ne lui avait rien dévoilé de ses projets.

Tout en observant la mère de Raul, Max s'interrogeait sur sa sincérité. Pouvait-elle réellement manifester autant de bonté et d'indulgence envers un enfant que son mari avait conçu en cachette ? En la trompant avec sa maîtresse ?

Une jalousie féroce lui perça le cœur lorsqu'il se remémora le chagrin de sa mère quand le mari de cette femme les avait quittés pour la rejoindre. Brisée par le malheur, elle ne s'était jamais remise complètement, même après avoir rencontré un autre homme. Elle n'avait pas eu l'énergie de se battre contre le cancer qui l'avait emportée. La naissance d'Angelina avait pourtant réussi à faire renaître un sourire sur ses lèvres, mais il était trop tard alors pour vaincre la maladie.

Le sort s'était montré cruel envers sa mère. Lorsque les médecins avaient confirmé leur diagnostic de cancer, elle était déjà enceinte. Comme elle avait choisi de retarder le traitement pour sauver le bébé, elle n'avait passé que quelques années avec sa fille. Max détestait repenser à ces jours sombres. Quand il avait appris la vérité sur les circonstances de la maladie, il avait carrément ignoré sa sœur. Mais sa mère lui avait longuement parlé sur son lit de mort. Elle lui avait fait promettre de s'occuper d'Angelina et de toujours veiller sur elle. À présent, il était son plus féroce protecteur, au point qu'elle le considérait comme un frère tyrannique. Il s'en moquait.

Déterminé à ne pas se laisser submerger par le flot de souvenirs, il se concentra sur le présent.

— Lisa et moi avons passé l'hiver dernier au soleil pour notre lune de miel. Cette année, je compte bien lui offrir le Noël de ses rêves.

— Comme c'est charmant !

La mère de Raul sourit à Lisa, qui se raidit contre lui. Parviendrait-il à briser ses défenses ? Il devait la convaincre qu'il saurait être un bon père et un mari attentionné, même s'il refusait les complications sentimentales. Ce Noël surprise suffirait-il à la radoucir ?

— Oui, charmant, n'est-ce pas ? lança Lisa avec une pointe de cynisme.

La vieille dame fronça les sourcils, mais Max ne se laissa pas déconcerter. Il attachait davantage d'importance aux actes qu'aux paroles, et n'avait pas l'habitude de prêter attention à ce qui risquait de le perturber ou le gêner.

Quand, de nouveau, la mère de Raul posa la main sur son bras, il faillit la repousser. Il se contrôla. C'était une seconde nature, chez lui, d'éviter le contact.

— Je ne vous blâme pas, Maximiliano, ajouta-t-elle avec gravité. Vous n'êtes en rien responsable.

Il tiqua. Sa mère lui avait dit la même chose presque mot pour mot avant de mourir...

— Il n'y a qu'un coupable, et il n'est plus là pour répondre de ses actes, répliqua-t-il d'un ton heurté.

Puis il se ressaisit et inspira profondément pour se retrancher derrière sa barrière protectrice. Cette femme devenait trop intrusive... Cette fois-ci, elle lui répondit en espagnol, avec un débit précipité, avant de s'éloigner pour se mêler aux autres invités, l'abandonnant à ses douloureux souvenirs d'enfance.

La voix de Lisa le fit revenir au présent :

— Tu n'as pas l'air d'apprécier ce qu'elle t'a dit.

— Elle m'a dit que même si je ressemble beaucoup à mon père, ce n'est pas non plus une fatalité.

L'expression perplexe de Lisa le rassura. Elle non plus n'arrivait pas à décoder le message.

— Tu ressembles aussi à ton frère, risqua-t-elle.

Que voulait-elle dire ? Nourrissait-elle encore l'espoir de lire sur son visage le même amour qui émanait de Raul ? Ce dernier jouait-il la comédie ? Ne lui avait-il pas avoué, à Londres, qu'il était réfractaire aux émotions ? Ce trait de caractère les aurait rapprochés. Max s'interrogeait.

À l'autre bout de la pièce, son demi-frère était en train d'embrasser Lydia avec une ferveur qu'il était impossible de feindre. Il lui aurait donc menti ?

Max secoua la tête.

— Nous nous ressemblons physiquement, mais c'est tout.

— Tu es sûr ? chuchota Lisa.

Pourquoi insistait-elle ? Si elle espérait connaître avec lui le même bonheur que Raul et Lydia, elle allait être déçue !

— Absolument. Et maintenant, si nous voulons arriver à temps en Angleterre, il faut partir sans tarder.

Il changeait de sujet pour détourner son attention et abandonner cette conversation qui l'embarrassait. Mais Lisa protesta :

— La cérémonie vient à peine de se terminer ! Nous ne pouvons pas nous éclipser maintenant.

— Si, dès que nous aurons félicité les mariés.

Il enlaça sa femme par la taille et, ignorant la sensation de chaleur intense qui le gagnait, leur fraya un chemin parmi les groupes d'invités.

Avant même qu'elle comprenne ce qui se passait, Lisa se retrouva face à Lydia, tandis que les hommes discutaient de leur côté.

— Je suis si heureuse pour vous ! s'écria la jeune mariée avec un sourire radieux. J'ai appris que vous étiez enceinte.

— En effet, répondit Lisa, décontenancée.

— Ils parlent du testament, lui expliqua Lydia en surprenant son regard en direction des deux frères. Il aurait été dicté à leur père par un membre malveillant et particulièrement corrompu du conseil d'administration, qui ne s'attendait pas du tout à cet heureux dénouement. Car Raul a finalement exaucé entièrement les dernières volontés de son père, même les plus contradictoires. Non seulement il a retrouvé son frère, avec lequel il va s'associer, mais en plus il m'a épousée !

Lisa se promit de demander plus tard des éclaircissements à Max, qui les rejoignit à ce moment-là, escorté de son frère.

— Lisa et moi serions ravis de vous revoir à Londres pour l'anniversaire d'Angelina, dit-il. Ma sœur va fêter ses vingt et un ans.

— Nous acceptons l'invitation avec plaisir, répondit Raul, d'une voix qui ressemblait à s'y méprendre à celle de Max.

— Vous ne partez pas en voyage de noces ? demanda Lisa spontanément.

— Ma femme est très attachée aux traditions, et terriblement romantique, intervint Max pour excuser son indiscrétion.

— Tu as beaucoup de chance, dit Raul en échangeant un regard de connivence avec Lydia.

— Il est temps de vous laisser seuls, annonça Max en prenant congé. Nous avons des impératifs en Angleterre.

Devant la mine maussade de Max, Lisa s'abstint de poser des questions pendant le voyage de retour à bord du jet privé. Il s'assombrissait d'heure en heure, et elle le sentait plus inaccessible que jamais.

Quelle triste perspective pour un soir de Noël ! Et quel contraste avec la joie qui émanait de Raul et Lydia…

Dans un silence pesant, il la guida vers la voiture noire qui les attendait en bas de la passerelle, congédia le chauffeur et s'installa lui-même au volant. Puis il s'engagea sur des petites routes de campagne au lieu de rejoindre son appartement londonien.

Tandis qu'il gardait les yeux fixés droit devant, Lisa tentait de distinguer les panneaux à la lueur des phares. En vain.

— Où allons-nous ? demanda-t-elle au bout d'une heure, n'y tenant plus.

— C'est une surprise, répondit-il, laconique.

Agacée par tous ces mystères, elle poussa un soupir, excédée. Il tourna peu après dans une allée qui conduisait à un cottage illuminé. Manifestement, ils étaient invités chez quelqu'un.

— Tu rêves depuis longtemps d'un Noël à la campagne, non ? lança-t-il en esquissant un sourire.

— Effectivement. Je t'en ai parlé un jour, avant notre mariage.

— Je m'en souviens très bien. Tu imaginais un cottage cosy, avec des décorations et un feu de cheminée.

Il coupa le contact. Puis il se pencha vers elle. Aussitôt, le cœur de Lisa bondit. Pourquoi réagissait-elle toujours aussi violemment à son contact ?

— J'avais envie de te faire ce cadeau.

— Mais… Chez qui sommes-nous ? bredouilla-t-elle. À qui est cette maison ?

— À nous. Pour quelques jours.

— Pourquoi ?

Elle se dit qu'il devait tout de même tenir un peu à elle s'il avait gardé cette conversation en mémoire…

— Tu me crois incapable de me comporter en bon père de famille, et je veux te prouver le contraire.

Lisa refusait de se laisser emporter par un optimisme irraisonné. En même temps, elle ne voulait pas gâcher cet instant merveilleux où tout paraissait possible.

— J'ai de la peine à y croire, murmura-t-elle en ouvrant la portière.

Tout était exactement comme dans ses rêves, avec la couronne traditionnelle suspendue sur la porte. Comment cet homme qui se prétendait incapable d'aimer pouvait-il avoir autant d'attentions ?

Tout était parfait, jusqu'au froid sec d'une belle nuit étoilée. Même s'il manquait l'amour de Max, Lisa pouvait peut-être faire semblant d'y croire jusqu'au 31 décembre. Il serait assez tôt pour oublier ses illusions quand le dernier coup de minuit retentirait.

— J'espère que l'idée te plaît, parce que nous allons rester ici jusqu'à la fête d'anniversaire d'Angelina.

Elle lui sourit avec une envie folle de prendre ses désirs pour des réalités. Max ne s'était certainement pas donné autant de mal pour rien, si ? La colère et la rancœur accumulées en elle fondirent tout à coup comme neige au soleil.

— Allons voir à l'intérieur, suggéra-t-elle, pleine d'un espoir insensé.

Un instant, elle crut lire de la tendresse dans ses yeux, mais s'empêcha d'y répondre. Il ne fallait tout de même pas céder à la naïveté. Pourtant, comme ce serait bon de l'embrasser, de se pelotonner contre lui, dans la chaleur de ses bras…

Il sortit une clé de sa poche et la tourna dans la serrure. Une douce chaleur les accueillit. Lisa se mit à trembler sur ses jambes en contemplant les décorations de Noël et le superbe sapin qui trônait dans un coin.

Un feu de bois brûlait dans la cheminée, jetant une clarté orangée sur les guirlandes et les boules multicolores qui pendaient aux branches. Il y avait même des cadeaux au pied de l'arbre. Comment

Max s'y était-il pris pour tout organiser ? Malgré elle, sa confiance renaissait. Finalement, il y avait peut-être un avenir possible…

— J'adore ! s'écria-t-elle en se débarrassant de son écharpe en cachemire, qu'elle posa sur le dos d'un fauteuil. Mais comment as-tu fait ? Nous étions à Madrid…

— Je me suis adressé à une agence en expliquant exactement ce que je voulais, jusqu'aux branches de houx et de gui.

Lorsque Max lui prit le bras pour la conduire au centre de la pièce, les belles résolutions de Lisa s'évanouirent tout à fait. Elle ne pouvait plus garder ses distances et demeurer éternellement indifférente.

— Merci.

Elle avait sans doute mal interprété sa mauvaise humeur des derniers jours. Elle était beaucoup trop sensible et émotive.

— C'est magnifique, ajouta-t-elle.

— Et toi tu es très belle, murmura-t-il en la dévorant du regard.

Il n'y avait pas à se méprendre sur ses intentions. Pourtant, un léger doute s'insinua en elle.

— Max, es-tu bien sûr de ce que tu veux ? demanda-t-elle quand il la prit dans ses bras.

— Nous avons partagé de si bons moments, Lisa. J'ai bien l'intention de les revivre, surtout pour Noël.

Sans lui laisser le temps de protester, il lui effleura les lèvres d'un baiser. Aussitôt, les dernières résistances, Lisa éclatèrent en mille morceaux, et elle se pressa contre lui. Peu lui importait ce qu'il voulait dire, elle voulait juste sentir le désir et la passion que lui inspirait cet homme qu'elle aimait.

— Ici, devant le feu ? murmura-t-elle contre sa bouche, étonnée par sa propre hardiesse.

Les sentiments qui l'animaient la transformaient. Elle ne se reconnaissait pas dans cette femme audacieuse qui exprimait sans honte la force de son désir.

Elle glissa les mains sous son manteau avec un air de défi.

— J'ai donné des instructions précises pour la chambre, répondit-il en riant. J'aimerais vérifier qu'elles ont été suivies à la lettre.

6

Fasciné par le visage de Lisa, Max avait l'impression de perdre tout contrôle et de retomber sous son charme. Complètement. Il la désirait comme jamais.

Elle se hissa sur la pointe des pieds pour l'embrasser.

Il aurait dû lutter, rester maître de ses réactions. On pouvait très bien vivre avec une femme sans les complications de la passion. Mais Lisa était irrésistible.

Avec fougue, il lui rendit son baiser. Le sang lui martelait les tempes. Toutes les cellules de son corps réclamaient cette femme, exigeaient un contentement des sens qu'elle seule pouvait lui apporter. Son contact l'emplissait d'un étrange mélange de plaisir et de tourment. Il fallait qu'il la possède.

Elle s'écarta un peu, les yeux brillants de désir. Alors, sans un mot, il lui prit la main pour la conduire vers l'escalier étroit qui menait à l'étage. En arrivant sur le palier, il constata avec satisfaction qu'on avait respecté ses consignes jusque dans les moindres détails.

La chambre de maître était ouverte et baignait dans une douce lumière tamisée. Il se félicita des services de l'organisatrice d'événements qu'il avait contactée sur Internet. Certes, il avait payé très cher ce cadeau hors du commun, mais le jeu en valait la chandelle. Il fallait persuader Lisa que la vie commune était possible, en dépit des obstacles.

Il espérait surtout se convaincre lui-même qu'il n'était pas obligé de s'engager, qu'il pouvait très bien continuer à vivre de façon superficielle. Car les sentiments n'apportaient que des problèmes. Toutes ses expériences passées l'avaient mené à cette conclusion. Il avait beaucoup souffert. D'abord avec son père, puis avec sa mère. Plus tard aussi, un malheureux accident de voiture l'avait obligé à quitter sa carrière de footballeur professionnel en plein essor. Une seule personne était demeurée stable, sa sœur, Angelina. Pourtant, il ne méritait pas son affection, parce qu'il se comportait en frère tyrannique et dominateur.

— Je n'arrive pas à croire que tu aies fait tout cela pour moi, murmura Lisa.

Il avait d'abord songé à réserver une suite dans un palace, avec un spa et un spectacle. Il avait changé d'avis en se rappelant une lointaine conversation avec Lisa. À en juger par son expression de ravissement, il avait fait le bon choix.

Il l'enlaça sur le seuil, et la résistance qu'elle lui opposait depuis quelques jours fondit d'un coup.

— Cela n'a pas été très compliqué. Il m'a suffi de passer commande...

Elle fronça légèrement les sourcils avant d'esquisser un sourire timide. Il avait enfin détruit les barrières qu'elle avait érigées pour se défendre contre lui. La mise en scène romantique qu'il avait imaginée porterait ses fruits. Ensemble, ils surmonteraient les obstacles pour élever leur enfant dans une atmosphère harmonieuse.

— Je voulais te démontrer que nous pouvons encore partager de bons moments malgré notre séparation.

Il lui caressa la joue du bout des doigts, puis elle ferma un instant ses beaux yeux verts frangés de longs cils. Quand elle les rouvrit, ils luisaient d'un tel feu que Max eut la sensation de s'embraser. Elle l'aimait toujours, c'était évident. Autant qu'au début. Il l'avait repoussée pour ne pas lui briser le cœur et n'avait réussi qu'à lui infliger des souffrances inutiles.

Il se devait néanmoins d'être honnête : les scrupules qui le poussaient à honorer ses devoirs de père ne changeaient rien à ce qu'il ressentait pour Lisa. Il ne pourrait jamais lui rendre l'amour qu'elle avait pour lui.

— Et... C'est tout ? murmura-t-elle.

Le fol espoir qu'il devina dans sa voix le fit chavirer. Mais il ne devait pas s'attendrir. Il ne pouvait pas se le permettre. Ceux qu'il aimait finissaient toujours par le quitter, ne lui laissant que le goût amer du chagrin et de la désillusion. Il avait résolu de se fermer définitivement aux autres et ne méritait pas le bonheur auquel Lisa aspirait.

— Oui, Lisa. C'est tout.

Il lui effleura les lèvres.

— Tu ne dois pas attendre de moi l'impossible. Je ne suis pas un sentimental. Je t'avais prévenue avant de t'épouser.

— Je croyais que peut-être...

Elle se tut en croisant son regard. Jamais elle n'obtiendrait de lui un aveu d'amour, même si, comme en ce moment, il la désirait avec une intensité indéniable.

Il secoua la tête.

— Ne réfléchis pas trop, dit-il. Nous nous sommes mariés parce que nous n'arrivions pas à nous rassasier l'un de l'autre. Désormais, nous formerons un couple pour le bien-être de l'enfant que nous avons conçu dans notre passion physique.

Le cœur de Lisa battait si fort que ses oreilles en bourdonnaient. L'incroyable et merveilleux cadeau de Noël de Max ravivait malheureusement toutes les incertitudes de son enfance, ainsi que le sentiment d'insécurité qui l'avait toujours accompagnée. S'il avait su... Ce cottage et l'homme séduisant qui le lui offrait symbolisaient le rêve qu'elle poursuivait depuis toujours. Toutefois, il fallait bien éclaircir cette situation pour le moins bizarre.

— C'est donc uniquement l'enfant que je porte qui nous réunit ? chuchota-t-elle.

Aussitôt, l'atmosphère s'alourdit, et le charme se rompit. Mais Lisa ne regrettait pas sa question. Elle n'aurait pas dû embrasser Max. Emportée par ses pulsions, elle avait failli tout oublier.

— Seulement en partie, répondit-il. Je veux surtout te montrer que je saurai être présent dans ta vie pour préserver cet enfant.

De nouveau, il lui caressa la joue ; ce simple geste ralluma une étincelle. Elle avait beau s'être promis de ne plus jamais recoucher avec lui, ses réserves et ses réticences la désertaient. Néanmoins, il restait un point à élucider.

— À qui veux-tu le prouver ? À toi ou à moi ? demanda-t-elle avec une pointe de provocation.

Il fronça les sourcils.

— Tu es dure, mais c'est bien fait pour moi. Je l'ai cherché.

Surprise par cet accès de sincérité, Lisa opta elle aussi pour la franchise.

— Je n'étais pas au courant pour ton frère, le jour où je suis venue t'annoncer la nouvelle. Je n'avais pas lu les journaux. Sinon, j'aurais évidemment choisi un autre moment.

Il soupira.

— Je ne parvenais plus à penser de façon cohérente. Tout arrivait si vite, en même temps…

Elle éprouva un élan d'empathie. Le sort avait accablé Max, ces dernières semaines.

— J'ai toujours eu l'intention d'avoir des enfants, même si tu ne partageais pas mon envie. Du coup, je me sentais coupable envers toi. Nous avions beaucoup trop bu ce soir-là. Nous avons eu tort de sortir du cadre professionnel.

— Tu as raison. Tu me pardonnes ?

Il pressa les lèvres sur les siennes, comme pour tester ses réactions.

— Donne-moi des raisons valables de te pardonner, le taquina-t-elle en s'égayant un peu.

Il suffisait d'un geste, d'un effleurement pour ranimer son désir.

— C'est Noël, dit-il contre sa bouche.

Elle ferma les paupières.

— C'est tout ? s'enhardit-elle.

— Je te désire comme je n'ai jamais désiré aucune autre femme.

Ses yeux brillants lui promettaient un plaisir infini. N'éprouvait-elle pas le même désir, solidement ancré en elle, au plus profond ?

— Et si je n'ai pas envie ? le provoqua-t-elle.

Elle avait eu si mal, le jour où elle avait compris que l'intérêt de Max pour elle se limitait au domaine physique et qu'elle avait tort d'espérer l'impossible…

— Je n'en crois pas un mot.

Lisa laissa échapper un soupir étranglé. Elle aurait préféré ne pas céder aussi vite, ne pas capituler tout de suite, mais comment ne pas répondre à la pluie de baisers que Max déversait sur son visage ? L'alchimie qui les avait rapprochés au tout début était toujours là, bien réelle. N'était-ce pas mieux de s'y abandonner, pour le bébé ?

— J'ai encore des doutes, le défia-t-elle avec un sourire. Tu vas devoir me convaincre...

Alors, tout se passa exactement comme deux mois plus tôt, la nuit où leur bébé avait été conçu. Lisa fondait sous les caresses de son mari tout en détestant sa faiblesse. Elle aurait tellement voulu obtenir davantage... D'un autre côté, il fallait être raisonnable : des parents qui s'entendaient bien sur le plan sexuel valaient sans doute mieux qu'une famille désunie, avec un père et une mère menant des vies séparées.

— Suis-je assez persuasif ? demanda Max d'une voix incroyablement sexy.

— Oui !

Lisa refoula ses interrogations pour les mettre en sourdine. Elle avait accepté un sursis jusqu'au Nouvel An. Qui sait si la situation n'aurait pas évolué d'ici là ?

— Dans ce cas...

Il la souleva dans ses bras pour la porter dans la chambre. Dans le corps de Lisa, les sensations s'intensifièrent. Elle aimait cet homme, passionnément. Cette force qui l'habitait n'aurait-elle pas raison de lui tôt ou tard ? Personne n'était insensible, pas même Maximiliano Martinez.

Elle jeta un regard circulaire quand il la déposa sur le couvre-lit de satin. Une guirlande d'ampoules multicolores pendait au plafond. Des paquets noués de rubans rouges étaient posés sur une petite table. Elle aperçut dehors des myriades d'étoiles briller dans le ciel nocturne. Tout était si parfaitement romantique ! Comment n'aurait-elle pas succombé à un moment pareil ? Elle n'en revivrait peut-être jamais d'aussi beau avec cet homme qui lui avait volé son cœur pour toujours, dès la première minute.

Elle plongea les yeux dans les siens.

— C'est Noël, Max. Je veux tout oublier, me laisser emporter par la magie de cette nuit dans ce merveilleux cottage. Ce soir, je ne veux rien d'autre que toi.

Elle prit son visage entre ses paumes, avec adoration. Puis, de peur de trahir la profondeur de ses sentiments, elle enfouit les doigts dans ses cheveux et l'embrassa avec impétuosité.

Comme il répondait avec une fougue impatiente, elle le débarrassa fébrilement de sa veste. La chaleur de sa peau la brûlait. Tandis que leurs langues s'entremêlaient, elle dénoua sa cravate et déboutonna sa chemise.

Max s'écarta en prononçant quelques mots d'espagnol qu'elle ne comprit pas. Elle voulait à tout prix lui cacher son expression. Il ne devait pas deviner ce qui se passait en elle. Si elle parvenait à rester surperficielle, comme lui, au moins en apparence, elle se sentirait moins vulnérable.

— Je n'ai aucune idée de ce que tu viens de dire, plaisanta-t-elle en ponctuant chaque mot d'un baiser sur son torse.

— Tu es une tentatrice redoutable. Mais beaucoup trop habillée !

Des picotements coururent sur la peau de Lisa, comme de minuscules pointes d'épingle. Avec un sourire aguicheur, elle commença à enlever son chemisier en soie crème.

Tandis que Max la regardait avec une sorte de fascination, l'atmosphère se chargea d'électricité. Lisa avait l'impression de dominer la situation, d'avoir du pouvoir sur Max. Ce constat l'enchantait.

Max avait de plus en plus de mal à se maîtriser. Les seins de Lisa se dressaient sous la dentelle de son soutien-gorge. Elle ôta ses hauts talons et baissa la fermeture Éclair de sa jupe, qui glissa par terre, à ses pieds.

— Stop ! dit-il brusquement. Ça suffit. Pour le moment, du moins.

Elle rougit quand il l'enlaça. Il voulait faire durer cet instant le plus longtemps possible, le graver de manière indélébile dans sa mémoire. S'ils renouaient des liens assez solides, Max savait que Lisa n'aurait plus la force de le repousser. Il pourrait alors s'occuper de son enfant, lui offrir ce qu'il n'avait jamais connu lui-même.

— « Pour le moment » ? répéta-t-elle d'un ton indécis.

Il la ramena doucement sur le lit.

— Je veux t'embrasser partout, caresser le moindre centimètre de ta peau, te transporter de plaisir, te convaincre que nous sommes toujours aussi bien ensemble.

— Mais...

Elle se tut. Elle semblait hésitante.

— Tu as encore peur que je parte ? demanda-t-il avec douceur. N'aie pas d'inquiétude. Je ne vais pas te quitter maintenant alors que tu es enceinte.

— C'est pourtant une situation que tu ne souhaitais pas, dit-elle, les larmes aux yeux.

— Certes, mais depuis que tu en as appris davantage sur mon passé, tu peux mieux comprendre mes réactions. J'ai peur de ne pas être un bon père, c'est naturel.

Quand elle se mit à trembler, il craignit d'avoir gâché irrémédiablement son cadeau de Noël.

— Justement, murmura-t-elle. Il vaudrait peut-être mieux nous en tenir là si tu n'es pas plus sûr de toi.

— Mon histoire m'a façonné, Lisa, et a déterminé ce que je suis devenu. Tu ne voudrais tout de même pas que notre enfant connaisse le même sort et soit privé de père ?

— Je ne suis pas sûre non plus que je serai une bonne mère ! s'écria Lisa, déstabilisée. J'ai aussi eu une enfance malheureuse et une adolescence difficile, dans un environnement très dur.

Son aveu plongea Max dans un désarroi inattendu.

— C'est vrai ?

— Oui.

C'était tellement étonnant, de la part d'une femme qui semblait toujours si sereine et maîtresse d'elle-même. Les mots lui manquaient. Il s'allongea sur le lit pour la serrer contre lui. Au contact du corps presque nu de Lisa, son empathie se mua instantanément en désir. Il prit sa bouche avec fébrilité.

Elle répondit avec une ardeur touchante, qui l'enivra. Ils se ressemblaient beaucoup tous les deux. Blessés par la vie, ils avaient besoin l'un de l'autre.

Le souffle court, Max se redressa à demi pour contempler son visage. Malgré le rose qui colorait ses pommettes, elle gardait une expression méfiante, circonspecte.

— J'ai envie de toi, Lisa. Comme jamais.

L'esprit de rébellion de Lisa se réveilla malgré elle ; elle le combattit. Après tout le mal que Max s'était donné pour lui faire plaisir, elle ne voulait pas se montrer ingrate. Pourtant, une relation purement physique la laisserait toujours insatisfaite. Elle souhaitait tout autre chose, un bien précieux qui lui avait beaucoup manqué dans son enfance, mais que son mari était incapable de lui donner.

Elle avait besoin d'amour.

Donc ce mariage n'était-il pas inéluctablement voué à l'échec ?

— Ce que Raul vit avec Lydia, je veux le vivre aussi.

Max avait pris appui sur les coudes et la scrutait intensément. Au fond de Lisa, une faible lueur d'espoir se ranima.

— Moi aussi, Max.

Elle enfouit les doigts dans ses cheveux et l'embrassa avec toute la passion dont elle était capable. Lui ouvrirait-il un jour son cœur ?

Refoulant avec détermination ses doutes et ses incertitudes, elle lui offrit son corps. Bientôt, il quitta ses lèvres pour tracer une ligne de feu sur sa gorge. Lisa rejeta la tête en arrière contre la douceur de l'oreiller. Elle s'abandonnait tout entière.

Quand il lui parla en espagnol, elle s'imagina qu'il murmurait des mots tendres et s'arc-bouta à sa rencontre pour tendre la poitrine vers ses baisers, à travers la dentelle de soutien-gorge. Contre son ventre, elle sentait la pression de son sexe érigé, de plus en plus insistante.

— Max, souffla-t-elle en cherchant son regard.

L'espace d'une seconde, il parut hésiter, puis sa bouche glissa vers son ventre, qu'il embrassa avec ferveur. Son enfant se trouvait là... Max commençait-il à s'attendrir ?

De nouveau, il prononça quelques mots en espagnol.

— Max ? ne put-elle s'empêcher de demander.

Elle voulait savoir ce qu'il pensait, ce qu'il éprouvait.

— Mon bébé est en toi, murmura-t-il contre sa peau, lui arrachant des frissons. Et je serai là pour lui. Toujours.

Transportée par une joie irrépressible, elle l'implora :

— Ne dis plus rien. Fais-moi simplement l'amour.

Le regard lourd, noir et profond comme la nuit, il s'écarta pour achever de se déshabiller avant de faire glisser sa culotte en soie. Envahie par un désir fébrile, elle n'était plus capable de penser à rien. Elle voulait juste le sentir en elle, lui appartenir, être sienne, totalement. Il se positionna au-dessus d'elle et lui écarta les cuisses.

Aussitôt, Lisa noua les jambes autour de ses reins pour l'attirer en elle. Comme il résistait un peu, elle se demanda fugitivement s'il avait des regrets. Ou alors il voulait seulement exacerber son désir pour faire durer le plaisir le plus longtemps possible...

Elle s'agrippa à lui de toutes ses forces, lui griffant les épaules. Puis elle bougea avec lui, à l'unisson, dans une communion parfaite. De nouveau, il parla en espagnol, mais avec dureté cette fois-ci, comme un rugissement.

— Max, je...

Il la réduisit au silence par un baiser. Elle avait envie de décrire ce qu'elle ressentait jusque dans les moindres détails. Peut-être ne voulait-il rien savoir...

Ils atteignirent l'orgasme en même temps.

Puis les tremblements s'apaisèrent, ils retrouvèrent peu à peu leur respiration, et Max roula sur le côté.

— Max..., chuchota-t-elle.

— Chut !

Impressionnée par l'éclat de ses yeux durs, elle hésita en frissonnant.

— Mais...

Il s'allongea sur le dos en croisant les mains sur sa nuque.

— Ne dis rien, Lisa. C'est mieux ainsi.

Mieux pour qui ? s'interrogea-t-elle. Pour dissimuler sa confusion, elle se pelotonna contre lui. Elle s'efforçait désespérément de contrôler ses émotions, de devenir aussi indifférente que lui.

— Tu as raison, murmura-t-elle enfin en l'embrassant sur le torse.

Il lui jeta un regard surpris, et elle sourit. La domination avait changé de camp. C'est lui qui était en son pouvoir, maintenant.

— C'est mieux ainsi, répéta-t-elle en guise de conclusion.

7

Lisa ouvrit les yeux. Elle jeta un regard circulaire sur la chambre faiblement éclairée. Elle avait une conscience aiguë du corps de Max serré contre elle, dans son dos. Elle l'aimait toujours, sans le moindre doute, en dépit de la dureté qu'il lui manifestait. Au cours de la nuit, elle s'était demandé s'il ne luttait pas contre ses propres sentiments. Mais son refus de parler, catégorique, l'avait ramenée à la raison. Malgré tout, elle était incapable de lui résister.

Assez incroyablement, son désir déjà se réveillait. Loin de l'avoir rassasiée, cette nuit d'amour avait au contraire exacerbé ses sens. Ils avaient fini par s'assoupir au moment où l'aube se levait. À présent, une lumière grise, hivernale, filtrait à travers les rideaux.

Quel bonheur de se réveiller au lit avec Max le matin de Noël dans un cottage magnifiquement décoré ! Une délicieuse excitation l'envahit, et Lisa se tourna vers lui en rejetant les couvertures.

— Joyeux Noël !

Il la serra dans ses bras.

— Je sais ce qui m'aurait manqué si j'étais resté à Madrid, dit-il. Toi.

— De toute façon, tu n'aimes pas Noël, chuchota-t-elle.

Elle se remémorait l'année précédente à cette même époque. Max avait retardé leur lune de miel de plusieurs semaines afin d'échapper aux fêtes de fin d'année.

Elle regretta sa remarque quand les yeux de Max s'assombrirent.

— Nous avons des coutumes différentes, en Espagne, expliqua-t-il, comme s'il avait besoin de parler pour cacher quelque chose. Nous offrons aussi des cadeaux, mais en janvier, pour *Los Tres Reyes*.

— Alors pourquoi t'es-tu donné tout ce mal ?

Certes, l'occasion les avait réunis, mais pas de la manière qu'elle espérait. Pourquoi n'acceptait-elle pas la réalité ? L'homme dont elle portait l'enfant était incapable d'émotions, et rien ne le changerait jamais. Il ne fallait pas demander l'impossible. Il l'avait d'ailleurs prévenue dès le début. Il refuserait toujours d'entendre parler d'amour.

— Pour te rendre heureuse, répondit-il. Et parce que je tiens à toi, même si je ne peux pas t'offrir l'amour dont tu rêves.

Cette explication lui laissait un goût amer, mais Lisa choisit de profiter de l'instant. Tout au fond de son cœur, elle se raccrochait envers et malgré tout à un espoir tenace, dont elle n'arrivait pas à se débarrasser et qui résistait à l'épreuve de la réalité.

Comme Lisa se taisait, Max se leva et enfila un jean et un pull.

— Il y a d'autres surprises, annonça-t-il.

— Ah bon ?

— Nous sommes attendus au restaurant, dans une auberge de campagne renommée pour sa bonne cuisine.

Elle lui sourit avec tendresse. Il comprit qu'il avait percé ses défenses et qu'elle tentait d'en faire autant. Au fil du temps, il avait appris à se protéger en se rendant inaccessible, impénétrable.

— Que s'est-il passé dans ton enfance pour que tu n'aies pas de bons souvenirs de Noël ? lui demanda-t-il soudain.

Elle se leva en se couvrant pudiquement avec le couvre-lit de satin.

— Je te retourne la question, répliqua-t-elle, habile. C'est toi qui détestes cette période de l'année. Beaucoup plus que moi.

Elle avait raison. Et elle ne lui raconterait jamais rien s'il n'y mettait pas un peu du sien.

Elle s'assit au bord du lit et passa une main dans ses beaux cheveux roux tout emmêlés. Elle avait l'air terriblement sexy, mais aussi très fragile, d'une manière qui ne lui était jamais apparue auparavant. Il la considérait plutôt comme une femme forte, au caractère bien trempé.

De plus, n'était-il pas temps de se montrer enfin tel qu'il était ? S'il voulait pleinement tenir son rôle de père, il devait à Lisa un minimum d'honnêteté et de franchise.

Il se détourna pour regarder par la fenêtre le jardin couvert de givre.

— Tout ce qui m'est arrivé de mauvais est survenu à cette période de l'année.

— Ton père ? demanda-t-elle doucement.

Il se raidit quand elle se leva pour le rejoindre. Il ne voulait pas de sa compassion.

— Il nous a quittés quelques semaines avant Noël. J'avais huit ans et j'ai eu l'impression qu'il me punissait de quelque chose. J'ignorais tout de son autre famille ; et de son autre fils, évidemment.

Le parfum de Lisa, tout près, le ramena un instant au présent.

— Tu ne l'as jamais revu ?

— Non.

Brusquement, sans pouvoir s'en empêcher, Max se retrouva transporté dans le temps, loin dans le passé.

Sa mère se tenait fièrement au milieu de la pièce quand son père avait ouvert la porte de l'appartement. Elle avait relevé le menton avec un mélange de colère et de défi quand il avait jeté un regard en arrière. Tout petit garçon qu'il était, Max avait compris comme elle souffrait.

L'horrible dispute dont il avait été témoin, assis sur une marche d'escalier, avait laissé en lui une marque indélébile. Il aurait fait n'importe quoi pour que cesse ce débordement de haine insupportable.

Max s'était approché de sa mère. Même à son âge, il avait conscience que l'heure était grave, que ce départ avait quelque chose de définitif. Son père l'avait à peine regardé mais son expression continuait à le hanter, encore aujourd'hui, parce que Max s'était senti de trop, gênant et indésirable. Il avait toisé son père avec colère, dans une attitude virile et revendicatrice.

Il avait grandi beaucoup trop vite, et d'un seul coup.

— Moi, j'aurais préféré ne jamais revoir mon père, avoua Lisa. Il s'est servi du moi comme d'une arme contre ma mère.

Max revint brusquement à la réalité et chassa ses souvenirs pénibles, que les gros titres des journaux avaient ravivés il y a peu.

— Il est parti quand j'avais cinq ans, poursuivit Lisa d'une voix sourde, avec une colère rentrée. Ensuite, je ne l'ai pas revu pendant deux années très difficiles. Ma mère avait du mal à joindre les deux bouts. Je ne comprenais pas pourquoi elle était si triste et malheureuse. Je me sentais coupable, bien sûr. Je me croyais responsable. Et puis il est réapparu un beau jour.

Un lourd silence tomba entre eux. Elle était encore plus jeune que Max quand c'était arrivé. Peut-être avait-elle souffert davantage. Lui, en tant que garçon, avait dû s'endurcir, se comporter comme un petit homme pour protéger sa mère. En tout cas, ils avaient des points communs. Tous les deux, ils avaient essayé de cacher leur traumatisme pour le surmonter.

— Comment s'est passé ce retour ? demanda-t-il.

Lisa revint vers le lit et s'assit en remontant les genoux vers la poitrine, sous le couvre-lit dont elle restait enveloppée.

— Il jouait au père modèle, tout heureux des retrouvailles avec sa fille chérie. Malheureusement, il n'y avait rien d'authentique dans son comportement. Il se servait de moi, et je l'encombrais autant que ma mère. Ils se moquaient éperdument de moi, autant l'un que l'autre.

— Tout de même, ta mère…

— Je suis un accident, elle ne voulait pas de moi, l'interrompit Lisa dans un sanglot étouffé. En plus, je lui rappelais constamment l'échec de son mariage.

Elle avait l'air perdue, tellement vulnérable… Max se sentait coupable de rouvrir des cicatrices mal refermées. Il avait envie de la consoler, mais en même temps en était incapable. Lui aussi était une victime d'abandon paternel.

Il s'assit à côté d'elle.

— Au moins, il a souhaité te connaître et te voir grandir.

Elle lui lança un regard furieux. Elle était très pâle, tout à coup, et Max s'inquiéta. Était-ce à cause de leur conversation ou de sa grossesse ? Il repensa à sa mère, déjà très malade quand elle attendait sa petite sœur.

Bon sang, de quoi as-tu peur ? Il se ressaisit. L'histoire ne se répéterait pas. Plus jamais il ne perdrait une personne de son entourage. Cette idée le jetait parfois dans une panique telle qu'il gardait ses distances et refusait de s'impliquer émotionnellement, comme avec Angelina. Sa sœur le traitait parfois de tyran.

Comment réagirait-elle quand elle apprendrait la nouvelle ? Elle serait révoltée et se demanderait comment son frère pourrait être un bon père alors qu'il se montrait si dur avec un membre de sa propre famille...

— Tu aurais vraiment préféré ne pas avoir de contact avec ton père ? demanda-t-il.

— Tu n'imagines pas à quel point !

Il contempla avec un étonnement sans bornes l'incroyable mélange de fureur et de fragilité qu'elle exprimait. Tandis qu'elle refoulait ses larmes, les raisons profondes de son comportement lui apparurent clairement.

— Je comprends mieux ton ultimatum, déclara-t-il. Et pourquoi tu veux tout ou rien...

Lisa frissonna. Elle, qui jusque-là ne s'était jamais confiée à personne, venait de se dévoiler complètement avec Max.

Contrairement à la plupart des femmes, elle n'avait jamais parlé à cœur ouvert avec sa mère. Leurs relations difficiles le lui interdisaient. Elle avait toujours eu l'impression de l'encombrer, de l'empêcher de s'amuser et de mener sa vie comme bon lui semblait.

— C'est Noël, Max, dit-elle enfin en retrouvant l'usage de la parole. Ce n'est pas le moment de discuter de tout cela.

Après la merveilleuse nuit d'amour qu'ils avaient partagée, elle avait simplement envie de se blottir dans ses bras, d'être rassurée.

— Je ne suis pas d'accord, répondit-il avec fermeté. Il faut aller jusqu'au bout des confidences, maintenant. Pour ma part, j'ai toujours été écrasé par la culpabilité. Je me reprochais de ne pas pouvoir aider ma mère, dont la tristesse me dévastait.

— Oh ! Max, murmura Lisa en posant une paume sur sa joue. Il ne faut pas te blâmer. Tu n'étais qu'un enfant.

— Je ne suis senti encore plus mal quand elle a rencontré mon beau-père, après notre déménagement à Madrid. Car lui a su lui redonner la joie de vivre.

— Tu ne peux pas comparer l'amour d'un compagnon et celui d'un fils, remarqua-t-elle avec tendresse.

Il sursauta comme si elle l'avait brûlé. Qu'avait-elle dit de mal ?

— Ne parle pas d'amour, s'il te plaît ! s'écria-t-il avec colère.

— Mais... Pourquoi ?

Quand il se leva pour s'éloigner vers la fenêtre, elle le rejoignit. Elle avait envie de revenir en arrière, jusqu'au moment où elle s'était réveillée auprès de lui, en ce matin de Noël si prometteur.

— L'amour ne nous a jamais aidés, ni toi ni moi, déclara-t-il d'une voix coupante. Nous avons toujours été déçus.

— Heu... Je..., bredouilla-t-elle en s'écartant. Je... Oui.

Soudain, un vertige la prit, et tout se mit à tourner devant ses yeux. Les jambes flageolantes, elle regagna le lit et s'allongea en fermant les paupières.

— Lisa ! Tu te sens mal ?

Quand Max se précipita, affolé, elle essaya de sourire pour le rassurer. Mais ses déclarations l'avaient tellement choquée qu'elle en était incapable. Comment pouvait-il être aussi imperméable à tout sentiment, au point de s'emporter dès qu'il entendait le mot « amour » ? Cela dépassait l'entendement.

Elle se redressa à demi.

— Tout va bien. J'ai juste besoin de manger.

Le soulagement se peignit sur les traits de Max, qui se détendit. Comme il était différent, quand il n'était plus sur ses gardes ! Lisa se demanda s'il lui cachait encore quelque chose, un lourd secret qui le minait.

— Je vais te préparer un en-cas avant d'aller au restaurant.

— Merci.

Il était brusquement redevenu lui-même, protégé par un rempart invisible. Elle se renferma elle aussi dans sa coquille.

— Je prends une douche et je descends.

Après avoir préparé une tasse de thé et un toast pour Lisa, Max l'attendit dans la cuisine. Il regrettait d'avoir si mal commencé la journée. En tout cas, il comprenait mieux, à présent, pourquoi elle voulait à tout prix préserver son enfant des complications qu'elle avait endurées.

Son père l'avait abîmée au lieu de la protéger, et elle avait eu ensuite le malheur de tomber amoureuse d'un homme incapable de stabilité.

— Tu vas mieux ? s'enquit-il d'une voix aussi neutre que possible lorsqu'elle le rejoignit.

— Oui, merci.

Elle grignota son toast et but son thé à petites gorgées.

— Tu vas pouvoir sortir ?

Il se demandait maintenant s'il avait bien fait de réserver une table au restaurant.

— Évidemment ! Je m'en fais une joie. Je ne raterais cela pour rien au monde.

Son ton léger le rassura. Finalement, leur conversation avait peut-être porté ses fruits.

— Tant mieux, alors.

Il lui tendit la main.

— Mais avant, tu dois ouvrir tes cadeaux.

— Mes cadeaux ? s'écria-t-elle avec un petit rire cristallin. Le Père Noël est passé ?

— Bien sûr.

Avec un bonheur qu'il n'avait pas ressenti depuis longtemps, Max conduisit son épouse dans le salon. Le feu qu'il avait allumé dans la cheminée pendant qu'elle prenait sa douche jetait une lueur chaude sur les décorations du sapin.

— Oh ! mais... moi je n'ai rien pour toi !

Elle semblait sincèrement ennuyée. Max songea à l'enfant qui grandissait en elle et eut soudain envie de toucher son ventre. Était-il en train de devenir sentimental ?

Il se secoua.

— Tant pis si le Père Noël m'a oublié ! plaisanta-t-il. En tout cas, il a pensé à toi.

Il ramassa une grande boîte plate enveloppée d'un papier rouge et la lui tendit.

— Tiens. Quelque chose qui te sera utile dans les prochains jours.

L'air intriguée, elle s'assit sur le canapé pour défaire le paquet.

— Oh ! Max ! s'exclama-t-elle en découvrant une somptueuse robe noire. Elle est splendide !

— Pour la soirée d'anniversaire d'Angelina.

— Mais il y en a une autre ! s'écria-t-elle en soulevant un papier de soie.

Pour la deuxième, en soie verte, il avait téléphoné à Lydia afin de prendre conseil.

— Ma belle-sœur m'a un peu aidé, lui avoua-t-il. Tu la mettras pour le Nouvel An.

— Si nous sommes toujours ensemble...

Il se crispa.

— De toute façon je te garde jusqu'au réveillon.

— Et après ?

— Nous verrons bien. En tout cas il faut laisser une chance à notre histoire.

Il se pencha pour prendre un autre cadeau.

— Il y a aussi cela.

Elle ôta soigneusement le ruban, puis le papier doré qui recouvrait un écrin bleu nuit qu'elle ouvrit avec précaution.

La parure étincelante se composait d'un collier, d'un bracelet et d'une bague.

— C'est beaucoup trop, protesta Lisa.

Pourquoi Max lui offrait-il des bijoux aussi coûteux ? Et surtout qui symbolisaient un amour qu'il n'éprouvait pas...

— Ces diamants iront bien avec la robe verte, dit-il simplement.

— Mais...

Elle se mit à trembler. Et si c'était un cadeau d'adieu ?

— Tu seras très belle. C'est aussi Lydia qui m'a conseillé.

La femme de Raul était-elle au courant de leurs difficultés ? Max avait-il confié ses hésitations à son frère ? Lui avait-il expliqué qu'avant d'apprendre sa paternité il voulait la quitter ?

— Ta belle-sœur a un goût exquis, commenta Lisa, la bouche sèche.

— Ma femme éblouira tout le monde au réveillon. Encore plus que les feux d'artifice.

Lisa secoua la tête. Pourquoi ces cadeaux somptueux ? Max cherchait-il à marquer sa possession ? Ou achetait-il son silence pour s'assurer qu'elle s'effacerait discrètement lorsque l'intérêt des médias se serait calmé ?

Elle détestait se sentir à sa merci. Hélas ! son charme l'ensorcelait. Elle était incapable de lui résister, et il le savait parfaitement.

Elle referma le coffret.

— Je ne sais pas quoi dire.

— Alors ne dis rien. Contente-toi d'être à mes côtés à la fête d'Angelina et pour le Nouvel An. Montrons à la face du monde que nous sommes un couple uni.

Lisa essayait de deviner ce que Max pensait au fond de lui. Hélas ! il était indéchiffrable. Comme d'habitude.

De toute manière, elle n'avait pas le choix. Et elle aurait au moins la satisfaction d'avoir tout tenté. Plus tard, elle pourrait regarder son enfant dans les yeux et lui expliquer en toute franchise la situation.

— Je serai avec toi quand les douze coups de minuit retentiront pour annoncer la nouvelle année, promit-elle.

8

Durant le trajet jusqu'à l'auberge, à travers la campagne couverte de givre, Lisa s'efforça de mettre de côté les interrogations que sa conversation avec Max avait fait naître. En dépit de tout, elle voulait profiter du merveilleux Noël organisé par son mari à son intention. Certes, ses motivations réelles manquaient de clarté. Mais elle réfléchirait plus tard à ce qui se cachait sous les apparences.

Le restaurant était magnifiquement décoré et la cuisine succulente. Après le repas, ils s'installèrent sur un canapé confortable, devant la cheminée, pour prendre le café. Lisa se sentait un peu comme une enfant éblouie par l'éclat de la fête. Les cadeaux somptueux de Max la comblaient et la gênaient tout à la fois. N'était-ce pas pour lui une façon de s'imposer, d'assurer son contrôle et sa domination ? Or, elle aspirait à tout autre chose...

— Tu es perdue dans tes pensées.

La voix de Max la ramena à la réalité. Lui aussi paraissait lointain. Ses longues jambes étendues devant lui, il contemplait les flammes tout en jouant machinalement avec sa cravate rouge.

— Je songe à cette journée extraordinaire, répliqua-t-elle. Tout était parfait. J'ai vraiment adoré me réveiller dans ce charmant cottage. En plus, tu m'as tellement gâtée...

Elle n'osa pas reparler des diamants, de peur de raviver le malaise qu'elle avait eu tant de mal à dissiper. Comme s'il lisait dans son esprit, Max se rapprocha d'elle. Troublée par le parfum de son eau de toilette, elle retint son souffle et garda obstinément les yeux fixés droit devant. Personne n'avait jamais produit un tel effet sur elle. Elle avait l'impression d'être une adolescente trop timide à son premier rendez-vous. Pourtant, tout ce qu'ils avaient vécu ensemble aurait dû l'aguerrir…

— C'est la première fois que nous fêtons Noël ensemble, Lisa, dit-il d'une voix grave et sexy. Je voulais marquer l'événement d'une pierre blanche, pour effacer tes mauvais souvenirs d'enfance.

Elle lui lança un regard à la dérobée, en faisant son possible pour cacher son émotion. Elle avait très envie de le croire ! Pourtant, elle n'arrivait pas à se débarrasser de l'idée qu'il essayait simplement de la désarmer. Et il n'y parvenait que trop bien…

— Eh bien bravo ! C'est une réussite, lança-t-elle avec une désinvolture forcée.

Autour d'eux, les bavardages et les cliquetis des couverts se perdaient dans l'atmosphère feutrée. La nervosité de Lisa se calmait. Néanmoins, elle restait prudemment sur ses gardes.

— C'est mon premier Noël anglais, avoua-t-il avec son plus beau sourire.

Elle fondit. Comment pouvait-il la charmer ainsi ? *Parce que tu l'aimes encore.* La réponse avait fusé dans son esprit.

— Où passes-tu les fêtes, d'habitude ? demanda-t-elle.

Elle avait conscience de se hasarder sur un terrain dangereux, mais sa curiosité l'emportait.

— En Espagne, dans la famille de ma mère. À cette heure-ci, nous serions en train de nous promener au parc. La journée de Noël n'est pas vraiment très importante en soi, dans notre pays.

— Une promenade ne nous ferait pas de mal, remarqua-t-elle en riant.

Elle se détendait. Peu à peu, ses inquiétudes se dissipaient.

— Nous pourrions rentrer à pied, suggéra-t-elle. Si nous ne sommes pas trop loin.

La perspective de prendre l'air, dans le froid vif de décembre, lui faisait envie. Elle était restée beaucoup trop confinée à l'intérieur, ces derniers temps ; elle avait besoin d'exercice. En plus, cela lui éclaircirait peut-être les idées car elle avait encore tendance à s'illusionner sur Max. Elle se disait parfois qu'il l'aimait à son insu mais était incapable de le formuler. Si seulement…

— Tu peux marcher avec ces bottes ? demanda-t-il avec un regard perplexe en direction de ses pieds.

— Tout à fait. Mais tu n'as peut-être pas envie, toi, le taquina-t-elle.

— Si, si.

Il la prit par la main et la regarda avec une expression impénétrable. À quoi pensait-il — ou plutôt, que ressentait-il ? Il ne lui laissa pas le temps de formuler sa question :

— Allons-y !

Max avait du mal à concevoir qu'une simple promenade avec Lisa dans la campagne puisse lui faire autant plaisir. C'était infiniment agréable. Il la tenait par le bras et marchait doucement pour ne pas la fatiguer, même si le crépuscule commençait déjà à gagner.

— Je suis enceinte, Max, pas malade, remarqua-t-elle en se moquant de ses précautions incessantes.

Une fois de plus, ces mots le ramenèrent loin en arrière, le jour où son beau-père lui avait annoncé que le cancer de sa mère avait récidivé et qu'elle ne guérirait pas.

Il se souvenait comme si c'était hier du choc qu'il avait éprouvé à la perspective de perdre sa mère. Pour la première fois depuis le départ de son père, il avait eu envie de pleurer. À peine adolescent, il avait déjà tellement souffert...

— Elle va mourir ?

La brutalité de sa question avait terrassé son beau-père, qui avait néanmoins répondu en toute sincérité. Beaucoup trop franchement, sans doute.

— Le pronostic n'est pas bon.

Il revoyait encore la tristesse infinie qui voilait son regard.

— Le diagnostic est tombé pendant qu'elle était enceinte d'Angelina, mais elle a refusé de se soigner jusqu'à l'accouchement. Pour préserver la vie de ta petite sœur.

— Mais je ne veux pas que ma mère meure !

Ému par ce cri du cœur, son beau-père l'avait serré dans ses bras pour tenter de le réconforter. Mais il était lui aussi ravagé par la douleur. Max avait éprouvé dans sa chair le déchirement d'être à jamais dépossédé d'un être aimé. Il s'était alors juré de se fermer aux autres à tout jamais pour ne plus souffrir.

— Moi non plus, je ne veux pas qu'elle meure, avait murmuré son beau-père tristement.

Hélas ! la malade avait trop attendu pour se soigner. Max avait regretté de ne pas avoir été au courant. Sans doute ne le jugeait-on pas assez adulte. L'aurait-il convaincue de changer d'avis ? Combien de fois il s'était posé la question…

Lorsqu'il avait appris toute la vérité, un lien très fort s'était établi entre sa petite sœur et lui. Il aurait voulu la haïr, mais n'y arrivait pas. Pour se protéger, il s'était donc tenu à distance. Il aurait été affreux qu'il lui arrive quelque chose. Il l'aimait trop…

Tandis que le vent d'hiver le fouettait au visage, d'autres souvenirs refirent surface. Il se revit à seize ans, en train de regarder sa petite sœur de quatre ans jouer avec un chaton.

— Un cadeau pour toi, Lina, avait dit son beau-père en plaçant la petite boule de poils sur ses genoux. Il ne demande qu'à être choyé et aimé.

Une vague de rancœur et d'amertume avait submergé Max, avec une colère sourde qui ne l'avait plus quitté et avait façonné l'homme qu'il était devenu. Il ne servait à rien d'aimer cet animal sans défense. L'amour ne rendait pas heureux et n'apportait que déception et chagrin.

Ses innombrables déconvenues et désillusions l'avaient obligé à tirer ces conclusions. Son amour n'avait pas empêché son père de s'en aller sans un regard en arrière. Max entendait encore le crissement des pneus sur le gravier quand il était parti… Il avait si longtemps espéré son retour ! Puis, lorsque le chagrin et les pleurs de sa mère s'étaient calmés, il avait fini par se rendre à l'évidence. Désormais, c'était lui l'homme de la maison. Sa mère, au moins, ne l'abandonnerait pas.

Mais le pire s'était pourtant produit. Elle lui avait été cruellement arrachée parce qu'elle avait voulu protéger son bébé…

Max réprima ces émotions négatives surgies du passé. Raisonnablement, il savait très bien qu'il n'aurait rien pu pour sa mère. Elle avait pris une décision terrible, quoique compréhensible, mais en courant sciemment le risque de le quitter pour toujours en lui laissant une petite sœur. Il en avait été blessé à vie.

Et il se retrouvait maintenant lui-même prêt à tout pour garantir la meilleure vie possible à son enfant à naître. Il se préparait à renouer les liens du mariage avec une femme qui n'avait pas réussi à le changer. En dépit de ses efforts, le passé continuait à triompher, l'empêchant à jamais d'aimer.

— Les femmes mettent des bébés au monde tous les jours, ajouta Lisa. C'est terriblement banal.

Devant sa bouche, sa respiration formait un petit nuage de condensation qui se dissipait dans l'air. Si seulement l'enfance de Max pouvait se dissoudre aussi facilement dans le présent...

— Ce n'est pas une raison pour commettre des imprudences. Il faut faire attention à toi.

En même temps qu'il souhaitait protéger Lisa, veiller sur elle et sa santé, il craignait de lui donner de faux espoirs. Il était incapable de construire une relation humaine saine et durable. D'ailleurs, il l'avait déjà démontré. Et Lisa ne serait certainement pas là aujourd'hui si elle n'était pas tombée enceinte.

Il prit une profonde inspiration et ouvrit le portail. Lisa l'observait d'un air perplexe. Les joues rosies par le froid, elle avait remonté le col de son manteau. Pourtant, il la revoyait telle qu'elle était ce matin, enveloppée dans le dessus-de-lit en satin qui avait glissé pour dévoiler sa nudité. Elle lui était apparue si vulnérable qu'il en avait eu le cœur serré. Il s'était crispé pour ne pas céder à l'émotion inconnue qui montait en lui.

Et voilà que cela recommençait. Un mélange de plaisir et de tristesse lui donnait envie de la prendre dans ses bras et de l'embrasser, jusqu'à ce que la nostalgie se volatilise et que ne subsiste plus qu'une sensation agréable.

Il était dépassé par les événements. Trop de nouvelles imprévues avaient fondu sur lui au cours de la dernière semaine. D'abord Raul, ce frère qu'il n'avait jamais connu et qui lui offrait maintenant son amitié, contre toute attente. Ensuite, le bébé... Inévitablement, tous ces bouleversements le perturbaient. C'était comme si le sort conspirait contre lui pour lui imposer des émotions dont il ne voulait pourtant à aucun prix.

— J'ai consulté mon médecin en plus du tien, Max. Il n'y a aucune raison de s'alarmer. Fais-moi confiance.

— Je ne peux pas m'empêcher de m'inquiéter, pour ta santé et celle du bébé.

— Tout se passera bien, assura-t-elle en montant les marches du perron. Maintenant rentrons. Il fait trop froid dehors. J'ai besoin de me réchauffer.

Elle lui lança un regard espiègle, tout à fait irrésistible. Dès le premier jour, elle l'avait ensorcelé, et le charme était plus fort que jamais. Auprès d'elle, Max se sentait incroyablement vivant...

Le cœur battant, Lisa contempla la passion qui luisait dans les yeux de Max. Elle l'aimait tant ! Si seulement cela pouvait suffire...

Elle repoussa cette pensée. Jusqu'au douzième coup de minuit du 31 décembre, elle était déterminée à profiter pleinement de chaque instant. Elle ne voulait pas encore abandonner tout espoir. Elle déverserait sur lui un déluge d'amour. Après tout, un miracle était toujours possible, non ?

Pour retarder un peu le moment où il la prendrait dans ses bras et faire durer plus longtemps le plaisir, elle entra dans le salon, où les lumières multicolores étincelaient sur l'arbre de Noël. Devant le feu de cheminée, elle fronça les sourcils.

— Quelqu'un a remis du bois ?

— Oui, c'était dans le contrat, dit Max. J'avais tout prévu, et même imaginé le scénario de ce soir.

Sa mâle assurance la transportait. En même temps pourtant, quelque chose dans son comportement l'agaçait souverainement. Son argent lui permettait d'acheter tout ce qu'il voulait. Depuis le personnel invisible qui exécutait ses ordres dans le cottage jusqu'aux diamants et aux robes de grand couturier qu'il lui avait offerts. Curieusement, malgré une irritation sourde, elle avait aussi envie de se soumettre à son pouvoir, de lui appartenir pour un moment hors du temps, hors de la réalité.

— Ah ? Quel scénario ? demanda-t-elle avec malice.

Avec un sourire provocant, elle se campa sur le tapis, devant la cheminée. Max s'approcha, lui retira son manteau — qu'il jeta négligemment sur une chaise — et prit ses mains dans les siennes, avec une solennité mêlée de tendresse.

— D'abord, je vais te déshabiller, très lentement. Puis, quand ton corps magnifique sera entièrement nu, je te coucherai là, devant le feu, pour te contempler à la lueur des flammes, et je te ferai l'amour.

— Cela me paraît parfait pour finir la journée, murmura-t-elle avec un frisson d'impatience.

C'était infiniment plus exaltant que la nuit où ils étaient redevenus amants, deux mois plus tôt. Le vin lui avait tourné la tête et avait moussé sa lucidité.

— Eh bien commençons tout de suite !

Max s'agenouilla devant elle. Il baissa la fermeture Éclair d'une longue botte noire et lui souleva le pied pour la lui ôter. Puis, tout en levant les yeux pour contempler son visage, il lui caressa la cheville et remonta le long de sa jambe, jusqu'au genou. Lisa vacilla légèrement et se raccrocha au manteau de la cheminée pour ne pas perdre l'équilibre. Quand Max s'arrêta, juste à la hauteur de l'ourlet de sa robe, elle exhala un grand soupir.

Incapable de parler, elle respirait avec difficulté. Elle ferma les paupières quand il répéta le même geste de l'autre côté, mais en montant un peu plus haut. Avant même qu'elle se rende compte de ce qui se passait, il lui enleva ses collants noirs avec une moue désapprobatrice.

— Je n'aime pas les collants.

Dans la pièce, on n'entendait que le craquement des bûches. Tandis que l'atmosphère se chargeait d'électricité, Lisa lâcha un petit rire de gorge qui la surprit elle-même.

— Ah ? ce n'est pas à ton goût ?

— Non. Je préfère les bas.

Il promena le bout des doigts sur son ventre.

— En revanche, ta culotte est très jolie. J'adore la dentelle.

— Vous êtes un coquin, Maximiliano Martinez.

— Absolument, acquiesça-t-il en posant les lèvres sur sa peau.

— Max, chuchota-t-elle, consumée par le désir.

Il s'interrompit pour la regarder.

— Viens ici ! lui ordonna-t-il.

Obéissant à l'accent impérieux et délicieusement érotique de sa voix, elle s'assit sur lui à califourchon, la robe retroussée sur les hanches. D'instinct, elle se pressa contre lui pendant qu'il glissait les mains jusqu'à ses fesses. En sentant son érection, elle se laissa aller complètement et se frotta sur son sexe. Toute réserve et toute retenue l'avaient quittée. Elle rejeta la tête en arrière.

— Quoi qu'il advienne, il nous restera toujours cela, Lisa, n'est-ce pas ?

Elle ne voulait pas réfléchir tout de suite au sens de ses paroles. En ce moment, elle se moquait de tout, sauf du plaisir incroyable qu'il lui donnait.

Elle respirait le même air que lui, s'enivrait de son souffle. Les mots lui manquèrent quand il plongea un regard lourd de désir au fond de ses yeux. De toute façon, ils n'avaient pas besoin de parler. Elle lui offrirait toute la passion dont elle était capable, et tout l'amour aussi. Si seulement il voulait bien l'accepter...

Elle se mit à l'embrasser partout sur le visage, sauf sur la bouche. Au bout de quelques instants, Max posa les paumes sur ses joues et lui prit les lèvres avec passion.

Il s'écarta pour contempler son expression. Que voyait-il ? Il ne pouvait pas être insensible à cette flamme qui la consumait et la transfigurait, si ?

Sans la quitter des yeux, il souleva le bas de la robe pour la passer par-dessus sa tête pendant qu'elle levait les bras. Puis il fit pleuvoir les baisers sur son cou et sa gorge, jusqu'à la naissance de ses seins. Frémissante, Lisa s'agrippa à ses épaules.

— Tes vêtements, soupira-t-elle faiblement quand il prit une pointe de sein entre ses lèvres, à travers la dentelle de soutien-gorge.

— Tu veux que je me déshabille ? répliqua-t-il en riant.

— Oh oui ! dit-elle sur un ton de séductrice. Je te veux nu. Complètement.

— D'accord.

Elle s'assit sur le tapis pendant qu'il s'exécutait. Les flammes jetaient une lueur orangée sur son corps sculptural et faisaient ressortir sa puissante musculature. Le désir la ravageait.

— Voilà qui est mieux, déclara-t-elle comme si elle contrôlait la situation.

Lisa se doutait qu'en réalité ils ne maîtrisaient rien ni l'un ni l'autre. Ils étaient portés par un élan irrépressible, exactement comme la nuit où ils avaient conçu leur enfant.

En l'espace de quelques secondes, elle se retrouva allongée sous le corps de Max, qui l'embrassait fougueusement. La tête lui tournait comme si elle avait bu du champagne. L'érection de Max se pressait contre son sexe. Elle s'arc-bouta à sa rencontre. Elle ne voulait plus qu'une chose : être à lui.

Tout en la dévorant des yeux, Max la débarrassa de ses sous-vêtements.

— C'est cela qui nous unit, Lisa, cette passion.

Pour elle, c'était bien davantage. Il s'agissait d'un amour fou. Au moment où elle ouvrait la bouche pour le lui dire, il dévora ses lèvres, comme s'il avait peur d'entendre un aveu trop dérangeant. Elle succomba à l'ardeur qui l'enflammait.

Les interrogations qui la torturaient continuellement s'évanouirent quand Max la pénétra. Elle se mit à bouger à l'unisson avec lui, dans un accord parfait.

Bientôt, une myriade d'étoiles explosa sous ses paupières closes. Max poussa un gémissement et lui parla en espagnol en atteignant lui aussi le summum du plaisir.

Leurs corps nus enlacés, Max et elle reposaient dans les bras l'un de l'autre. Dans l'âtre, le feu mourait doucement. Lisa demeurait immobile, de peur de rompre le charme. Ce qu'elle avait connu dans ce cottage resterait à jamais gravé dans sa mémoire. Peu importait la suite, elle se souviendrait jusqu'à la fin de ses jours de la merveilleuse intensité qu'elle avait vécue.

Max l'embrassa au creux du cou, puis effleura délicatement sa bouche, d'un geste si tendre qu'elle en fut bouleversée. Leur désir se réveilla en même temps, mais Lisa se recula légèrement.

— Tu es si belle, Lisa, murmura Max en suivant du bout du doigt la courbe de ses hanches.

— Tout est si parfait…

Il lui déposa un baiser sur les lèvres, et elle ferma les paupières, inondée de joie. Incapable de cacher plus longtemps ses sentiments, elle rendit les armes, vaincue.

— Je t'aime, Max. Pourquoi refuses-tu mon amour ? Laisse-moi t'aimer. Un jour, peut-être, tu m'aimeras aussi.

Max se figea.

— Jamais !

Il se leva, ramassa ses vêtements et quitta la pièce d'un pas furieux.

« Jamais »... Cet affreux mot, définitif, résonnait dans l'air, brisant le cœur de Lisa en mille morceaux.

9

Le lendemain matin, Max déclara qu'ils étaient obligés de rentrer à Londres plus tôt que prévu. Son travail le réclamait, et il fallait aussi organiser l'anniversaire d'Angelina. En réalité, Lisa savait très bien ce qui motivait ce retour précipité. Elle avait gâché leur séjour à cause de trois petits mots que Max ne pouvait pas entendre, et encore moins prononcer.

De retour à Londres, elle passa la journée à se reposer pendant que Max étudiait ses dossiers. Vers la fin de l'après-midi, il se mit à neiger. Derrière les carreaux, la ville disparut peu à peu dans la blancheur. Confinée dans l'appartement, Lisa se sentait prisonnière ; elle avait une envie folle de sortir pour échapper à l'atmosphère de plus en plus pesante.

Elle se dirigea vers le bureau de Max. Le halo de la lampe posée sur sa table de travail l'auréolait de lumière dorée. Lisa s'arrêta un instant sur le seuil pour le contempler. Inconscient de sa présence, il jeta son stylo avec un soupir et se passa la main dans les cheveux. Le cœur serré, elle se remémora tristement leur toucher soyeux sous ses doigts...

La dernière fois qu'elle était venue dans cette pièce, les papiers du divorce attendaient sa signature. Max et elle étaient-ils une fois de plus revenus au point de départ ? Elle avait, encore plus qu'alors, la certitude qu'elle ne retomberait jamais amoureuse. Malheureusement, son amour ne pouvait pas tout...

La fin de l'année approchait, inéluctable, avec le moment où elle quitterait Max pour élever seule son enfant. Aucun homme ne le remplacerait jamais. Cette pensée la désolait. Non seulement à cause de leur enfant, mais parce que la souffrance mystérieuse qui habitait Max anesthésiait en lui tout sentiment. Et elle regrettait amèrement de n'être pas assez forte pour pouvoir y changer quoi que ce soit.

— Je vais me promener, annonça-t-elle.

Il redressa la tête. Lisa s'obligea à rester où elle était et à ne pas s'approcher pour se jeter à son cou.

— Il neige, dit-il.

La sécheresse de son ton l'irrita. Aussitôt, elle se défendit :

— Je ne t'ai pas demandé de m'accompagner.

Sans attendre sa réponse, elle tourna les talons et attrapa son manteau. Le luxueux appartement de Max avait beau jouir d'une vue imprenable sur la Tamise, elle avait besoin d'air frais et de liberté.

Quel tyran ! songea-t-elle en claquant furieusement la porte.

La voix de Max retentit tout à coup derrière elle :

— Je n'ai vraiment pas beaucoup de temps, Lisa.

— Je n'ai pas besoin de toi, rétorqua-t-elle. J'ai grandi à Londres, je ne vais pas me perdre.

— Quel mari serais-je si je laissais ma femme enceinte se promener seule dans les rues à la nuit tombée ?

— Un mari qui n'aime pas sa femme, lança-t-elle du tac au tac, sans réfléchir.

Elle s'éloigna sur la promenade qui longeait le quai sans se soucier de lui. Des guirlandes lumineuses brillaient dans les arbres, et les lumières de la ville se reflétaient dans l'eau. Elle faillit perdre l'équilibre sur le sol glissant mais se rétablit aussitôt. Max la rattrapa par le bras.

— Marche plus doucement si tu refuses d'être raisonnable.

Elle avança encore de quelques pas avant de risquer un regard vers lui.

— Qu'est-ce qui est si déraisonnable ? Me promener sous la neige, ou t'aimer ?

Elle ne pouvait s'empêcher de le provoquer, comme si toute la pression accumulée avait absolument besoin de s'échapper.

— Je te l'ai déjà expliqué, Lisa. Tu n'es pas en cause. Il s'agit uniquement de moi. Je suis incapable de sentiments.

— Oh ! la bonne excuse ! s'écria-t-elle, furieuse. C'est si facile !

— C'est pourtant la vérité.

Il s'immobilisa.

— J'ai trop peur de ressembler à mon père, ajouta-t-il.

Le cœur de Lisa se mit à battre la chamade. Une lézarde venait de s'ouvrir dans les remparts intérieurs que Max avait érigés. Sans s'en rendre compte, il avait nommé et identifié les démons qui le torturaient.

Elle se rapprocha.

— Ce n'est pas parce que ton père vous a quittés, ta mère et toi, que tu es condamné à reproduire le même schéma.

La douceur de Lisa agissait comme un baume sur Max, mais le paralysait.

— Cela n'a rien à voir avec mon père, protesta-t-il.

Alors même que Lisa lui facilitait les choses, il refusait de se rendre à l'évidence. Il restait convaincu que, contrairement à Raul, il ne trouverait jamais l'amour et le bonheur. Obstiné, il se croyait coulé dans le même moule que son père.

— Il faut oublier le passé, Max. Tu ne peux pas vivre continuellement dans son ombre. Je suis bien placée pour le savoir. Moi, j'ai résolument tiré un trait. Pour me tourner vers l'avenir. Parce que je t'aime.

Il s'écarta. Il avait besoin d'espace pour respirer et maîtriser le tourbillon d'émotions qui l'assaillait. Il traversa la piste cyclable pour s'appuyer contre un mur de pierre, les yeux fixés sur le fleuve.

— Tu auras beau me le répéter encore et encore, cela ne changera rien. Je suis ce que je suis à cause de mon passé, et c'est irrémédiable.

Lorsqu'elle le rejoignit, Max détourna le regard pour ne pas voir l'amour qui brillait dans ses magnifiques yeux verts. Il voulait absolument garder ses distances, comme il l'avait fait avec Angelina. Après tout, cela avait marché avec sa sœur. Il avait toujours tout contrôlé, sans se sentir menacé à aucun moment.

Néanmoins, Lisa n'était pas Angelina. Elle n'avait rien de commun avec le bébé qu'il avait tant souhaité haïr parce qu'il était responsable de la mort de sa mère. Lisa était son épouse, une femme qu'il désirait passionnément, même si elle ne posséderait jamais son cœur. Avant elle, toutes les personnes qu'il avait aimées l'avaient quitté, et il s'était juré de ne plus s'exposer à la douleur infinie de l'abandon.

— Non, ce n'est pas irrémédiable, dit-elle avec douceur.

Elle se tenait devant lui, fière, courageuse. Il remarqua qu'elle était moins maquillée que d'habitude, comme si elle acceptait de se montrer davantage telle qu'elle était, sans artifices.

— Nous ne nous sommes jamais vraiment raconté nos vies avant de nous marier, observa-t-il en réfléchissant à voix haute.

Quelque part dans la nuit, une corne de brume perça le silence. Max se perdit de nouveau dans la contemplation des eaux noires de la Tamise. Il avait l'impression que son armure se craquelait, exposant le petit enfant inquiet et vulnérable qu'il demeurait à l'intérieur.

— Ni toi ni moi n'étions sans doute prêts à partager nos secrets.

Elle parlait si bas qu'il l'entendait à peine. Quand elle glissa un bras sous le sien, il serra les mâchoires.

— Mais il n'est pas trop tard, ajouta-t-elle.

Avait-elle raison ? Pouvait-il réellement lui expliquer comment il se comportait avec Angelina et avec son beau-père ? Il en voulait tellement à ce dernier de ne pas être intervenu quand sa mère avait refusé de se soigner qu'il n'osait même plus le regarder en face… Comment avouer à Lisa qu'il avait terriblement envie de l'aimer, mais qu'il ne se faisait pas assez confiance ? Il avait trop peur de lui faire du mal. Trop peur aussi qu'elle l'abandonne une fois qu'il lui aurait ouvert son cœur.

— Cela ne changera rien, marmonna-t-il.

— Je suis prête à courir le risque. Pour notre bébé, pas pour moi.

— Pourquoi resterais-tu avec un homme qui ne peut pas t'aimer et qui n'est même pas certain d'aimer son enfant ?

— Tu connais mon passé, maintenant. Tu sais pourquoi je veux un père pour mon enfant, quelqu'un de stable qui ne se contentera pas de quelques visites de temps en temps. Je préférerais être mère célibataire plutôt que d'infliger cela à mon fils ou ma fille.

Ne se conduisait-elle pas comme sa mère ? s'interrogea-t-il. Elle était prête à se sacrifier, quoique pour des raisons très différentes.

— Ce serait très dur pour toi, remarqua-t-il. Je t'ai montré le quartier où j'ai grandi quand ma mère et moi sommes venus habiter Madrid...

— Je ne vivrai pas forcément dans les mêmes conditions.

Elle l'implora du regard.

— Je tiens à être une meilleure mère que celle que j'ai eue. Je serai à l'écoute de mon enfant. Je satisferai tous ses besoins, affectifs aussi bien que matériels. Naturellement, la présence permanente de son père est souhaitable, mais uniquement dans certaines conditions.

Il contempla le halo de ses cheveux cuivrés qui voletaient au vent, ses pommettes rosies par le froid. Il savait si peu de choses sur elle... Ils s'étaient laissé emporter par leur passion débordante sans juger utile d'apprendre à se connaître.

— Tu ne m'as jamais vraiment parlé de ta mère, remarqua-t-il.

— Elle ne m'aimait pas. Pour commencer, elle ne m'a pas désirée. J'ai été livrée à moi-même dès le plus jeune âge, sans aucune aide. Dieu merci, l'exemple de mon demi-frère m'a servi de leçon. Quand il a sombré dans la délinquance, je me suis juré de sortir de l'ornière et de m'arracher à mon milieu. J'étais une bonne élève à l'école, avec d'excellents résultats qui m'ont permis plus tard de devenir kinésithérapeute. Ma mère, qui ne me pardonne pas cette réussite, ne perd pas une occasion de me rabaisser.

Max avait mal pour Lisa, qui n'avait pas connu l'amour maternel. Mais cela ne l'aidait en rien à accepter sa sensibilité, et encore moins à montrer ses émotions. En réalité, cela mettait juste la barre un peu plus haut parce qu'elle espérait davantage de lui.

— Elle est vraiment comme cela ? demanda-t-il.

Il l'avait rencontrée une semaine avant leur mariage et l'avait très peu revue, mais cela ne l'étonnait guère. C'était une femme aigrie, que les vicissitudes de la vie avaient endurcie. Mais de là à dénigrer sa propre fille ! Quel manque d'humanité...

— Oui, elle est ainsi. Mais ne perdons pas notre temps à discuter d'elle. Elle n'en vaut pas la peine. Allons plutôt de l'avant. Nous allons avoir un bébé ensemble, et je n'ai pas envie de vivre seule cette expérience, à moins d'y être obligée.

Dans un élan irrépressible, il la serra dans ses bras.

— Je serai à tes côtés, ne t'inquiète pas.

Il le pensait sincèrement. Après tout, Lisa réclamait sa présence, pas son amour, tout comme sa mère lui avait demandé vingt ans plus tôt d'être là pour sa petite sœur. Et s'il avait honoré cette promesse de veiller sur Angelina, il était capable d'en faire autant pour son enfant.

Lisa ferma les paupières en se blottissant contre Max. Puisqu'il avait enfin accepté d'entrouvrir son cœur, ils pouvaient envisager l'avenir ensemble et fonder une famille. Elle ne désirait rien d'autre — sauf l'amour de Max bien sûr, mais c'était impossible.

En rouvrant les yeux, elle fut frappée par la tristesse qui émanait de lui. Il paraissait si différent ! La dureté avait disparu de ses traits, comme s'il avait brusquement lâché prise. Elle se pelotonna contre lui.

— Il fait froid, murmura-t-elle.

Il valait mieux dire n'importe quoi plutôt que proférer encore une stupidité, comme : « Je t'aime. » Plus jamais elle ne prononcerait ces trois mots.

— Ah ! tu en conviens ! lança-t-il en riant.

Il était visiblement détendu, sans doute parce qu'il avait réussi à se décharger d'une partie de son passé.

— Tu veux rentrer ? reprit-il.

— Non, marchons encore un peu, suggéra-t-elle. C'est revigorant.

Il l'embrassa avec une tendresse qui ressemblait à s'y méprendre à de l'amour. Le corps vibrant de désir, Lisa lui rendit son baiser.

Je t'aime, Max, de tout mon cœur.

Cet aveu indicible la brûlait à l'intérieur, menaçait de l'étouffer et de rompre la digue qui contenait le tumulte de ses émotions.

Il s'écarta légèrement.

— Nous serions si bien au chaud, dans mon lit.

Une vague de désir incoercible envahit Lisa.

— En fait, à bien y réfléchir..., le provoqua-t-elle, mutine.

Il haussa un sourcil, amusé.

— Oui ?

— Tu n'as pas tort.

Il la prit par la main, et ils revinrent sur leurs pas.

— J'ai même raison ! Nous serons beaucoup mieux à la maison.

La place de Max était vide quand Lisa se réveilla le lendemain matin, mais les souvenirs de la nuit l'emplirent d'une douce langueur. Elle s'était offerte à lui avec toute la passion dont elle était capable, en espérant que le langage du corps suffirait à exprimer toute l'étendue de son amour.

Après tout, il existait mille et une manières de se faire comprendre sans avoir besoin de passer par ces trois petits mots que Max se refusait à entendre. Lui-même n'avait-il pas recours à des subterfuges ? La location du cottage, les diamants et les autres cadeaux n'en étaient-ils pas la preuve ?

Elle se leva le cœur plein d'espoir, s'habilla promptement et le trouva dans son bureau.

— Comment te sens-tu ce matin ? s'enquit-il avec une sollicitude touchante.

— Bien, merci. J'ai de moins en moins de nausées.

— Tant mieux.

Il abandonna ses dossiers pour venir l'embrasser.

— Je suis impatient de te voir dans ta robe noire, ce soir, pour l'anniversaire d'Angelina. Et encore plus impatient de te l'enlever en rentrant...

— Maximiliano Martinez, tu es incorrigible !

Il lissa une mèche de cheveux derrière son oreille.

— Mais je te plais ainsi, n'est-ce pas ? la taquina-t-il.

Elle acquiesça en riant, mais la sonnerie de son téléphone les interrompit. C'était sa mère. Elle répondit à contrecœur.

— Tu as renoué avec Max ! s'exclama celle-ci.

L'euphorie de Lisa se dissipa aussitôt, remplacée par une indignation légitime.

— Oui, maman.

— J'ai vu ça dans les journaux. Il est devenu très riche, avec la fortune dont il vient d'hériter. Cela a compté dans ta décision, j'imagine.

Comment sa mère osait-elle avancer une telle horreur ?

— Tu te trompes, je ne suis pas comme toi ! rétorqua Lisa, offusquée.

— Non ?

— Non.

Lisa s'éloigna jusqu'à la fenêtre. Elle n'avait pas envie que Max entende cet échange acerbe.

— Alors tu es enceinte ? hasarda sa mère.

Lisa appuya le front contre la vitre. Manifestement, sa mère jubilait, comme si elle espérait une catastrophe et s'en réjouissait à l'avance. Elle ressemblait à une méchante sorcière dans un livre d'enfant. Mais Lisa avait grandi et avait maintenant les moyens de se défendre.

— Oui. Max et moi sommes de nouveau ensemble et nous attendons un bébé. Je vais réaliser ce que tu n'as jamais pu obtenir pour toi. Parce que tu ne t'es jamais respectée suffisamment.

— Tu crois qu'un homme comme Max peut réellement t'aimer ? Combler tes rêves de bonheur comme dans ces comédies romantiques et sentimentales que tu regardais adolescente ?

Consternée par tant de méchanceté, Lisa accusa le coup.

— J'aime Max, et cela me suffit. Je ne suis pas comme toi.

Un bruit la fit se retourner. Qu'avait entendu Max, exactement ? Il s'éclipsa au moment où sa mère mettait un terme à la conversation :

— Eh bien je ne veux pas te déranger davantage. Profite bien de l'instant présent car cela ne durera pas longtemps.

— Au revoir, maman.

Lisa jeta son téléphone sur la table basse et rattrapa Max dans le couloir.

— Laisse-moi, je ne suis pas d'humeur à discuter, dit-il.

Il s'était de nouveau retranché derrière son armure, alors que cinq minutes plus tôt elle l'avait senti si proche.

— Max...

— Arrête d'essayer de m'obliger à t'aimer.

— Mais...

Les yeux étincelant d'une colère inexplicable, il la dominait de toute sa hauteur.

— Cesse d'espérer un bonheur illusoire ! Ne demande pas l'impossible.

— Je cherche seulement la meilleure solution pour mon enfant ! s'écria-t-elle avec une amertume douloureuse. Je croyais sincèrement aux bienfaits de ta présence. Mais avec tes sautes d'humeur incompréhensibles, je n'en suis plus aussi certaine.

— Alors va-t'en, conclut-il d'un ton sec.

— Oh ! C'est bien ce que j'ai l'intention de faire.

Elle tourna les talons pour lui cacher ses larmes, mais il la rattrapa par le bras.

— Attention, Lisa ! Tu restes avec moi jusqu'au 31 décembre.

Elle se dégagea de sa poigne.

— Non, je pars tout de suite, le défia-t-elle, bravache, les poings sur les hanches.

— Angelina nous attend tous les deux ce soir pour fêter ses vingt et un ans. Tu seras à mes côtés.

10

Un peu à l'écart, Max regardait sa sœur en train de rire et de s'amuser avec ses amis, une flûte de champagne à la main. Grande et mince, avec des cheveux très noirs comme leur mère, Angelina était ravissante dans la robe de soie crème qu'elle avait choisie avec Lydia chez un grand couturier. En plus de cette toilette somptueuse, Max lui avait offert un luxueux appartement au centre de Londres, où elle pourrait mener son existence en toute indépendance, libérée de tout souci matériel.

Il avait du mal à croire que sa sœur était une adulte à part entière et qu'elle n'avait plus besoin de lui. Mais il serait bientôt responsable d'un autre petit être. Si toutefois Lisa l'autorisait à tenir son rôle de père, ce dont il n'était plus du tout sûr depuis leur dispute.

— Angelina respire la joie de vivre, observa Lisa en s'approchant.

En proie à un inexplicable mélange de colère et de déception, il n'avait pas encore surmonté la confusion de ses émotions. Les aspirations de Lisa, son insatiable besoin d'amour et de bonheur, l'atteignaient au plus profond, dans un endroit qu'il avait toujours soigneusement dissimulé à autrui.

— J'en suis heureux pour elle, répliqua-t-il, laconique.

— Pour tout à l'heure...

Il l'interrompit aussitôt :

— Si tu fais allusion à ta conversation avec ta mère, je t'ai trouvée blessante. Humiliante, même. Je n'aurais jamais cru cela de toi. T'ériger ainsi en juge...

— Tu n'as pas entendu ce qu'elle m'a dit.

— Qu'importe. Cela me suffit.

— Cela te suffit pour quoi ?

Ses boucles d'oreilles caressaient sa peau si douce, là où il l'avait embrassée avec tant de ferveur. Comment s'y prenait-elle pour toujours semer le trouble dans ses pensées ?

Il se concentra sur la décision qu'il avait prise.

— Je t'aiderai financièrement en te versant une pension alimentaire. Mais nous ne pourrons pas vivre ensemble.

Lisa retint son souffle.

— Finalement, tu veux divorcer ?

— Cela vaudra mieux. Mais je revendique mon rôle de père. En attendant, nous n'avons plus que deux jours à nous supporter...

Elle le foudroya du regard.

— Pardon ? Tu crois vraiment que je vais continuer à jouer la comédie ?

— Oui, si tu veux des compensations matérielles. Je ne veux pas donner lieu à des commentaires désobligeants dans la presse et le monde que je fréquente. J'ai déjà défrayé la chronique avec l'histoire de mon frère et de mon héritage, je ne tiens pas à refaire les gros titres des journaux.

— Tu es...

— Insensible ? Cruel ? Impitoyable ? suggéra-t-il comme elle cherchait ses mots.

— Oui, et bien davantage encore ! répliqua-t-elle d'un air pincé.

— En tout cas, abstiens-toi de provoquer un scandale, murmura-t-il en se penchant à son oreille. Contente-toi de sauver les apparences.

— Je n'en vois guère l'utilité.

Néanmoins, elle grimaça un sourire de circonstance qui le soulagea. Il avait vraiment été idiot de se laisser prendre à ses belles paroles ! En réalité, Lisa ne cherchait qu'à se venger de la vie en se persuadant qu'elle avait réussi là où sa mère avait échoué. Dire qu'il avait failli lui ouvrir un cœur qu'il avait cadenassé depuis longtemps ! Heureusement qu'il s'était ressaisi.

Attiré malgré lui par la ligne de son décolleté, il détourna le regard et appela un serveur.

— Je n'ai pas du tout envie d'annoncer à Raul que mon mariage bat de l'aile encore une fois, expliqua-t-il. J'ai trop d'orgueil pour admettre mon échec.

Il lui tendit un cocktail à la fleur de sureau. Elle le prit et en but une gorgée.

— En fait, tu es très soucieux de l'avis des gens, mais tu te moques éperdument de ce que je ressens.

Elle s'écarta pour parler à quelqu'un. Max la suivit des yeux sans pouvoir s'en empêcher. Son fourreau noir mettait magnifiquement en valeur les courbes de sa silhouette, et ses cheveux relevés en chignon dégageaient son cou gracile et élégant. Il serra les poings. Ce n'était pas le moment d'éprouver du désir.

— Oui, je fais attention à ce que les autres pensent, bien sûr, dit-il quand elle revint vers lui. Je n'ai pas envie de mettre une fausse note dans la soirée d'Angelina.

— En ce qui me concerne, elle est gâchée, rétorqua Lisa, agressive.

— Tu parles trop fort. Ce n'est pas la peine de le clamer sur les toits.

— Je m'en moque.

Quand elle lui tourna ostensiblement le dos et s'éloigna, il se retint de la suivre. Dans l'humeur où elle était, cela provoquerait une dispute superflue.

Il se dirigea vers le bar et commanda un whisky.

— Les bouleversements hormonaux qui accompagnent la grossesse influent forcément sur l'équilibre.

La voix de Raul le tira de sa morosité. Son frère paraissait à l'aise et détendu, beaucoup plus que lui en tout cas.

— Cette période de l'année est aussi très fatigante, répliqua Max en guise d'explication. Nous avons beaucoup bougé.

— Comment s'est passé Noël dans la campagne anglaise ?

La gentillesse et la bonne humeur de Raul irritaient Max. Il savait que c'était injuste et s'efforça de se calmer. Il opta pour la sincérité, même s'il était tenté de faire semblant de rien :

— Très bien. Au début...

— Mais ?

— Nous avons des aspirations différentes, Lisa et moi. Je ne peux pas exaucer tous ses rêves.

Raul hocha la tête.

— Toi seul possèdes la solution, Max.

Ils se comprenaient à demi-mot. Max n'avait-il pas surpris Raul au beau milieu d'une violente dispute avec Lydia, le jour où il avait fait sa connaissance ? Depuis, son frère avait manifestement réussi à débrouiller l'écheveau compliqué de ses relations sentimentales. Il suffisait de le regarder avec sa femme pour savoir qu'il était heureux.

Il décida de changer de sujet :

— As-tu eu des nouvelles de Carlos ?

Carlos Cardozo avait été l'homme de confiance de leur père. À la mort de ce dernier, il avait ourdi une machination pour récupérer la Banco de Torrez, l'entreprise familiale.

— Il a démissionné du conseil d'administration. Lui qui croyait racheter la société pour une bouchée de pain, il ne s'en est pas remis. Il pensait que j'épouserais Lydia au lieu de rechercher ta trace. Il a raté son coup, mais j'ai bien failli me laisser convaincre !

Au cours de la soirée qui les avait réunis, les deux frères avaient patiemment reconstitué le puzzle du testament de leur père. Ils étaient arrivés à la conclusion que Maximiliano Valdez souhaitait plus que tout les voir diriger conjointement la Banco de Torrez. La clause concernant le mariage avec Lydia était supposée pousser Raul dans cette direction.

— Finalement, tu n'as même pas choisi entre les options puisque tu as réalisé les deux, commenta Max.

— Oui. J'ai pris conscience que je serais un imbécile si je laissais échapper la femme que j'aime. Tu comprendras un jour, mon frère.

— Je n'en suis pas certain.

Max inspira profondément avant de détourner les yeux pour ne plus voir le sourire satisfait de Raul.

— Tu ne peux pas éternellement rester en retrait, ajouta Raul en lui donnant une tape sur l'épaule. Il faudra te rendre à l'évidence. Et maintenant excuse-moi, j'ai promis à ma femme de danser avec elle.

Max le regarda s'éloigner, pensif. Il avait compris l'allusion, mais son frère se trompait. Il avait à tout jamais banni l'amour de son existence. Le comportement irresponsable de leur père, qui en plus lui avait donné le même prénom que lui, l'avait définitivement vacciné contre ce genre d'errements.

L'attention de Lisa fut attirée par le couple que formaient Raul et Lydia Valdez, tendrement enlacés sur la piste de danse. Avec un pincement de jalousie, elle se cramponna à son cocktail à la fleur de sureau. Ils avaient l'air tellement amoureux...

Elle se mit à déambuler avec lenteur parmi les groupes d'invités qui riaient et bavardaient joyeusement. Après ce que Max lui avait annoncé, cette fête était vraiment le dernier endroit où elle aurait choisi de passer la soirée. La perspective de se retrouver seule dans son petit appartement n'avait rien d'enthousiasmant, surtout après les propos que lui avait tenus sa mère.

De l'autre côté de la pièce, elle aperçut Max en grande conversation avec les joueurs de son équipe de football et leurs compagnes. Les femmes étaient élégantes dans leurs robes de soirée, les hommes arboraient des smokings impeccables, mais Max éclipsait tout le monde par sa prestance et sa supériorité naturelles.

— Tu as l'air perdue dans tes pensées.

Lisa sursauta, surprise.

— Angelina. Je suis vraiment contente de te revoir. Bon anniversaire !

La sœur de Max avait beaucoup changé en huit mois. Elle avait gagné en assurance et en beauté. Lisa l'appréciait beaucoup et avait plaisir à la revoir. Angelina leva son verre avec un grand sourire.

— Alors c'est vrai ?

— Quoi donc ? demanda Lisa en fronçant les sourcils.

— Vous êtes réconciliés, Max et toi.

Sans laisser à Lisa le temps de répondre, elle la serra dans ses bras.

— Je le savais !

— Nous avons juste passé Noël ensemble, dit prudemment Lisa en éludant la vérité.

Ce n'était pas à elle d'annoncer le divorce imminent ni d'en préciser les raisons.

— Je dois aussi te féliciter pour l'autre bonne nouvelle : tu es enceinte, c'est merveilleux ! Mais comment Max le prend-il ?

Lisa se racla la gorge, nerveuse.

— Que veux-tu dire ?

— Ah ? tu n'es pas au courant ? s'écria Angelina, l'air un peu surprise.

Elle termina sa flûte de champagne, la posa sur un plateau et prit sa belle-sœur par le bras pour la conduire à l'écart, loin du bruit de la fête. Lisa n'avait aucune idée de ce qui allait suivre et s'interrogeait, anxieuse.

— Ma mère, la mère de Max, est morte quand j'avais deux ans, commença Angelina.

— Oui, je sais.

— Est-ce qu'il t'a aussi expliqué que son cancer avait été diagnostiqué pendant sa grossesse et qu'elle a retardé son traitement pour moi ? Elle a refusé de se soigner pour me garder en vie.

Elle parlait avec un débit précipité. Manifestement, sa nature enjouée cachait des blessures encore vives. Bouleversée par cette révélation, Lisa posa une main réconfortante sur son bras.

— Oh ! je ne le savais pas ! Cela a dû être très dur pour toi.

— J'en ai souffert très longtemps, en grande partie à cause de Max. Il m'écrasait de son autorité. Il se disputait constamment avec mon père pour imposer ses vues sur mon éducation, depuis ce que je mangeais jusqu'à l'école où il fallait m'inscrire. C'était insupportable !

— J'ai un demi-frère plus âgé qui est tout le contraire, confia Lisa. Il se moque éperdument de moi.

— Je préférerais encore cela ! s'écria Angelina en riant. Tu comprends maintenant pourquoi je m'inquiète des réactions de Max ? Mais ne lui raconte pas tout cela, je t'en prie.

— Sois tranquille.

Tout s'expliquait, songea Lisa. La venue d'un bébé devait beaucoup perturber Max, en effet. Mais pourquoi demeurait-il si secret, dans l'incapacité totale de se confier, d'avouer ses appréhensions ? Elle en déduisit qu'il n'avait aucune confiance en elle. Décidément, il fallait affronter la réalité. Elle n'avait aucun regret à avoir. Même pour le bébé, ils n'auraient pas pu vivre ensemble,

— Je vous cherche partout ! lança Max.

Il venait de les rejoindre et semblait irrité.

— Tu ne te sens pas bien, Lisa ? reprit-il.

— Tout va bien, ne t'inquiète pas, répondit Angelina. Nous avions juste envie de bavarder un peu.

— Tes invités te réclament, reprocha-t-il à sa sœur.

Agacée par son ton impérieux, Lisa fut tentée de se rebeller et de tomber le masque des convenances, juste pour le plaisir de l'ennuyer. Seule la pensée d'Angelina la retint. Après les confidences que sa belle-sœur venait de lui faire, il aurait été dommage de gâcher sa soirée d'anniversaire.

— Qu'aviez-vous besoin de disparaître, toutes les deux ? demanda Max.

Lisa se hérissa d'indignation. Il se comportait avec elle exactement comme avec sa sœur. Il voulait tout contrôler sans rien donner en retour. Mais peu importait désormais, puisque tout était irrémédiablement fini. Elle capitula intérieurement. Il ne serait jamais sensible à l'amour qu'elle avait pour lui, parce qu'il était incapable de dépasser les sensations physiques pour accéder à l'authenticité. Or, le désir ne suffisait pas à instaurer des liens durables.

— Ta sœur voulait me féliciter, répondit-elle avec colère.

Comme il la regardait sans comprendre, elle fut obligée de préciser :

— Pour le bébé.

« Le bébé... »

En parvenant jusqu'à sa conscience, ces deux mots accentuèrent l'irritation de Max. De quoi se mêlait Angelina ? Comme d'habitude, elle cherchait uniquement à le contrarier.

Aussitôt, son sentiment de culpabilité le rattrapa. Il n'avait jamais été capable d'aimer sa petite sœur, pas plus que Lisa ou quiconque d'autre. Comment diable pourrait-il être un père convenable dans ces conditions ? Il avait raison de vouloir divorcer : Lisa et le bébé se sentiraient beaucoup mieux sans lui. Finalement, la conversation téléphonique qu'il avait surprise entre Lisa et sa mère était venue à point nommé pour l'aider à prendre sa décision.

— Vous discuterez plus tard, toutes les deux ! J'ai envie de danser avec ma femme, déclara-t-il dans un mouvement d'humeur.

Ce n'était pourtant pas la meilleure chose à faire en ce moment. Le désir affectait ses sens et lui brouillait les idées. Néanmoins, sous le regard moqueur de sa sœur, il conduisit Lisa fermement vers la piste de danse.

Il commençait à en avoir assez. Depuis que les journaux avaient dévoilé l'existence de son frère, une force mystérieuse semblait le repousser vers un passé qu'il avait pourtant soigneusement refoulé.

— Tu pourrais être plus gentil avec ta sœur, lui reprocha Lisa, ajoutant encore à ses remords.

— Elle a toujours besoin de tester mes limites, répliqua-t-il sèchement.

Il évitait soigneusement le regard de Lisa, comme s'il avait peur d'être happé par un désir qu'il ne maîtrisait pas. Puisqu'il avait décidé de divorcer, il était plus sage d'entretenir sa colère, légitime ou pas.

— Je comprends ce qu'elle ressent, murmura-t-elle très doucement.

— Parce que tu te compares à elle ? maugréa-t-il en grinçant des dents.

Angelina et Lisa avaient le don de le faire sortir de ses gonds.

Lisa s'immobilisa.

— Parce que mon demi-frère, qui était aussi plus âgé que moi, me détestait.

Max se figea. D'où lui venait une idée pareille ?

— Je ne déteste pas Angelina, grogna-t-il.

— En tout cas, tu n'as pas l'air d'un grand frère affectueux.

Elle hésita un instant.

— Que je suis bête de dire une chose pareille ! ironisa Lisa. De toute manière, tu n'es pas capable d'affection, n'est-ce pas ?

Il resserra son étreinte.

— Ne fais pas cela, Lisa. Pas ici. Pas pour l'anniversaire d'Angelina.

— Ne fais pas quoi ? Ne dis pas la vérité ?

— Tu n'as aucune idée des relations que j'entretiens avec ma sœur.

Leur échange acerbe commençait à attirer l'attention parmi les couples qui évoluaient autour d'eux.

— Cela prouve à quel point nous sommes étrangers l'un à l'autre et mal assortis, décréta-t-elle.

Puis, sans attendre sa réponse, elle se dégagea pour s'éloigner, la tête haute.

Max s'assombrit mais ne bougea pas. Si elle voulait jouer à ce genre de jeu avec lui, elle serait déçue. Il ne courait jamais après une femme.

Mais ce n'est pas n'importe quelle femme ! C'est la tienne, et elle porte ton enfant.

Lisa était tellement en colère qu'elle avait de la peine à marcher sur ses hauts talons. Elle n'avait plus envie d'arrondir les angles avec Max. Surtout maintenant qu'il était question de divorcer…

Finalement, elle ne valait pas mieux que sa mère. Elle avait échoué sur toute la ligne.

— Lisa, que se passe-t-il, tu es livide !

Lydia l'avait saisie par le bras. Lisa poussa un long soupir de lassitude. De toute façon, c'était trop lourd à porter, il valait mieux parler à quelqu'un.

— Max…

— Cela ne sert à rien de prendre la fuite. Viens avec moi et raconte-moi tout.

Lisa lui sourit.

— Tu es sans doute bien placée pour me comprendre puisque tu as dompté un frère Valdez ! Quoique Max refuse cette parenté.

Lydia répondit par un éclat de rire avant de redevenir sérieuse.

— Il t'aime, Lisa, cela saute aux yeux. Tout comme il est évident que tu l'aimes. Vous êtes faits l'un pour l'autre. Max finira bien par accepter d'être un Valdez, tout comme il admettra ses sentiments pour toi.

En revenant avec Lydia dans la grande salle illuminée, Lisa croisa immédiatement le regard de Max.

— Tu vois bien qu'il ne te quitte pas des yeux, dit Lydia en prenant des rafraîchissements sur un plateau.

— Il veut divorcer, annonça brutalement Lisa en tournant le dos à Max.

— Mais non ! S'il est comme son frère, il sait exactement ce qu'il veut. Simplement, il croit que c'est hors de sa portée et s'imagine qu'il est incapable d'aimer.

Lisa scruta le visage de Lydia.

— Il t'est arrivé la même chose avec Raul ?

— Oui. Le jour où je me suis sauvée du restaurant, j'étais persuadée que tout était fini et qu'il ne m'aimerait jamais.

— Qu'est-ce qui a changé ?

— Pour Raul, sa rencontre avec Max. Elle lui a permis de vaincre les fantômes du passé.

— Je peux me joindre à vous ?

Lisa sursauta au son de la voix de Max. Qu'avait-il entendu exactement ? Elle se retourna vivement.

— C'est impoli d'écouter les conversations des gens. Et très indiscret.

Il haussa les sourcils avec une expression qui avait le don de la faire fondre. Même maintenant.

— C'est peut-être la seule façon de savoir ce que les autres pensent de moi. Viens danser.

Danser ? Après l'humiliation qu'elle venait de lui infliger ? Avait-il perdu l'esprit ? Juste à ce moment-là, Raul s'approcha pour emmener sa femme.

— Tu plaisantes ! lança-t-elle en haussant les épaules.

— Pas du tout. Une mise au point s'impose, et cette fois-ci je ne te laisserai pas t'échapper. Tu vas m'écouter jusqu'au bout.

Il lui retira son verre d'autorité et l'entraîna dans un tourbillon, tout en la tenant d'une manière qui parut à Lisa dangereusement intime. Mais pour lui, il s'agissait seulement d'imposer sa loi...

— Eh bien, qu'as-tu de si important à me dire ? demanda-t-elle d'un ton hautain.

— J'exige que tu remplisses ton contrat.

— C'est-à-dire ?

— Que tu joues ton rôle d'épouse jusqu'au 1er janvier.

— Pourquoi ?

— C'était entendu ainsi. Tu étais d'accord.

— Cela n'a plus aucun intérêt.

— Raul et Lydia ont retardé le départ de leur voyage de noces pour être avec nous le 31 décembre. Ils m'interrogeront sur ton absence.

— Invente n'importe quoi. Que je suis malade, par exemple.

— Non, rétorqua-t-il avec une rage sourde. Tu seras à mes côtés. Je le veux.

— Pour ne pas être obligé d'admettre ton échec à ton frère ? Ou à toi-même ? Ou à Angelina ?

— Qu'a Angelina à voir là-dedans ?

— Elle fait aussi partie de ton passé, Max. Si tu avais eu suffisamment confiance en moi pour me parler, pour me raconter ta vie, cela aurait peut-être pu marcher entre nous.

Lisa luttait pour refouler ses larmes et se raccrochait à la colère pour ne pas sombrer dans le désespoir.

— Peu importe. Pour l'instant, je suis dans le présent, avec toi. Les journaux ont focalisé sur moi une attention qui me dérange. Jusqu'à ce que Raul et moi ayons définitivement réglé le problème, toi et moi resterons mariés, et on nous verra ensemble le 31 décembre.

— Et si je refuse ?

— Ce n'est pas négociable.

11

Les invités commençaient à arriver pour la grande soirée du 31 décembre, et Max faisait les cent pas dans le hall du palace, nerveux et de plus en plus furieux. Il guettait les limousines qui s'arrêtaient devant l'entrée. Tout le monde avait l'air tellement joyeux ! Était-il le seul à se sentir aussi mal ?

Il s'efforça de ne pas se remémorer pour la énième fois son retour à l'appartement après la fête d'anniversaire d'Angelina. Lisa avait prétexté une migraine pour partir avant lui. Mais elle n'était pas là et avait juste laissé un mot sur le lit, ce lit où ils avaient partagé tant de plaisir…

Je ne peux plus jouer la comédie, Max. Et toi, tu ne pourras jamais m'offrir ce que je veux.

Il avait failli se lancer à sa poursuite et aller la chercher dans le petit studio où elle vivait avant leur mariage pour la ramener de force. Mais il n'avait pas bougé. Il n'avait jamais couru après une femme et n'allait pas commencer à son âge.

Réprimant un juron en espagnol, il alla se planter devant l'entrée. Et s'il lui était arrivé quelque chose ? Si elle était malade ?

Non. Elle cherche juste à t'inquiéter. Ne lui donne pas cette satisfaction.

Ce qui était arrivé à sa mère ne se reproduirait pas. Il avait fini par s'en convaincre et se tranquilliser à ce sujet. Du coup, une fois débarrassé de cette peur irrationnelle qu'il avait enfin maîtrisée, il était parvenu à s'apaiser et à y voir plus clair. L'horizon se dégageait. Il avait été même sur le point d'admettre l'impossible quand le comportement de Lisa l'avait rattrapé. Il avait bien failli se ridiculiser en cédant à la faiblesse.

Pendant qu'il remuait ces sombres pensées, Raul arriva avec Lydia. Vêtue d'une magnifique robe en lamé or, elle irradiait la beauté — et surtout l'amour. Le regard que le couple échangea devant lui ébranla Max jusqu'au plus profond. Il eut l'impression d'observer de très loin un idéal merveilleux mais inaccessible, qui resterait à jamais hors de sa portée.

« Je t'aime, Max. Pourquoi refuses-tu mon amour ? Laisse-moi t'aimer. Un jour, peut-être, tu m'aimeras aussi. » Les paroles que Lisa avait prononcées au cottage le narguaient maintenant avec une violence inouïe. Sur le moment, il s'était bouché les oreilles. Mais maintenant, il comprenait.

— Max, où est Lisa ? demanda Lydia d'une voix inquiète.

Elle paraissait sincèrement préoccupée. Les deux femmes s'étaient très vite liées d'amitié, et Max se demanda si Lisa s'était confiée à sa belle-sœur. Lui avait-elle parlé du divorce ?

— Elle est en route, répondit-il, laconique.

— Ah bon ? Elle n'était pas avec toi ? s'écria Lydia, suspicieuse.

Il soupira.

— Elle avait des occupations cet après-midi et a insisté pour me rejoindre par ses propres moyens.

Quand elle avait enfin répondu au téléphone, la veille, elle s'était montrée intraitable, proclamant haut et fort son indépendance. En début de soirée, il avait donc simplement envoyé une voiture la chercher, en confiant au chauffeur les diamants qu'il lui avait offerts pour la rappeler à ses devoirs. Elle aurait déjà dû être là. Que faisait-elle ?

Un horrible pressentiment l'envahit. Au même moment, son téléphone vibra dans sa poche intérieure. C'était un message du chauffeur, l'informant que « Mme Martinez » l'avait congédié.

— Un problème ? s'enquit Raul.

— Lisa est en retard. Allons-y, entrons.

Figeant son plus beau sourire sur ses traits, il accompagna le couple à l'intérieur. Il resta un peu en retrait derrière eux. Comment pourrait-il prendre part à la gaieté ambiante alors qu'une douleur atroce lui comprimait le cœur ?

Non seulement Lisa l'avait quitté, mais elle lui faisait faux bond en revenant sur sa promesse.

Comme absent à lui-même, il jeta un regard vide dans la pièce. Assis devant un immense piano à queue, un musicien jouait une mélodie en fond sonore, mais les rires et les conversations animées dominaient.

— Tiens, dit Raul en lui tendant un whisky. Apparemment, tu en as besoin.

Max fit tourner le liquide ambré dans son verre.

— Où est Lydia ?

— Avec des amis. Maintenant dis-moi ce qui se passe.

La première impulsion de Max fut de nier. Mais le lien qui s'était immédiatement établi entre son frère et lui le poussait à être honnête. Et à admettre son échec.

Il avala le whisky d'un coup.

— Nous allons divorcer.

Raul jura violemment en espagnol.

— C'est elle qui a demandé le divorce ? demanda-t-il.

— La première fois, oui, mais c'était avant de savoir qu'elle était enceinte.

— Et tu es d'accord ?

— Maintenant, oui.

— Ne restons pas ici pour discuter. Allons au bar.

Max le suivit volontiers. De toute façon, il avait envie de parler à quelqu'un. Pour se rassurer, savoir qu'il avait pris la bonne décision.

Pendant qu'il s'enfonçait dans un confortable fauteuil en cuir, devant la fenêtre, Raul alla chercher deux autres whiskys. Malgré lui, Max épiait l'arrivée des voitures. Mais Lisa ne viendrait pas. À cause de lui, de son stupide entêtement.

— Qu'est-ce que c'est que cette histoire ? demanda Raul, l'air sévère, en prenant place en face de lui.

Il lui infligea ensuite une longue tirade pour lui expliquer qu'il évitait l'amour, et que ce comportement était complètement stupide. Non seulement il faisait souffrir inutilement Lisa mais tout le monde autour de lui. Ainsi, Angelina ne le supportait plus.

— C'est mieux ainsi, déclara Max avant de serrer les mâchoires.

— N'importe quoi ! grogna Raul. Es-tu devenu complètement idiot ? Tu ne vois pas qu'elle t'aime ?

— L'amour n'est pas tout.

La digue qui contenait ses émotions depuis si longtemps se rompit brusquement :

— D'ailleurs, ni toi ni moi n'en avons jamais reçu de notre père. Tu ne vas pas me démentir.

Raul se pencha vers lui.

— Je m'en suis remis, et tu ferais bien d'en faire autant. Sinon, tu le regretteras jusqu'à la fin de tes jours.

Max grinça des dents en fronçant les sourcils tandis que les paroles de la mère de Raul lui revenaient en mémoire : « Ne fuyez pas la vérité, Maximiliano. Affrontez-la, au contraire. Apprivoisez-la pour en faire une amie, au lieu de la considérer comme votre ennemie. » Était-ce cela la vérité, qu'il ne ressemblait pas nécessairement à son père ? S'il n'y avait pas de fatalité, il pouvait sans doute devenir l'homme qu'il avait envie d'être.

— Le jour où nous nous sommes rencontrés, commença Raul en se levant, tu m'as conseillé de régler mes problèmes sentimentaux. Aujourd'hui, je te retourne le conseil. Regarde la réalité en face, Max. Ne laisse pas le passé imposer sa loi et te gâcher l'avenir.

Max inspira profondément.

— J'y réfléchirai.

— Agis au lieu de réfléchir. Et sans tarder.

Raul tira sur sa veste de smoking comme s'il venait de se battre physiquement avec son frère et qu'il avait besoin de remettre de l'ordre dans sa tenue.

— Et maintenant, excuse-moi, j'ai envie d'être avec ma femme.

Max le regarda partir, maussade. En rejetant une épouse qui l'aimait et qui portait son enfant, il se comportait encore plus mal que son père. Son verre était vide. Il le reposa sur la table avec une brutalité qui n'était pas sans rappeler la manière dont il avait traité Lisa.

La femme qu'il aimait.

La vérité le glaça. Il avait rejeté l'amour pour ne pas ressembler à son père, parce que les sentiments n'apportaient que du chagrin, du rejet et de la déception. Mais il s'était trompé. Gravement.

En fait, son père s'était montré incapable de donner et de recevoir de l'amour. Si lui s'autorisait à aimer, il se démarquerait totalement de son géniteur et deviendrait un homme meilleur. Pourquoi lui avait-il fallu aussi longtemps pour s'en rendre compte ? Il avait repoussé tant de gens autour de lui... Son beau-père. Sa sœur. Et, pis que tout, Lisa.

Lisa s'obligea à respirer à fond pour tenter de calmer les battements précipités de son cœur. Après ce que Max lui avait dit, pourquoi était-elle venue ici ? Pour revoir ses yeux empreints de froideur ? Éprouver une dernière fois les effets de sa colère et de son rejet ? Espérait-elle étouffer ainsi définitivement son amour pour lui ?

Le taxi noir se gara devant l'entrée d'un des plus prestigieux palaces de Londres au moment où Big Ben sonnait la demie de 23 heures. Plus qu'une demi-heure et tout serait fini. Elle aurait au moins tenu sa promesse.

Elle toucha sur sa peau les diamants que le chauffeur de Max lui avait remis. Au départ, elle avait pensé les lui renvoyer sans un mot d'explication. Puis un autre plan s'était formé dans son esprit : elle les lui redonnerait en personne pour sceller la rupture.

— Voulez-vous vous rendre à une autre adresse ? lui demanda le conducteur.

Il avait sans doute remarqué qu'elle hésitait à descendre.

Elle se décida à payer le prix de la course et ouvrit la portière. L'air glacial la saisit. Elle frissonna. L'énormité de ce qu'elle s'apprêtait à faire l'effrayait. D'ici à quelques instants, elle aurait irrévocablement tourné le dos à son mariage et à l'homme qu'elle aimait...

Elle releva légèrement sa robe en soie vert émeraude et s'avança d'un pas mal assuré sur ses chaussures à hauts talons. Elle les avait achetées dans l'après-midi, preuve si besoin était qu'elle comptait bien venir à la soirée. Pour revoir Max une dernière fois avant de recouvrer sa liberté.

Après avoir donné son manteau noir au vestiaire, elle se sentit soudain très exposée, avec l'impression que ses bijoux pesaient horriblement lourd. Dieu merci, elle serait bientôt délivrée de ce poids.

La tête haute, Lisa monta le grand escalier. Elle se figea sur le seuil du grand salon étincelant de lumière, où se tenait probablement la fête londonienne la plus éblouissante du Nouvel An. Elle s'imagina en Cendrillon, mais une Cendrillon d'un nouveau genre, qui arrivait juste avant les douze coups de minuit. Même si le conte de fées se terminait mal, elle aurait au moins la satisfaction d'avoir assisté au bal.

Tandis qu'elle jetait un regard circulaire, le bruit des conversations et de la musique se mit à résonner sourdement à ses tempes. Mais peut-être était-ce le battement de son cœur. Car Max était là, devant elle, immobile…

Dans un conte de fées, il lui aurait souri avec des yeux débordant d'amour. Et se serait précipité à sa rencontre pour la prendre dans ses bras et l'embrasser avec passion. Puis il l'aurait entraînée sur la piste de danse dans un tourbillon virevoltant.

Malheureusement, elle ne se trouvait pas au pays des rêves, mais dans la réalité.

Superbe et élégant dans son smoking noir, Max la considérait d'un air sombre et orageux.

À la vue de Lisa, Max s'arrêta de respirer. Dans sa robe de soie verte qui la moulait comme une seconde peau, elle lui fit l'effet d'une apparition. Ses cheveux cuivrés rassemblés en un chignon de boucles dégageaient son cou gracile et la courbe de ses épaules. Les diamants suspendus à ses oreilles et son collier étincelaient à la lumière. Il avait envie de caresser et d'embrasser sa peau.

Elle était venue…

La bouche sèche, Max fut envahi par un immense soulagement ; qui fut cependant de courte durée lorsqu'elle darda sur lui ses grands yeux verts fascinants.

Autour de lui, les gens continuaient à bavarder et à danser, mais il se sentait incapable de bouger. Devait-il avancer ou reculer ? En quittant le bar une minute plus tôt, il ne s'attendait pas à affronter son destin aussi vite. Il avait imaginé une longue traversée de Londres en voiture, qui lui aurait donné le temps de se préparer et de répéter son petit discours. Car une deuxième chance ne se représenterait pas. Il fallait réussir du premier coup.

La femme qu'il aimait s'approcha, comme au ralenti. Comment lui avouer qu'il voulait passer auprès d'elle le reste de ses jours ? Tout était encore si nouveau, si fragile...

Elle s'arrêta à quelques pas de lui. Les diamants brillaient de mille feux sur sa peau pâle, et elle avait manifestement du mal à respirer. Ses traits demeuraient indéchiffrables.

Autour d'eux, on commençait à s'interroger en les regardant. Ils devaient dégager une intensité émotionnelle qui fascinait les gens malgré eux.

Lentement, elle recommença à marcher. La soie bruissait autour de son corps, l'auréolant d'un nuage éthéré. La lueur qui brillait au fond de ses yeux verts terrifiait Max. L'amour qu'il y avait lu naguère avait disparu. À cause de lui. Il avait tout fait pour cela.

Quand elle fut devant lui, tout près, son parfum entêtant envahit ses sens, rendant impossible toute pensée rationnelle. Tout le monde les observait désormais, mais il n'en avait cure. En ce moment précis, une seule chose comptait pour lui : livrer à Lisa le fond de sa pensée.

— Je voudrais danser, déclara-t-elle d'une voix sans timbre, étrangement désincarnée.

— Avec plaisir, répondit-il en lui offrant son bras.

Il aurait dû se réjouir de sentir ses courbes sous ses mains, la chaleur de son corps. Pourtant, il n'éprouvait qu'une sensation aigre-douce. Le regard absent qu'elle fixait sur lui n'augurait rien de bon.

Il voulait lui demander pourquoi elle s'était décidée à venir alors qu'il s'était comporté d'une manière aussi cruelle. Allait-elle lui donner une deuxième chance ? Mais les mots s'étranglèrent dans sa gorge. Il n'arrivait pas à parler.

— J'ai tenu à honorer mon contrat, déclara-t-elle enfin, comme si elle lisait dans ses pensées et avait deviné sa question muette.

Le timbre de sa voix lui fit froid dans le dos.

— J'en suis heureux, répondit-il.

— Vraiment ? lança-t-elle en haussant un sourcil, surprise.

— Il faut que nous parlions, Lisa.

Il la serra plus près. Elle se raidit. Ce serait encore plus difficile qu'il n'avait imaginé.

— C'est inutile, Max.

Tout à coup, elle s'arrêta de danser pour retirer lentement ses boucles d'oreilles, l'une après l'autre.

— Tu as déjà tout dit, reprit-elle. Il n'y a rien à rajouter.

Elle déposa les diamants dans sa main. Que se passait-il ? Pendant qu'il fixait sans comprendre l'éclat des bijoux au creux de sa paume, elle commença à dégrafer son collier.

¡ Dios ! Elle était en train de lui restituer ses cadeaux publiquement, comme pour lui dénier tout droit de réponse.

— Arrête ! s'écria-t-il, d'une voix qui ne lui ressemblait pas, implorante plus qu'impérieuse.

Lisa se figea.

— Pourquoi ?

Ce cri du cœur péniblement énoncé exprimait une souffrance indicible.

L'heure était venue de jouer cartes sur table. Pourtant, le lieu et le moment ne semblaient guère opportuns. Mais Max n'avait pas le choix. L'occasion risquait de ne pas se représenter...

Il prit son courage à deux mains.

— Parce que je t'aime.

12

Paralysée, Lisa n'osait même pas ciller. Avait-elle rêvé ? Allait-elle se réveiller ? Elle avait espéré ces mots pendant si longtemps qu'ils semblaient totalement irréels. De plus, ils arrivaient au moment où elle s'y attendait le moins, alors qu'elle croyait que tout était irrévocablement perdu.

Un murmure la rappela à la réalité. Autour d'eux, quelques couples s'arrêtèrent de danser pour former un cercle dont ils étaient le centre. C'était précisément ce que Max aurait voulu éviter à tout prix. Mais à présent il s'en moquait.

— J'aurais dû prononcer ces mots depuis longtemps, ajouta-t-il.

Le cœur battant à tout rompre, Lisa baissa les bras pour dissimuler le tremblement de ses mains. S'il essayait une nouvelle stratégie, elle ne s'y laisserait pas prendre.

— Peut-être. Mais tu ne les pensais pas. Et peut-être ne les penses-tu toujours pas, d'ailleurs.

Car cet aveu avait sonné faux à ses oreilles. Elle ressentait que Max était toujours retranché derrière ses remparts.

— Tu ne m'as jamais fait confiance, poursuivit-elle, débordée par un torrent d'émotions. J'ai pourtant partagé avec toi les sombres secrets de mon enfance. Je t'ai expliqué pourquoi je préférais élever seule mon enfant si tu n'étais pas capable d'assumer pleinement ton rôle de père. Même alors, tu as refusé de t'ouvrir à moi. Pourquoi ne m'as-tu jamais raconté ce qui était arrivé à ta mère ? La perspective d'avoir un enfant aurait dû t'aider à affronter tes souvenirs et tes angoisses.

Il restait rigide, fier et droit, sans rien trahir. Elle eut envie de lui marteler le torse de ses poings fermés pour exprimer sa frustration. Mais avec tous ces gens autour, c'était impossible.

— Je ne me suis jamais remis de la mort de ma mère, admit-il en fronçant les sourcils. J'étais trop jeune. Comment sais-tu tout cela ?

— Angelina m'a tout expliqué.

Il plissa le front.

— Angelina ?

— Elle souffre autant que toi, Max. Elle est malheureuse. Ne la prive pas de ton affection.

Les mots de Lisa coulaient librement. Il était sans doute trop tard pour arranger les choses entre Max et elle, mais cette conversation améliorerait peut-être les relations entre le frère et la sœur. Angelina, qui n'avait aucun souvenir de sa mère, méritait d'être choyée.

— Minuit moins dix ! hurla quelqu'un dans la foule.

Lisa soutint le regard de Max.

— Nous devrions aller discuter ailleurs, dit-il.

Elle se retourna mais il la retint par le poignet.

— Lisa, avant ce soir, j'étais incapable de t'ouvrir mon cœur. L'amour ne m'a jamais apporté qu'un horrible sentiment de perte et de souffrance.

Elle secoua lentement la tête.

— Ce n'est pas inéluctable. L'amour peut aussi rendre heureux.

À ce moment précis, Lisa aperçut Lydia. Celle-ci la fixait et lui adressa un signe d'approbation. Elle ne douta plus, alors, qu'elle était en train de faire ce qu'il fallait : elle devait convaincre Max qu'il était digne d'aimer et d'être aimé. Même s'il ne s'agissait plus d'elle.

— Rien ne réparera jamais le passé, observa-t-il.

— Tu peux te délivrer de la souffrance qui te ronge si tu consens à baisser la garde. Mais uniquement à cette condition. Rien ne se fera sans toi.

— Je le sais. J'en ai pris conscience ce soir, en t'attendant, quand j'ai cru que tu ne viendrais pas. J'ai ressenti une douleur épouvantable. Je t'aime trop.

Elle ne résista pas quand il la serra contre lui.

— J'ai eu tellement mal, Max, le jour où tu m'as annoncé la fin de notre mariage… Mais je t'aimais toujours, malgré tout. Sinon, je n'aurais jamais couché avec toi, cette fameuse nuit qui a tout bouleversé. Je ne pouvais pas m'empêcher de t'aimer.

— Et maintenant ?

Max guettait désespérément la réponse de Lisa. Son parfum assaillait ses sens tandis que leurs moments de bonheur défilaient dans son esprit, dans une succession rapide, comme s'il allait mourir. S'il perdait Lisa, sa vie n'aurait plus aucun sens.

— Dis quelque chose, Lisa.

Comme elle continuait à se taire, il se fit implorant :

— Je suis désolé. Je me suis comporté comme un idiot.

— Ce n'est pas ta faute. Ce que tu as subi t'a inoculé une peur panique des émotions, mais tu n'es pas responsable. Malheureusement, j'ai besoin d'un amour inconditionnel pour moi et notre bébé. Et ce ne sera jamais possible avec toi.

Elle touchait une corde sensible. Il avait tellement peur d'être comme son père, incapable d'aimer son enfant…

Puis, il croisa le regard de son frère. Si Raul avait réussi à surmonter ses démons, pourquoi n'y parviendrait-il pas lui aussi ? De toute manière, il n'envisageait pas l'avenir sans Lisa.

Il rouvrit la main qui serrait les boucles d'oreilles.

— Elles sont à toi, Lisa. Je te les ai offertes en gage de mon attachement, comme le cottage de Noël. Simplement, j'étais trop aveugle pour reconnaître qu'il s'agissait d'amour.

Les yeux de sa femme s'emplirent de larmes. Y avait-il encore un peu d'espoir ?

Mais elle secoua la tête et recula d'un pas.

Une douleur aiguë transperça Max. Il essayerait une dernière fois. Si elle s'obstinait, il reconnaîtrait sa défaite et s'en irait, avec la conscience d'avoir gâché la plus belle occasion de son existence.

— Je t'en prie, Lisa.

Lisa baissa de nouveau les yeux sur les diamants, qui revêtaient soudain une valeur symbolique. Son cœur battait à se rompre. En dépit de tout, les paroles de Max éveillaient un fol espoir. N'avait-il pas prononcé les mots qu'elle rêvait d'entendre depuis si longtemps ?

Alors pourquoi refuser ?

Parce qu'il t'a fait trop de mal. Il n'a pas confiance en toi.

Elle leva lentement la main, puis s'immobilisa. Max avait l'air si malheureux... Il lui avait enfin ouvert son cœur, avec beaucoup de franchise et d'honnêteté. Mais si elle reprenait ces diamants, elle s'exposait peut-être à de nouvelles déceptions.

— Dix ! cria une voix dans la foule.

Le compte à rebours pour la nouvelle année avait commencé.

— Je ne peux pas, chuchota-t-elle en cherchant son regard. Tu ne me fais pas assez confiance. Tu es resté obstinément muré en toi-même alors que je t'avais livré mes secrets les plus sombres. Cela m'a ulcérée. Je ne sais pas si je m'en remettrai un jour.

— Neuf !

Max effleura sa joue d'une tendre caresse.

— J'étais le jouet d'une terrible insécurité, Lisa, et je te prie de m'en excuser.

Elle battit des cils et ferma les paupières pendant que ses doigts descendaient le long de son cou pour la prendre par la nuque. Quand elle rouvrit les yeux, il était tout près. Leurs bouches se frôlaient.

— Huit !

— Je le sais, murmura-t-elle.

Combien de temps pourrait-elle encore résister ? Elle l'aimait tant...

— Sept !

— Je me suis conduit comme un imbécile, Lisa. Tu m'as offert ton amour dès le début, et j'en ai profité d'une manière éhontée. Mais je passerai le reste de ma vie à me racheter. Et à t'aimer.

— Six !

— Et le bébé ? demanda-t-elle d'une voix altérée.

Il baissa la tête.

— Max ? insista Lisa.

— Cinq !

— Notre bébé grandira dans l'amour parce que je ne ressemble pas à mon père. Je ne suis pas l'homme froid, insensible et matérialiste qu'il était puisque j'aime ma femme de tout mon cœur.

— Quatre !

Il ne restait plus que quelques secondes avant la nouvelle année. Comment ignorer cet augure d'un possible renouveau, alors même que Max avait brisé la muraille défensive derrière laquelle il s'abritait ?

— Oh ! Max..., murmura-t-elle en approchant ses lèvres.

L'expression de pur amour qu'elle lisait sur son visage l'empêchait presque de parler, mais elle réussit à articuler les quelques mots qu'il semblait avoir besoin d'entendre :

— Je t'aime, Max, tellement...

— Trois !

Il accueillit sa déclaration par un baiser ardent sur la bouche et la pressa contre lui. Elle se suspendit à son cou, puis l'embrassa comme si sa vie en dépendait.

— Deux !

Il s'écarta légèrement.

— Il est temps de prendre un nouveau départ. Pour toi, moi et pour notre bébé.

— Un !

— C'est le moment idéal, dit Lisa, vaincue et heureuse.

L'année écoulée disparaissait en emportant les mauvais souvenirs.

— Bonne année !

Les exclamations fusaient de toutes parts.

— Bonne année, mon amour, chuchota Lisa folle de bonheur.

Il effleura ses lèvres d'un doux baiser.

— Bonne année à toi aussi. À partir de maintenant, je te dirai : « Je t'aime » tous les jours.

— Tu ne te contenteras pas de le dire, j'espère ! le taquina-t-elle malicieusement.

Autour d'eux, les bouchons de champagne sautaient, les verres s'entrechoquaient ; à l'extérieur, les feux d'artifice explosaient.

— Je passerai aux actes dès que nous serons seuls, répondit-il avec ferveur.

Elle éclata de rire quand il la souleva dans ses bras et se mit à tournoyer et virevolter dans un tourbillon d'allégresse.

— Bravo, magnifique ! lança un danseur à côté d'eux quand Max s'arrêta.

Lorsque les pieds de Lisa se reposèrent sur le sol, elle plongea le regard dans le sien et pressa un doigt sur ses lèvres.

— Je te prends au mot, Maximiliano Martinez. Je saurai te rappeler ta promesse.

— Je t'aime, Lisa. Tu es tout pour moi. Je t'attends depuis toujours et je te rendrai heureuse.

Il lui tendit les boucles d'oreilles.

— Fais-moi plaisir, remets-les.

Elle obtempéra avec un sourire ravi. Les diamants étaient plus que jamais un symbole d'amour éternel.

— Je t'aime, Max.

Il l'entraîna de nouveau pour un pas de danse étourdissant, sous les vivats et les applaudissements. Puis, quand il l'embrassa avec passion, Lisa comprit que son rêve était en train de se réaliser.

Épilogue

Lisa jeta un regard circulaire sur le grand salon du palace londonien où Max et Raul avaient choisi de fêter le Nouvel An. Dire que pile deux ans plus tôt elle avait failli quitter Max, abandonner ses rêves d'amour et de bonheur... Cela paraissait incroyable !

— C'est magnifique, commenta Lydia en s'asseyant en face d'elle, de l'autre côté de la table.

Elle était suprêmement élégante malgré sa grossesse. Le bleu de sa robe lui seyait à ravir. Elle resplendissait.

— Je suis si contente que Raul et Max aient institué cette tradition familiale, dit Lisa. Cela les libère du poids du passé. En plus, nos enfants auront de bons souvenirs quand ils seront grands.

— *Nos* enfants ? répéta Lydia, interrogative.

Lisa se traita intérieurement d'idiote. Elle se demanda si sa belle-sœur avait deviné son secret.

— Notre petite Lilly et votre futur bébé, biaisa-t-elle.

— Au fait, ce sera un garçon !

Lisa pressa affectueusement la main de Lydia.

— Je suis tellement heureuse pour vous deux !

Extrêmement élégants dans leurs smokings haute couture, Max et Raul les rejoignirent, après être passés de groupe en groupe pour accueillir leurs invités.

— As-tu vu Angelina ? demanda Max.

Lisa l'avait aperçue dans les bras d'un beau Grec qui avait récemment traité quelques affaires avec les deux frères. Max ne serait peut-être pas ravi de l'apprendre, car il continuait à se montrer un peu trop protecteur envers sa sœur. Elle faillit se taire, mais se ravisa. Deux ans plus tôt, ils s'étaient fait le serment de toujours tout se dire.

— Elle dansait avec Vasilios Christakis tout à l'heure, répondit-elle avec désinvolture, pour banaliser la situation.

Aussitôt, Max fronça les sourcils.

— Ah bon ? Elle le connaît ?

— Apparemment...

Lisa avait tout de suite compris que les deux jeunes gens se plaisaient.

— Où est-elle ?

Elle posa une main sur le bras de son mari.

— Max, elle a vingt-trois ans, laisse-la tranquille.

— Vasilios Christakis n'est pas assez bien pour ma sœur, déclara-t-il d'un ton sévère. Il a beau être richissime et avoir beaucoup de qualités, sa réputation de séducteur ne parle pas en sa faveur.

— Existe-t-il un homme qui trouvera grâce à tes yeux pour Angelina ? J'en doute...

— Tu as raison, concéda-t-il avec un soupir.

— Tu seras pareil avec Lilly, ajouta Raul. Dans vingt ans.

Max lança un regard noir à son frère, mais les deux femmes éclatèrent de rire. Chaque jour, Lisa se félicitait de la complicité qui existait entre eux quatre. On n'aurait jamais pensé qu'ils se connaissaient depuis seulement deux ans.

— Si tu as une fille, lança Max à son frère, tu seras exactement comme moi, ne prétends pas le contraire.

Lisa et Lydia échangèrent un regard de connivence.

— Peut-être..., concéda Raul.

Max tira Lisa par le bras.

— Pour une fois que j'ai ma femme pour moi tout seul, je vais en profiter et danser un peu.

Puis il adressa un clin d'œil à Raul.

— Tu comprendras bientôt, quand ton bébé sera né.

— Cesse de le provoquer, Max, plaisanta Lisa.

Il la serra tendrement dans ses bras.

— J'espère que Lilly va bien.

— Arrête de t'inquiéter, mon amour. Elle a la meilleure nounou du monde. Tu as pris assez de précautions pour la recruter !

— Tu as raison.

Elle soupira de bonheur quand il pressa les lèvres sur les siennes. Les deux dernières années s'étaient écoulées dans un bonheur absolu, qui semblait parti pour durer toujours.

— Tu te rappelles que nous nous sommes promis de ne plus avoir de secrets l'un pour l'autre ? murmura-t-il.

— Évidemment.

— Tu n'aurais pas quelque chose à me dire, par hasard ?

Elle pencha la tête de côté avec une petite moue malicieuse.

— À quel sujet ?

— Pourquoi ne bois-tu pas de champagne, ce soir ?

Elle lui sourit.

— Je voulais attendre minuit pour te l'annoncer. Maintenant, c'est raté.

Il plissa les yeux. Puis ses traits se détendirent avec une expression épanouie.

— Donc tu es...

Il trébucha sur le mot, mais elle acheva à sa place :

— Oui, Max. Je suis enceinte. Tu vas de nouveau être papa.

— Quand ?

— C'est juste le début. Probablement à la fin du mois de juillet.

— Un autre bébé de l'été ! T'ai-je dit à quel point je t'aime, Lisa Martinez ?

— Oui, très souvent !

Elle rit, puis déposa un baiser sur sa bouche.

— Mais je ne me lasse pas de l'entendre, ajouta-t-elle.

— Je t'aime, Lisa, de toute mon âme. Toi, Lilly et bientôt notre deuxième enfant, vous êtes toute ma vie.

Il l'embrassa dans un élan d'amour éperdu, dont Lisa ne pouvait plus douter. Jamais. Et elle s'abandonna au creux de son étreinte, sans se soucier un instant de l'endroit où ils se trouvaient — au milieu de la piste de danse. En fait, c'était en train de devenir une habitude.